杏林飘香

——从医48年散文集

黄衍强 ◎ 著

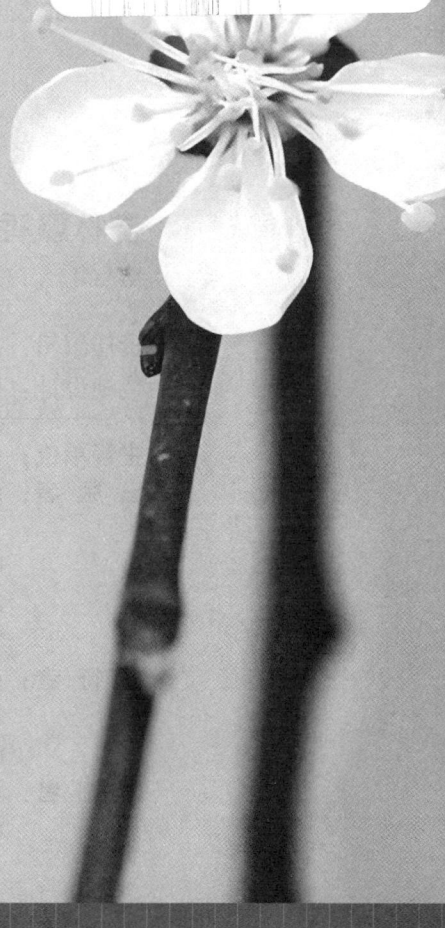

山东科学技术出版社

·济南·

图书在版编目（CIP）数据

杏林飘香：从医 48 年散文集 / 黄衍强著 . —— 济南：
山东科学技术出版社，2023.5
ISBN 978-7-5723-1636-4

Ⅰ . ①杏… Ⅱ . ①黄… Ⅲ . ①散文集 – 中
国 – 当代 Ⅳ . ① I267

中国国家版本馆 CIP 数据核字 (2023) 第 078742 号

杏林飘香：从医 48 年散文集
XINGLIN PIAOXIANG: CONGYI 48 NIAN SANWENJI

责任编辑：孙雅臻
装帧设计：侯　宇

主管单位：山东出版传媒股份有限公司
出 版 者：山东科学技术出版社
地址：济南市市中区舜耕路 517 号
邮编：250003　电话：（0531）82098088
网址：www.lkj.com.cn
电子邮件：sdkj@sdcbcm.com
发 行 者：山东科学技术出版社
地址：济南市市中区舜耕路 517 号
邮编：250003　电话：（0531）82098067
印 刷 者：济南普林达印务有限公司
地址：山东省济南市市中区二环西路 12340 号
西车间
邮编：250001　电话：（0531）82904672

规格：16 开（170 mm × 240 mm）
印张：17　字数：200 千
版次：2023 年 5 月第 1 版　印次：2023 年 5 月第 1 次印刷
定价：49.00 元

序

　　我的专业是中医，业余爱好是写作，两者并不矛盾。在搞好专业工作之余，静下心来书写一下自己内心的感受，这不仅有利于缓解心情，也是对专业的一种促进。尤其是接触的患者多了，接触的各种疑难杂症多了，有了写作这种爱好，不但可以清楚地将特殊病例记录下来，将各种治疗经验和教训总结出来，还可以聊发感慨，启迪后来者和患者。

　　在写作过程中，我最喜欢的是随笔这种形式，它可以随心所欲，可短可长，不拘一格，可记录可感慨，亦可理性地分析和议论，随手所记；但这种形式也有它的局限性，越是随心，越是不容易引起重视，往往写完就束之高阁，久而忘却。所以，虽然这种形式的内容写了很多，记录了很多，但我从来没有把它放在心上。可喜的是，我的助手都很有心，尤其是前期负责宣传工作的孙崇林医师，把我前期的很多文章保存了下来，后又转交给了李延伦主任。李主任也是个有心人，不但把这些文章和以后的文章保存完好，而且做了详细的分类和整理，最终汇集成现在的这本书。

　　如果没有如此科学的分类和整理，我还真想不到自己竟然写过这么多随笔，而且里面有不少精品。有我对亲情的抒发，对患者的告诫，对人生的思考，更有对疾病的见解。由此我也联想到自己经常说的"勤奋"二字，它不但可以用在专业上，也可以用在业余写作上。写作，是一个积少成多、集腋成裘的过程。尤其是这本随笔，用这两个词表达非常确切。试想，无论零碎的皮子有多好，因为在当时毫无用处，我们很容易把它扔掉，但是如果这种看似没用的皮子多了，多到足以可以制作一件皮衣，只要制衣者用心，剪裁得当，就可以制成一件多姿多彩的皮裘，使身价倍增。

希望这本书能对各位读者有所启迪，尤其是对广大患者有所帮助。

黄衍强

2022 年 9 月 15 日

赶海与创作（代序一）

每年到海边搞创作，几乎每天都会遇到赶海的人。起初，并不知道他们在寻找什么，只是疑问每天退潮后大海留给海边的是一些茅茅草草，各种各样的藻类生物，甚至夹杂着渔民丢弃的瓶瓶罐罐，这又会有什么值得这么多人前来捡拾的呢？

后来，我问一位生长在海边的农民，大家到底在捡什么？他说，你别看这些茅茅草草，这可都是宝贝。有的人在里面捡拾海毛草，海毛草可以用来做蒸包；有的人在挑选牛毛菜，牛毛菜晒干水煮后可以做海凉粉；有的人专捡裙带菜，也有的人专捞海带；最懒的人啥也不挑，专门捞大家剩下的这些像菠菜一样的东西，量多好晒，捞上来直接在海边晾晒，风一吹很快就干了，这些就是海藻类植物，加工后可以做海苔，不加工也可以直接做饲料。最后，这位渔民还特意加了一句：这些可都是野生的！

听他这么一讲，再到海边看这些赶海的人，感觉立刻就不一样了。他们哪里是在赶海，他们都是一些美食家、艺术家。这里的茅茅草草经他们这么一挑一捡一分类，立刻身价倍增。

多年前，黄衍强院长曾有一个愿望，希望能把他行医以来所写的文章编辑成文集。虽然我保存黄院长的文章并不少，几乎囊括了黄院长行医以来所有的所写所作，但当时还是没敢应承。首先，是黄院长的著作包括各种文体，比较杂乱；其次，就是很多文章口语化严重，编纂起来着实费功夫。更重要的一点，我虽然是个有心人，平日积攒和搜集了黄院长的不少文章，但这些文章散落在电脑的各种文件夹内，要对几十年积累的文章进行整理，着实困难。

因要更换电脑，我决定先在电脑上简单作一整理，其中一项重要工作就是把黄院长的文章挑选出来，单独放到一个文件夹里。而这个文件夹，后来成了我随身携带的一个文件夹，随时增添文件，随时调用文件，也随时翻阅文章。

去年，淄博延强医院建院四十周年，我决定给黄院长一个惊喜，试着在这个文件夹里将黄院长这些年来所作的诗文挑选出来。没想到这一挑竟然挑出了几十篇诗文作品，这完全够得上一本诗集的篇幅了，编纂成《悬壶诗话》一书，相信会深受大家的欢迎。

后来我想，这不就像是海边的人赶海，在看似杂乱的茅茅草草中，各取所需。只要把分类做好了，这里面都是宝贝。今年，我利用业余时间整理出黄院长的随笔作品，再根据不同的叙述方式或叙述的事项分出十大类；突然发现，过去看似没有多少价值的文章经过分类，很多文章价值凸显，有些文章甚至可以说是医海遗珠，期待着价值回归。现在稍做加工整理和文字上的修饰，必将成为医学宝库里的新篇章。

李延伦

2022 年 9 月 15 日

飘香的杏林　盎然的诗意（代序二）

有人说，人生即是修行，当回首往事时，一路的行走，不过是个不断体验、不断探索寻找的过程。在这个过程中，既有欢乐和甜蜜，也有悲切和痛苦，但是能切实体会到生命价值和人生快乐的，是属于那些真正参透人生真谛而自强不息的人，是属于那些能够辩证地看待和面对人生的人，黄衍强先生无疑是属于这样的人。他的每一次回顾和书写，都是对生活的感悟，对生命的珍惜，这实际上增强了他的生活历练，增加了他人生的厚度，同时也催生了他踔厉奋发的动力，他的人生旅途丰富而精彩。

在我国的传统文化里"杏林"是中医学界的代称，据晋代葛洪所著《神仙传》记载，三国时期医术高超、医德高尚的闽籍道医董奉晚年到庐山隐居，为民众看病送药分文不取，只求病愈者在山坡上栽植杏树，重病痊愈者栽杏树五棵，轻病痊愈者栽一棵，年复一年，病愈者栽下的杏树郁然成林，开创了人与自然生态和谐共荣以及药食同源的杏林园。一个传统的中医药行业，通过文学作品成就了"杏林"这一特指，也象征着中医药行业的蓬勃发展和壮大。在这片广袤的杏林里，黄衍强先生正是沐浴着阳光雨露逐渐成长起来的参天大树。

认识黄衍强先生之前就早已久闻他的大名。相识之后，从他平和的言谈举止及稳重的处事风格，足以看出他的低调与谦逊。从他日积月累的文字作品中，足以看出他对人的尊重，对事业的忠诚，对问题的较真，对亲人情感的真挚以及对生活的热爱。一句话，他在繁忙的生活工作中善于寻求愉悦与快乐，在问题与挫折中善于寻找出路与光亮。生活的诗意，正在于此。

在医学界，特别是中医药界，辛勤的耕耘跋涉者众多，但德医双馨、被大众所称道的却并不多，黄衍强先生便是有着独到学识和见解，是少数极其卓越的专家。之所以这样讲，是因为他学的是中医，热爱中医，继承了大医精诚、道济天下的优秀传统，保持着严谨笃学、追求卓越的治学态度，刻苦钻研中医理论，大胆实践创新，一心为患者着想，在漫长的行医问药中不断探索丰富着医道，被山东省卫生健康委员会、山东省人力资源和社会保障厅评为 2022 年度山东省基层名中医（药）专家。这既是对他高超医术的肯定，也是对他道济天下、大爱医德的褒扬，老百姓的口碑和政府的奖杯在黄衍强先生身上完美结合起来。更令人敬佩的是，他不仅是中医药"杏林"里的跋涉者、耕耘者，更是这片树林的书写者。繁忙紧张的工作之余，他静下心来，沉浸在"杏林"的绿荫里，梳理着自己的所思所想，用文字记录着他的实践探索和情感，驾一叶轻舟在文学的海洋里乘风破浪、直挂云帆。我见过不少著述中医理论观点的名医，可除了中医药理论之外，黄衍强先生的"文学号"轻舟也显得特别轻松浪漫，与文学大家相比，文字架构虽然稍显单薄简短，但作为一位名中医，能用散文随笔的形式记录自己的思想和心声，泛舟文学海洋，实在是件极其浪漫、令人赞叹的事。《杏林飘香》是他在"杏林"深处嘹亮的歌唱，也是他满怀激情对热爱的中医药行业的倾情赞颂。

在"感悟篇"中，从生活中的所见所闻，到行医中的实践和思考，他都有着深刻的体会和见解，充满着热情奔放、激情向上的力量。

在"亲情篇"中，既有对父母的眷恋和深切的怀念，也有兄弟姊妹手足情谊的描述；既有夫妻患难与共的恩爱，也有师生、战友、同学美好往事的回忆。他对身边的亲人们，有种诉说不尽的真情大爱。

在"哲思篇"中，他不惜笔墨，用辩证的观点集中书写了从医中的哲学思考，既是他本人实践经验的阶段性总结，也是与人们，特别是与同行及患者的充分交流，字里行间透射着对工作、对事业的忠诚与负责，透射着对人生命的尊重与敬畏。

在"行旅篇"中，他始终没有离开自己的专业，说是行旅，不如说是为患者、为学术交流而奔波，只不过摄入了些当地的风土人情和所见所闻，这为他单调的行医生涯平添了一丝浪漫，也正是这些，增加了他的阅历，极大地开阔了他的视野。

在"解语篇"中，他从患者的角度出发，将博大精深的中医理论深入浅出地幻化成通俗的道理和语言，同时与西医进行比较，将复杂的问题简单化、形象化，便于患者理解，便于在大众中普及，其用心可谓良苦。

在"思辨篇"中，他从张仲景的"上以疗君亲之族，下以救贫贱之厄"说起，用北宋名臣范仲淹"不为良相，便为良医"的名言时时激励自己，运用思考和辨析的方式，将中医理论中似是而非的问题和错误观念以正视听地阐释给患者，并融入文字当中，尤其是将以身试药的过程和体会一一记录下来，将自己和患者的感觉作为重要依据和要素，运用到临床治疗上，用"仁"和"爱"，与患者架起了友谊的桥梁。正可谓"君子之交淡如水，患者之交可忘年"。

在"内训篇"中，他着眼于中华文明的传承，从"好思想、好脾气、好习惯、好本领"等方面谈起，特别强调要注重个人的修养，增强"亲和力""慈心和磁力"，注重孝道，为人处事要"细心、耐心"、有"恒心"和"爱心"，这不仅是建设和谐文明社会的需要，更是每个人身心健康，幸福一生的基础和保障。

在《回忆篇》中，无论是对家乡的回忆，还是求学之路、军旅生涯、行医之道，无不折射着他不屈的进取奋斗精神，同时也不乏对亲人、战友和患者真挚感情的呈现。

在"择医篇"中，立足患者的诊疗，他谈了"如何择医"，提出"患者要对自己负责"，学会"换频道"，"有钱不能任性""看病不能一条路走到黑"，要选择适合自己病情的良医良药，根据自己的实践经验，发自肺腑地提出了"对癌症患者家属的忠告"和"血液病患者的忠告"。

在"医缘篇"中，他提出医生和患者也是一种缘分，正所谓"有缘千里能治病，无缘对面不识医"。他认为，作为一名好中医，要善于在中华优秀传统文化中，在老祖宗的智慧中寻找灵感和动力，努力突出中医特色。强调辨证施治，扶正祛邪。

读黄衍强先生的随笔散记，不像读医学专著那么单一，他那朴实的语言，简短的文字，别开生面的叙述方式，令人耳目一新，读后不仅让人增长中医药知识，也能深切感受到作为一名中医药专家的医者仁心和强烈的社会责任感，更能体会到他对人生价值和生命意义的诠释。可以说文字的背后是一种境界，一种情怀。正因为如此，黄衍强先生才能在广袤的"杏林"里诗意地行走。

任传斗

2023 年 2 月 28 日

目　录

行旅篇

解语篇

思辨篇

生活拾零

一天之计在于晨，

一年之计在于春，

一生之计在于勤。

纵观古今中外，凡能成就事业者，无一不是从勤奋中得来。常言道："有志者志不移，无志者常立志"，因此年少之时定当立志。立下志向，就要坚持，有"四心"至关重要，即信心、决心、恒心和细心。信心指自己相信自己一定能把业务做好；决心指如同战场上敢打胜仗的勇士一样，一定苦练基本功，安排在哪里哪里行；恒心指要有毅力，有持之以恒的耐性，滴水穿石，只要功夫深，铁棒也能磨成绣花针；细心是指仔细严谨，一丝不苟的精神贯穿在工作当中。如能"四心"常记在心，定能样样精通。

惜时如金

时间对于每个人来讲都是最公正的，不管男女老幼、职务高低，每个人每天都是 24 小时。古人云：一寸光阴一寸金，寸金难买寸光阴。房子可以重盖，时间不能重来。我们每个人都要非常清楚，时间为不可再生资源，它比黄金还要贵重。认识到的人，一生都会与时间赛跑。有的人虽然并不具备天资和聪明，但因为努力而取得了成功。古人编了一个明日歌："明日复明日，明日何其多，我生待明日，万事成蹉跎。东看潮流水，西看日西坠，百年明日有几何，请君听我明日歌。"从此歌谣得出结论，正确地对待时间，应该是珍惜今天，把握每一天。

我们要争做现实主义者，而不是空想主义者。大文豪鲁迅先生讲：我没有什么聪明，我只不过是把别人喝咖啡的时间用在了学习上。他的这句话，足见惜时如金的重要性。

就是不一样

腊月初八，风和日丽，众多亲朋好友聚集在淄博饭店，参加表哥孩子的婚礼。婚礼的形式并不复杂，一对新人都是功成名就的优秀学子，两人在众人的簇拥中除了幸福还是幸福。双方的父母都激动地流出了幸福的眼泪。

看到人家想到自家，我们家的孩子同样也会出类拔萃。平时我们常说"功到自然成"，没有背后受累就不能人前显贵；说道不如做到；台上十分钟，台下十年功；幸福不是毛毛细雨，它不会从天上掉下来。看到那些学无所成的孩子大多无所适从，有了家庭也缺少幸福。而相对优秀者，从事一份并不喜欢的工作，只是为了生活而奔波，只能勉强说是一种职业，根本谈不上事业，可能也缺少幸福感。如果年少时看清了这些现象，其人生的结果就会不一样。

惜　缘

　　缘之源来自父母，如同树木没有根系就没有枝叶。父母不仅生养子女还要培育子女。人们常说："孩子的生日，母亲的苦日"，就是指母亲怀胎十月和培训儿女所经历的辛苦。一个孩子的成长，从上幼儿园开始，再到小学、初中、高中、大学、工作安排、婚姻、生儿育女等无不牵动着父母的心，所以才有"世上只有妈妈好"的歌谣。仔细品味这个"好"字，真是好难啊！写道"难"字，真想流泪。

　　真心期盼激动的泪水、幸福的泪水，期盼孩子大学毕业的那一天，不仅学业有成，而且工作出色。我们还期盼功成名就的孩子踏入婚姻的殿堂，将来儿孙满堂，能够同我们年轻时一样，为自己的孩子计划未来的理想。如果真是这样，长辈的心就没有白费。

　　从现在起，我们树立一种必胜的信念，"世上无难事，只要肯登攀"。即使遇到陡壁悬崖，我们凿着壁也要攀上峰巅。虽然生活中除了家庭就是单位，我们有缘相聚在这个事业大家庭里，争取每人做出成绩，为医院发展增砖添瓦。

做个好人

　　俗话说："雁过留声，人过留名。"人这一生一世，一定要做个好人。欲做好人，必须要有做好人的能力，如果自己尚不能温饱，又如何做到助人为乐呢？

1939 年，毛泽东同志在延安一次职干部教育动员大会上的讲话中提到"我们队伍里边有一种恐慌，不是经济恐慌，也不是政治恐慌，而是本领恐慌"。要求每个人提高自己的本领，锻炼具有独当一面的能力，后来开展了轰轰烈烈的学习文化运动及大生产运动。中国共产党人不靠天不靠地，完全靠自己，自己动手，丰衣足食。不但用依靠小米加步枪打败了日本侵略者，还打败了装备优良、人数数倍于自己的国民党军队。事实证明毛主席的英明伟大。

人活着一定要有一种精神，一定要学好本领，要有攻无不克、战无不胜的斗志。电视剧《亮剑》中的主人公李云龙讲到："狭路相逢，勇者胜。即使倒下，也要亮剑。"充分说明只要有了主动奋发向上的精神，就可以创造许多人间奇迹。世界乒乓球冠军邓亚萍，当年记者采访时问她是如何创造冠军神话的？她讲，别人训练一小时而她训练俩小时。这话是多么朴实，再朴实不过。她就是凭着辛勤的汗水，赢得了自己家人及全国人民幸福的泪水。她的婚姻、家庭和事业备受世界关注，经常与国际奥委会主席萨马兰奇奔波于世界各地。由此可以看出，精神能变成物质和知识，本领能够改变命运。邓亚萍在成功之后创办了自己的企业，其生产的系列产品取名为邓亚萍牌，成为中国知名品牌。因为有了能力，可以惠及别人，自然能够做个好人，而且可以做一个大好人。

少壮不努力，老大徒伤悲。吃得苦中苦，方为人上人。千古名词常记在心，立志成才，才能惠及众人。

学习与研究

作为汉语词语，学习的意思是个体由经验或练习引起的能力或倾向方面的变化，也指变化的过程，是人类和动物普遍具有的活动。按内容可分为认知的、情感的、运动技能的学习；按是否理解可分为机械的学习和有意义的学习。"学"指对新生事物的学习和接受，"习"则是指对所学事物的反复练习。

学习只是接受知识的初级阶段，这就像把已经咀嚼的食物送到胃中，而研究才是做学问的更高阶段。

研究是主动寻求根本性原因与更高可靠性依据，从而为提高事业或功利的可靠性和稳健性而做的工作。在我的理解里，"研"有"研磨"的意思，是对所学事物进一步加工，以便于更好地吸收；"究"则是打破砂锅问到底，追问我们的人体究竟吸收了什么东西，到达了什么部位，起到什么样的作用。

学习只是掌握知识的初级阶段，而研究才是无止境的。

有人讲人体如同小宇宙，有研究不完的话题。做学问者，当循着"学习"与"研究"的轨迹，坚持走下去，直到有所"觉"、有所"悟"，有所发明创造，修出不一般的正果。一位伟人曾经说过："入门即不难，深造也是可以的。"更何况道不远人，只要你想接近"道"，"道"自然就会向你靠近。

在学习的时候，如果还没有入门，就会觉得内容太多，学习起来感觉很累；而真正入门之后，大家就会觉得知识津津有味，学习其乐无穷。纵观古今中外许多著名的人物，哪一位不是在勤学苦悟之中创造出惊人的业绩!

为了不给人生留下遗憾,我们要充分发挥自己的聪明才智,为国也好,为家也罢,为单位、为自己,我们都要不忘学习,并在学习的基础上不断进行深入研究,力争做出成绩,甚至创造奇迹。

中医与语文

从小学开始就学习语文,但真正理解"语文"这两个字还是近几年的事情。随着在事业中的不断实践,越来越感到语文的重要性。

据资料显示,"语文"一词出现的历史并不长。1905 年,清政府废除科举制度以后,开始开办新学堂。当时的课程乃至教材都是从西方引进的,只有语文一科,教授的仍是历代古文,当时称为"国文"课。1919 年五四运动爆发以后,提倡白话文,反对文言文,国文课受到了冲击,小学于是改设"国语",教材具有鲜明的口语特点,选用的都是白话短文或儿歌、故事等。中学仍设国文课,白话文的比重也明显增加,选用了鲁迅、叶圣陶、冰心等新文学作家的作品。在 20 世纪 30 年代后期。叶圣陶、夏丏尊二人提出了"语文"的概念,并尝试编写新的语文教材,可惜因日本侵略中国而被迫终止。

关于"语文"的含义是什么?要回答这个问题,我们还是先复习一下叶圣陶先生对"语文"学科名称的来历及其含义的权威论述。他说:"'语文'一名,始用于 1949 年华北人民政府教科书编审委员会选用中小学课本之时。此前中学称'国文',小学称'国语',至是乃统而一之。"新中国成立后,叶圣陶先生再次提出将"国语"

和"国文"合二为一，改称"语文"。这一建议被华北政府教育机关采纳，随后推向全国，从此，"语文"成了中小学的一门主课。

我个人对"语文"二字是这样理解的。"语"指语言，是人们通过讲话进行沟通的一种形式；"文"是指文字，是语言的记录符号。无语言则无文字基础；无文字则无法使语言得以保留。二者在不同的场合各有不同的作用。孙中山先生绰号"孙大炮"，他的讲话能力就像开大炮，凭着自己在国内外的演讲及《三民主义》《建国大纲》等文章，使清朝政府土崩瓦解。毛泽东主席先后在湖南、广州举办农民运动讲习所，撰写《中国社会各阶级的分析》《矛盾论》《实践论》等许多文章，由后人编辑的《毛泽东选集》正式出版发行。我们从现在许多电影中清楚地看到，毛主席凭着自己出色的演讲能力，加上不断发表的文章，打败了几百万军队的国民党军队，由此也充分显示出语文的重要性。而对于我们从事的中医药事业，语文同样重要。纵观历代的名医巨著，如果没有文字这个载体，就不会把各位名医的临床经验保留下来，更谈不到继承与发展中医药事业。

为了把中医药工作做好，我认为应抓好两个方面，内抓疗效、外抓宣传。从哲学上讲疗效是内容，宣传是形式；内容决定形式，形式对内容起促进作用。没有良好的宣传工作，就不会有长久的工作效应；如果只有良好的治疗效果，没有积极主动地宣传，就会明显制约中医药事业的发展。这就像一个"8"字皮带轮，二者只有良好的协调统一，才能够互相带动，从而促进事业的发展。这需要我们不断研究和提高疗效，而疗效的提高离不开学习，学习的途径离不开听与看两个方面。

听的途径很多，老师的、同事的、病人的、老婆的、自己的，需要背诵的内容自己要一边读一遍录音，反复地听，直至熟记于心，产生条件反射，使用的时候能够脱口而出。听的环境也有许多，如在教室、病房、宿舍，甚至在路上道听途说，只要与中医药有联系，就一定细心留意，最好做好笔记；有些场合不方便记录，则返回宿舍后做回忆性的补记，不明白的地方再寻找机会请教别人。总之要"求知不让一疑存"，这样日积月累，就可以学到许多知识，避免"书到用时方恨少"。

看的途径更多。如能亲临其境在大学里面聆听教授的言传身授最好，但这样的机会对于一生来讲太少了。更应"留心处处皆学问"，平时做好知识的积累。看的途径与听相同，能够与老师面对面最好，除此以外我们可以用现代工具及在网上寻找需要的影音资料和文字资料。当今高科技技术为我们的学习提供了极大的方便，可以说只要想学习，学习的办法有很多。最基本的就是看，报刊书籍，政治、军事、哲学、文学等无所不窥，但一定结合自己的专业。

读书的面要广泛，但又要由博返约，最后集中到一个字上，这就是"效"字，这个"效"字多多益善。用毛泽东的话就是"精通的目的全在于应用"。不能当书呆子，要争取真正成为治病救人的活菩萨。

通过多年的医疗实践，我感到在与病人的沟通中，语言的表达要做到知识性、趣味性和科普性，让人们一听就懂，所开的处方一吃就有效，有了这两点，医生就能走向成功。要让人们听懂，就要解决一个"信"字，不然即使药物带回家也不一定能按时服用，甚至不会服用。这样怎么能够发挥我们的专业水平呢？做好与病人的沟通是临诊技巧，而处方用药是临床经验。一个好的临床医生应该二者兼备。

有了这些，只是做好了中医药事业的一个局部，要想事业有大的发展，就要做好科普工作，把自己的知识在更大范围内传播。如果能把自己的文字以论文、著作的形式发表和出版，不但可以惠及他人，还能推动我们的事业不断发展。

学好语文，为促进中医药的发展共同努力。

中医人的根

2011年3月30日，我在《健康报》第五版中医周刊"中医人语"栏目上看到山西省平遥县中医院王金亮、侯红霞两位作者撰写的《留住中医的根》一文，深有同感。我为中医人有这样一个好的栏目而拍手称快，因为它为我们提供了一个交流的平台。非常巧合，我上个月刚写了一篇这样的稿子，写完总感到不够成熟，加之工作头绪众多，于是搁置下来。当看到自己的同道捷足先登的时候，按捺不住自己激动的心情，总有一种一吐为快的感觉。目的就是抛砖引玉，把中医药工作做精。

德国人因为奔驰、宝马而自豪；日本人则为电子、影像设备质量过硬而得到世人的青睐。他们不但赢得了荣誉，还为自己的国家赚取了大量外汇。中国中医药是世界传统医学中既有实践又有最完整系统理论的医学，中国人从小学汉语、写汉字，在日常生活中已经具备了一些中医药知识，加之我们经过自学或专业学习、研究以及以师带徒等许多方法加以巩固，我们理应达到更高的水平。这样我们可以人才输出，在全世界各地创办中医机构，以此带动中药饮片及中成药的销售，如若这样，药农、药厂都会受益。在为人们解除痛苦的同时，也为国家赚取大量外汇。

我们首先应该走名医战略，培养临床效果显著的中医师，特别是培养在治疗疑难病症方面确有专长的医生，但目前中医药大学设置的课程却令人担忧。在中医药大学，中医的四大经典竟然作为选修课程，这实在是让我们中医人不能理解。我自修中医，救人无数，早在1997 年就曾治疗过一位哮喘患者。这位哮喘患者就在我们村，西医用了各种方法治疗，效果甚微，医生认为已经没有康复的希望，告诉病人回家等死。我知道情况后，运用张仲景的小青龙汤加味使病人得以起死回生，至今 30 多年过去，患者依然如同正常人一样地生活着。

有一年，我应马来西亚患者的邀请，前往看望白血病及肿瘤病人，其中有一位 7 岁男孩儿患恶性淋巴瘤，这些年通过传真病情资料和我们联系，经过 5 年多中医治疗，效果显著。当听说我们要前往柔佛的消息后，其父母驾车 7 个多小时找到我，高兴地诉说了他们的求医经历：在孩子 1 岁多的时候确诊此病，实施 4 个疗程的化疗之后没有缓解，医院告知第 5 个疗程给予超大剂量的化疗然后进行移植，但有可能在治疗过程中出现不可预计的后果，要求家长签字。这时其家人陷入了恐慌之中，经多方打听有许多血液病患者经我们运用中医药治疗得到彻底康复，于是鸿雁传书，通过我们指导开始了 5 年多不间断的中医调理，在上个月的骨髓检测中发现癌细胞是 0，全家非常高兴。因为他们还从来没有和我们见过面，当知道我们要赴马来西亚的信息后，不辞劳苦一定要见到我们。像他这样经过我们调理康复 5 年以上的白血病、再生障碍性贫血和癌症患者，在马来西亚已经有 10 多位。

在我们到达马来西亚短短的 10 多天中，一共接诊了 100 多位患者。其中有一位梁泰杰女士，58 岁，患有哮喘 10 多年，全身浮肿和瘙痒，每天晚上不能入睡，痛苦不堪。当我认真把脉、望舌，详细问诊之后，诊断为外寒内饮，给予张仲景的麻黄汤、射干麻黄汤化裁，在当地药房配药服用之后仅两天时间，病人找到我，告知全身的浮肿和瘙痒消失，哮喘改善，并且晚上能够睡眠了。

多年的临床实践，验证了"仲景的书越读越有味，仲景的方越用越神奇"的说法。这是我们中医的根，我们一定要把根留住。

成功的途径

我从 1975 年开始学习中医，至今已经近半个世纪。在多年的行医过程中，我深深地感悟到，从医过程中的信心、决心、恒心和细心等"四心"，才是走向成功的基础。

信心，就是一定要相信自己。意识里要肯定自己，我能行，我一定能够走向成功，这是学习和创业必须具备的精神力量。

在此前提下还要横下决心，排除一切杂念，认真钻研自己的专业，我认为实践比理论更重要。只有通过实践，才会有成功的快乐；也只有通过实践，才会发现困惑。在学习的过程中，要带着问题去学，做到学活用活，急用先学，立竿见影。在临床上取得疗效之后，才会享受到成功的自豪感。我们要在理论与实践的不断循环中认真体悟，没有理论的实践是盲目的，没有实践的理论则是空洞；只有二者的不断循环往复，自己的本领才能够提高。

医疗工作不是普通的职业，而是一种至高无上拯救人生命的事业，完全不能等同于商业。因此，医务人员只有苦练基本功，在临床上出手不凡，不但治疗常见病效果好，治疗疑难病也能够出奇制胜，这样才能够得到患者的尊重。

三是恒心。一个人有没有恒心至为重要。认准目标之后一定要坚持。当今社会物欲横流，人们往往急功近利。如果这样就不要从事这个行业，不然不但不能救人反会害人。中医人要有为中医药事业奋斗终身的理念，这样才能够有所作为。

四要细心。医疗无小事，人命关天，医生要时时刻刻为病人所想，在临床工作中一定要胆大心细，来不得半点儿马虎。治疗生理上的病要用药疗，而治疗心理上的病要用话疗，只有让患者的生理与心理得到同步改善，才是攻克许多疑难病的重要方法。在此特别提出"心疗"，就是要通过医生和患者进行语言沟通，让病人看到希望，树立起战胜疾病的信心。医生要根据病人的实际情况，为患者制定作息时间，使患者不要总是感觉自己是病人，要和正常人一样有规律地生活。饮食上要为病人提出宜忌，不要与药物发生矛盾，从而促进康复；同时根据病人的身体情况，提出锻炼身体方面的建议。

做医生不怕没有病人，就怕总是看不好病。因此苦练内功是基础，做好自身推广是关键。只有执着、用心、专注、认真，踏踏实实地学习和努力，最终一定会走向成功。

为人要孝

子曰：夫孝，德之本也。教之所由生也。身体发肤，受之父母，不敢毁伤，孝之始也。立身行道，扬名于后世，以显父母，教之终也。夫孝，始于事亲，中于事君，终于立身。

此乃《孝经》十八章之开篇，言简意赅，概括孝的重要性及过程。其中身体发肤指自己的毛发及皮肤是父母所给的，自己不能随意损伤；始于事亲是指孝敬父母及长辈；中于事君是指长大后要走出家门，为国家效力；终于立身是指从大处讲，一个人的为人处世和道德修养。此篇文字虽少，但寓意深刻。从自身毛发皮肤的保护到人的一生修养，涵盖面广，由此看出孔子其人至圣，真乃万世之师表。

百事孝为先，人活着要孝敬长辈。首先要想想自己是怎么来的，是父母含辛茹苦，将自己养大。有多少风风雨雨，有多少日日夜夜，从怀孕开始到孩子出生的那一刻，无不牵动着母亲的心。其过程是痛苦的，但心情是喜悦的，所以才有了世上只有妈妈好、伟大的母亲这样的说法。随着时光的流逝，孩子一天天长大，父母则慢慢衰老。"老"字上面一个"耂"，下面是一把匕首的匕，可见老了之后是多么的可怕。再看"孝"字上面也是一个"耂"，但下面是一个孩子的子。这个"子"就像肩上扛着老人一样，这就叫"孝"，这样老人安度晚年就会坦然幸福。

从名人早逝所想到的

昨天从媒体得知，中央电视台著名播音员罗京因患淋巴癌不幸故去，深以为憾，更让我陷入深深的思考。

思考之一：年富力强，为何患病？名人在年富力强之时不幸去世的消息越来越多，诸如古月、高秀敏、陈晓旭等名人英年早逝，令人叹息。本人从事中医药的研究与临床工作，从医学角度讲，我认为其内因主要与他们的工作节奏过高、压力过大有关。而外在原因，主要与空气、食品、水源污染有关。我们平时不管是鼻子吸入的，还是口腔食入的，都存在着一种积累性中毒。

当工作过分紧张时，我们的血管就会处于一种绷紧的状态，血管的直径会缩小，正常的血流量会减少，从而导致人体缺氧，久之则容易出现免疫功能低下。这时各种理化检测指标可能还在正常值，人们最初的表现往往因为只是乏力而被忽视。西医称这种状态为"亚健康"，中医则称之为"正气不足"。中医经典著作《黄帝内经》中说："正气存内，邪不可干""邪之所凑，其气必虚"。由此可以看出，在免疫功能低下时，人体开始埋下疾病的种子。

鉴于以上认识，人们就要注意劳逸结合、放松心情。最好的办法是选择一种适合自己的锻炼项目，长期坚持，这样必有益处。我们平时讲"活动"二字，其含义是要"活"就要"动"，不动或动的少了就会影响生活质量。如果再把"活"字分解，左边是三点水，右边是一个舌字，说明水对人体生存质量的重要性。中医把舌头作为一面镜子，通过观察舌体可以了解人体水分（中医称之为津液）的正常与否，还可以通过舌苔的颜色及五脏在舌上的分布诊断疾病的性质及病位。同时还要注意解毒和排毒。笔者曾写过一篇《建议吃点苦》的文章，大意是我们日常生活中经常食用的五种味道，酸、甜、苦、辣、咸，唯有苦吃的最少。从中医五行"木火土金水"配五脏"肝心脾肺肾"的理论得知，它们之间存在着相生、相克、相乘、相侮的互相制约的关系。味苦的食物或药物大都有泻火解毒的作用，从健康的角度讲应适当多吃点苦，如苦瓜、苦菊、苦茶、苦菜等，从而使五行之间相互协调，实现脏腑经络的阴阳平衡。有病治病，无病防病，这非常符合《黄帝内经》"不治已病治未病"的预防医学思想。特别对脑力劳动者，因为静止的多，活动量相对不足，更容易出现健康—亚健康—疾病的转化。如果按以上建议去做，或许可以避免英年早逝的事情重演。

思考之二：患病后是否存在过度治疗。"过度治疗"是当今一个新的名词，在许多大病的治疗上，很容易出现过度治疗的情况。因为家庭条件允许，患者动不动就用进口药、贵重药，却未必能起到最佳的治疗效果，这也是条件好的患者出现治疗效果欠佳的原因；反观经济条件不好的人群，因为没能力用这些药，不容易出现过度治疗，治疗效果反而更好。疾病的治疗需要药物，更需要病人自身的自愈力。如果使用药物剂量过大，在杀伤坏细胞的同时将人体的自然抗病能力降为零，使用进口药、特效药也都无济于事。中医扶正祛邪的理论，是强调不断扶持患者自身免疫力，让患者争取带病生存，这一点越来越得到病人的认可。

良医可治不治之症

中医经典著作《黄帝内经》中讲到："言病不可治者，未得其术也。"是说医生治不好疾病，是没有得到治愈疾病的方法。我们医院几十年如一日，孜孜以求地探索疑难顽症的治疗。在长期的医疗实践中，让我深深地感受到医海无涯，所学的知识可谓沧海一粟。我曾将叶剑英元帅的诗稍加修改："攻医不怕坚，攻书莫畏难，医学有险阻，苦战能过关"，作为我的座右铭。

每天面对来自国内外慕名前来的求医者，苦苦地研究处方，有一部分被大医院放弃了的病人竟能起死回生，有的癌症患者明显延长了生命，还有的白血病患者康复后结婚生子；很多小儿白血病患者，经过我的治疗康复后步入大学深造，这让我深深地感悟到《黄帝内经》中的这段至理名言，不是简单的概述，而是来自临床实践的高度概括。

面对患者的疑难疾病，经过治疗取得一定的疗效后，作为医生看病时的吃苦受累也就成了一种快乐。但作为中医人还经历着另一种困惑，这就是人们对中医药的不认可，这其中也包含我们的西医同道对中医药的贬低。很多疑难病患者在治疗难以取得进展的情况下会请教西医，是否可以配合传统中药治疗，但得到的答复是否定的。在与患者沟通的过程中，我都会苦口婆心地跟患者解说中西医结合治疗疾病的重要性。中医药本来是我们祖先给我们留下的治病法宝，现在全世界范围内都在掀起中医热，而在我们国内却遭受到冷遇。

有的人因为学习了西医，到国外进修了一段时间，然后就把中医药说得一无是处。不但给众多病人带来择医上的困惑，造成对中医药的误解，也会给患者带来身体上的痛苦。

有句话叫"良医能治不治之症，佛家不度无缘之人"；还有一句话叫"有缘千里能相会，无缘对面不相识"。足可见医患也要讲究一个"缘"字。虽然良医能治不治之症，如果医患无缘，不治之症真的就没治了。

不要再抱憾终生

"血液病医院吗，我女儿的药已经收到了，可是还没来得及吃就走了，要是早一点儿配合中药就好了，呜呜……"电话中传来的哭泣声让我阵阵心痛。

这是湖南一位患者的母亲给我打来的电话。她女儿今年 32 岁，正是人生最美好的季节，家庭幸福，夫妻恩爱，却不幸在 2005 年 7 月患上急性淋巴细胞白血病，从此开始了痛苦的治疗历程。

在将近一年的治疗过程中，不间断的化疗使患者的身体备受煎熬，体质极度虚弱，贫血、乏力、心慌、烦躁、恶心、呕吐、持续高热 40°，给她治疗的主治医生已经束手无策。在这种情况下，心急如焚的家人开始为她四处寻医问药，并通过电脑网络查询，在病友的举荐下选择了我们医院。

根据患者家属提供的病情资料，我们得知患者已经到了难以救治的程度。但看到患者家属急切的心情，持着"只要有 1% 的希望，就要做 100% 努力"的信念，我立即和几位同事认真研究，精心制定出治疗方案，将药物以最快的速度寄往湖南。然而，最终还是晚了一步。

其实，这不是第一次接到这样的电话。很多患者都是到了生命垂危、命悬一线的情况下才想到中医药。然而，中医药也非神仙之术，绝大多数这样的患者最终不可救药，造成终生遗憾。对此，我深有感触。

从目前的医疗水平来讲，中西医结合治疗白血病是非常重要的。由于化疗作用强，可以快速杀灭白血病细胞，因此，在确诊后或病情发展较快时应及时采用化疗控制病情。但是化疗药物缺乏特异性，在杀死大量白血病细胞的同时亦损伤大量正常细胞，使患者机体免疫功能受到重创，化疗的不良反应也给患者带来更大的痛苦。所以，单纯化疗也不可取。

与化疗相比，首先，中医药治疗不良反应小，作用缓慢，非常有利于长期治疗。中药的治疗注重整体观念和辨证观念，以自我感觉和理化指标的全面好转为最终目标，在治疗中注意保护和增强患者的免疫力，为白血病的治愈奠定了基础。在我院治疗的患者中，有的经过治疗后抗感冒的能力明显增强，逐步走向康复。其次，能延长或阻止白血病的复发。化疗结束后，即使达到完全缓解时，也应用中药调节机体免疫水平，促进免疫功能的恢复，从而延长白血病的复发时间或阻止其复发。再次，可以防止白血病耐药。白血病细胞对化疗是有耐受性的，细胞本身对毒物的排异机制一旦启动，将会影响化疗药物对白血病细胞的作用。有研究发现，中医药可以恢复白血病细胞对化疗药的敏感性。近年来，中医药预防/逆转白血病（肿瘤）多重耐药性的临床应用研究已经取得了一些阶段性成果。最后，是可以预防白血病的相关并发症。白血病的并发症一旦发生，治疗起来难度很大，耗费也惊人，但是如果从预防上下手，及早配合中药治疗，不仅能够减轻患者身体上的痛苦，还能减轻患者的经济负担。

中医和西医各有特点和优势，如果能有机结合起来治疗白血病，将会大大提高白血病的治愈率。

成功源于信心

虎年春节过后第一次坐诊，无论是熟悉的还是不熟悉的患者，我一一跟他们道一声问候，拜一个晚年。

"黄爷爷过年好"，在大人的指点下，一个叫刘鑫的小朋友给我拜年。"刘鑫小朋友，你好！谢谢，过了年 3 岁了吧？"我一边和他打招呼，一边打开了他的病历。小刘鑫是 2009 年 2 月 2 岁时在北京某大医院诊断为急性白血病，当时他的主治大夫给他判了"死刑"，预计小刘鑫还有 3 个月的生存期限，劝其家长放弃治疗。刘鑫的家长爱子心切，在西医治疗这条路走不通之后，并没有被动等死，积极地继续寻求中医治疗。经过我们医院近一年的精心治疗，其间虽有反复，但都有惊无险，总的情况基本良好。

小洪姑娘是一位小"老患者"，已是连续 3 年春节后在我第一次坐诊时来就诊。小洪姑娘是因患有再生障碍性贫血来我院就诊的，在我院就诊已经是第四个年头了。小洪自从服用中药后，从第二年开始病情基本稳定下来，后来逐渐减少药量，现在只是巩固治疗。

河北患者范同学，2007 年 8 月在天津血研所确诊为急性粒细胞白血病 M5，先后经过 8 个疗程的化疗而不缓解；2009 年 2 月来到我院，通过配合中医药治疗，再次化疗时病情得以缓解，随后以中医药治疗为主，同时坚持学做健身气功，现在情况良好。

中午 12 点半，我送走了最后一位患者。掩卷遐想，有这么多重症患者经我院中医治疗逐步走向康复，这是对我们医务工作者的最大安慰，也是对我们中医的充分肯定。

中药不是后备军

我院每年要对来诊的患者进行统计，主要统计的项目为：患者的年龄分布、患者来诊时的情况、患者的就医途径、患者地区分布以及经我院治疗的有效率等。经过统计分析，一个事实出现在我们面前：白血病治疗的有效率一直难以提高，徘徊在 65% 左右。经过进一步分析，我们发现一个共同点，来我院就诊的患者大部分都是到了几乎不治的地步才想到中药，要么多次复发，要么被判"死刑"，要么已经倾家荡产。有些患者甚至连来医院见医生面诊的能力都没有了。

几乎超过 80%的患者是在其他医疗途径效果不佳或者被放弃治疗之后求医我院的，这个时候患者的身心均已经不堪治疗之苦，身体的免疫力和精神已经降到了最低，可以说在死亡线上挣扎。大部分患者和家属都是抱着试试看的心态来进行中医药治疗的，使得中药成了治疗白血病的预备役、后备军。对于中医来说，虽然这是一种无奈，但作为一名医者，只要患者找到我们，我们就会付出百倍的努力。只有这样，才能使患者的病情有所好转甚至康复。

说起中药治疗白血病，很多西医专家甚至患者都是嗤之以鼻，片面认为中医不科学，治疗常见疾病还可以，对于白血病这样的疑难重病是天方夜谭。不可否认，目前中医界存在医者水平良莠不齐等问题，但是通过医学界大量临床验证和科学研究，认为中药治疗白血病有以下作用：一是诱导白血病细胞凋亡，二是促进白血病细胞分化、成熟，三是杀伤、抑制白血病细胞，四是增强免疫功能，五是加快骨髓正常造血功能的恢复，六是逆转化疗药的耐药性，七是减轻化疗的不良反应。与化疗相比，它的优势在于：

其一，延长或阻止白血病的复发。化疗结束后，即达到临床治愈水平时，应用中药调节机体免疫水平，恢复免疫功能，可延长白血病的复发时间或阻止复发。在急性期时，白血病需要及时应用化疗，其间可以中医、中药辅助治疗；缓解期时，中医、中药的使用可以提高患者的生存质量，对延缓或阻止复发也有效。

其二，防止白血病多耐药。白血病细胞对化疗是有耐受性的，细胞本身对毒物的排异机制一旦启动将会影响化疗药物对白血病细胞的作用。有学者在研究中发现，中医药可以恢复白血病细胞对化疗药的敏感性。近年来，中医药预防/逆转白血病（肿瘤）多重耐药性的临床应用研究已经取得了一些阶段性成果。

其三，预防白血病的相关并发症。白血病的并发症一旦发生，治疗起来难度很大，耗费也惊人。但是如果从预防上下手则相对容易得多，不仅能够减轻患者身体上的痛苦，还能减轻患者的经济负担。

以上理论已在我院长期实践中得到验证。目前，化疗和中药治疗都是治疗白血病的有效方法，只是在治疗理论上有所差异。中医药理论是建立在实践基础上，注重整体观念；西医理论是建立在实验基础上，注重局部，各有利弊。这就需要医务工作者摒弃门户之见，取长补短，合理地指导白血病患者进行中西医结合治疗，以提高白血病的缓解率，减少化疗的不良反应，减少化疗次数，减轻家庭负担，改善生命质量，延长缓解期，防止复发，提高治愈率，造福白血病患者。

健康随想

心情愉悦的人容易健康，总是埋怨的人容易生病。种瓜得瓜、种豆得豆的道理人们都懂得，怕得就是因果关系。有什么样的因，自然会有什么样的果，这不是迷信。许多人患病之后，总希望有一种灵丹妙药吃上就好，实际上却没有那么简单。

身体疾病可以药物调理，心理不健康需要心理调理。心理调理最简单的做法就是培养善念，有了善念还要有善行。要想有善行，首先要从孝敬父母开始，逐渐向家人、外人延伸。曾经有人说："'舒'这个字，前面一个舍，后面一个予，舍得给予别人，心中自觉舒服。"如果给予别人感觉痛苦，那就不好。人都有私心，但太自私，自然会生病。为了达到最好的治疗效果，建议对患者的心理与生理同时进行调理，这样的治疗自然会显著提高。

埋怨是毒素，感恩是良药。

心理健康要从感恩开始，同时服用逍遥丸。

病理改善要从选择医生开始，虽难也要认真对待。

父　亲

2017 年农历八月十三下午 5 时 20 分，父亲在经历了 92 个春秋后寿终正寝，驾鹤仙去。父亲于 1991 年 2 月因患脑梗死出现右侧肢体功能障碍，经过一年多的中西医结合治疗得以逐渐康复，又享受了 26 年多的幸福生活。回顾治疗和照顾父亲的心路历程，我得以释怀，因为完成了对母亲的承诺，没有给自己留下任何遗憾。

1998 年农历七月十七，我 78 岁慈祥的母亲不幸去世。临终前她最担心的就是父亲今后的生活，因此忧心忡忡，含着无限的眷恋离开了我们。为此，我在我的 QQ 留言上写下"对母亲最好的怀念，就是加倍的疼爱父亲"一语，作为对母亲的承诺。

在我们姊妹五个人当中，我最小，除了享受到父母对我的疼爱，同时也享受着姐姐和哥哥们的照顾。为此，我曾立志在事业有成的时候，一定要尽最大的努力来报答亲人。

时间似流水，弹指一挥间，一晃就是几十年。在此期间，我父亲因糖尿病出现烂足，有三个地方深达骨头。我们带他找市级、省级专科医院的专家看病，都没有达到理想效果。后来哥哥找了一位民间医生，用家传秘方给我父亲治疗，再加上我从上海中医药大学、天津某医院等医院买来的为父亲特别配制的红油膏、生肌膏等药物，最终使已经 88 岁高龄的老父亲奇迹般康复，这让许多专家都感到不可思议。

2014 年，听说上海采用微创方法治疗动脉血管闭塞症，我们带着老父亲乘坐高铁前往上海东方医院。在上海东方医院，给父亲检查的结果是，腰以下的血管几乎全部堵塞，当确定是否要手术的时候，医生一看我父亲已经 89 岁，直接对我们说，年龄这么大，手术风险太大，所以建议做保守治疗。虽然上海之行没能如愿为父亲治疗，但因为我们的努力，老父亲回家后高高兴兴配合调理。

在对待老人上，有些事情不一定办好，但一定要尽心。父亲在世时经常讲，一个人做点儿好事并不难，难的是一辈子做好事。而在对父母的孝敬问题上，也不是一年两年的事儿，要长时间坚持才行。从老父亲 65 岁患"中风后遗症"到他去世，生命又延续了 26 年半，终年 92 岁，也应该算是高龄了。

人们常说，有好的儿子不如有好的媳妇。我爱人路秀会在照顾我父亲方面做到了无微不至，尤其是在父亲生活不能自理的情况下，无论是日常生活及晚上如何安排人员照顾，都考虑得极为周到。现在虽然我父亲已经过世了，但我们没有忘记那些曾照顾过我父亲的人。

姐姐、哥哥、姐夫、嫂子、外甥、侄子、侄女，我们全家人包括众多身边的亲朋好友，为了我父亲，都已经尽心尽力了。

敬爱的老父亲，您安息吧！

又想到父亲

父亲从 16 岁开始，在鲁大公司——也就是现在的淄博矿务局工作，几年后经朋友介绍到周村去学做生意。新中国成立前奔波于上海、天津、北京等地，有时候还与俄罗斯人做生意。也正因为这样，我们虽然生活在农村，但父亲的穿着打扮非常城市化。让我印象最深的是，父亲中山装的上衣口袋中总是插着一支钢笔。在那个计划经济的年代，家家户户都比较贫穷，在父亲的经营和母亲的辛勤操持下，我们家的生活还算殷实。在我幼小的心灵中，我父亲是个大好人、大能人，从小我就崇拜他。

在我很小的时候，晚饭后父亲躺在床上，喜欢用双手架在我的两腋下，把我的两只脚放在他的膝盖上玩耍。因为膝盖高低不平，容易滑下来，父亲便不厌其烦地重复着这个动作，引得一家人大笑不止。当我成家立业之后，尤其是有了女儿和儿子，便也自然而然地模仿起小时候父亲逗我时的动作，双手架在女儿或儿子的腋下，把孩子们的双脚放在我的膝盖上玩耍，真是快乐至极。

成年后我喜欢与父亲谈心，我们爷俩儿有很多次从晚上一直聊到天亮，我从他身上学到许多知识，包括如何为人处事，如何事业成功。在向父亲学习的过程中，让我收获最大的是为人要诚信，宁愿让人家欠我们，我们也不能欠别人；再就是做朋友不能变，两人好了就不能再变坏，就像经常看到的一句广告词："一旦握手，终生朋友。"受父亲的影响，我这样的朋友有很多，我们几十年如一日地友好往来，这种友谊甚至影响到下一代。

向父亲学习，学到最多的还是生活细节方面的东西。记得年轻时初出茅庐，有一次我到全国最大的中药材市场买药，临行前父亲专门告诉我不要说是买药，要说是参加学术会议。当时我并不太明白父亲的意思，但以后才知道，如果说是买药，别人就会知道我身上带着买药的钱，出门不够安全；而如果说是开会，别人联想到的不会是钱，这样就比较安全。可见天下父母心！父亲的教诲真是用心良苦。

父母对儿女百分之百的付出，就怕孩子有什么闪失。我们这代人对父母充满了感情、感恩和感激，也盼望我们的下一代和我们亲密无间，像我和父亲的交流一样与我们交流，这样即使苦点累点心里也甜。

小时候，父亲告诉我，在 20 世纪 60 年代自然灾害时，我爷爷因为缺少粮食充饥，只能用地瓜秧填充肚子，最终导致不能大便，几个人轮流用手帮他抠出来。到了医院，医生误诊为肠梗阻，并说需要手术治疗。父亲在从医院回家的路上遇到邻村的一位老中医，这位老中医告诉我父亲，像我爷爷这种情况用中药泻一下就可以，并再三嘱咐千万不要手术。父亲是个大孝子，在左右为难之际，还是选择为爷爷做了西医手术。当医生把爷爷的腹部打开之后，医生不断地摇头，只好在没有找到病变的情况下做了缝合。谁知道缝合后刀口不能愈合，父亲眼睁睁地看着爷爷就这样离开了人世。从那时候起，父亲心中就有了今后一定要培养一个孩子成为医生的想法，一旦家中有人生病有个依靠，最起码有个商量的人。

1975 年，高中毕业之后，我如愿以偿地完成了父亲的这个心愿。

天有不测风云。1991 年，父亲在他 65 岁的时候患了脑梗死，右侧肢体功能出现障碍。经过一年多的治疗康复后，父亲的生活完全能够自理，读书看报、听广播、看电视，每天骑着自行车到处游玩，这样过了近 20 年。但父亲在 80 多岁之后又患了糖尿病，最严重的时候足部出现溃烂，甚至深达骨头，先后在省、市、区级医院诊疗，收效甚微，后来去了上海东方医院，同样无济于事。在没有办法的情况下，我查阅医书、拜访专科名医，配制各种药物，给父亲做中药调理，经过一年多的调理，终于出现了转机，伤口全面愈合。

为了安全起见，我爱人路秀会联系上海厂家，为父亲购买了一辆电动轮椅，有了这一交通工具，父亲每天乐呵呵地操纵着轮椅"周游四方"。

实际上，我们夫妻俩当年在买了彩色电视机先让父母看，把父母房间的黑白电视换到我们房间。当买了卫生间带坐便器的房子，先请父母住，10多年以后我们夫妻才住上这样的房子。当经济条件改善之后，让姐姐们也住上新房。对前来诊疗的患者，对特别困难的患者减免药费，以争取更多的人彻底康复。

回顾从1981年创办医院以来，历经近40年的奔波，如果说我是成功的，这与父亲的言传身教是密不可分的。父亲虽然是在92岁的高龄时故去，但我还是经常想念他，不知不觉已经两年有余。

居家防疫之际，又想到了父亲，想到了和父亲朝夕相处的日子。祝老父亲与老母亲安息！

父亲带我游济南

我从小就患有哮喘和胃病。因为疾病，父亲经常带我到处求医问药。小学四年级那年，我已经12岁，但还没有摆脱疾病的困扰，父亲不得不带我去济南的大医院求治。为了让我在路上安心，父亲许诺在看完病之后带我到趵突泉游玩。

"说济南，道济南，济南有个趵突泉。"现在已经记不起小时候是在哪儿听来的这句话。一听父亲说要带我去趵突泉游玩，我真是开心极了，趵突泉的样子反复在我脑海里出现过很多遍。

看完病之后，父亲第一站就带我去了趵突泉。过去我还没有见过一个地方会有这么多人，只见那里人头攒动、熙熙攘攘。当走到一个有泉眼的地方，许多人排队用各种各样的工具取水。我和父亲也加入到取水的行列，大约半个小时后，父亲接了一杯水递给我，当我喝下去的时候，感觉那个透心凉，真爽！喝完慢慢回味，还真是感觉有点儿甜。随后我们又去了闻名遐迩的大明湖公园。到了大明湖公园，我的眼前顿感一亮，这是真真切切的"四面荷花三面柳，一城山色半城湖"的秀丽风景。我第一次到大城市，第一次到这样的地方，真像刘姥姥进了大观园，样样都感觉新鲜，左顾右盼。

游着游着感觉有些累了，父亲带我去吃猪蹄。当走进饭店的时候，发现这里生意火爆，我们好不容易找到一个小桌坐下。父亲点了两个小菜和一个猪蹄，吃完之后我感觉还没有吃够，看到对面一位 50 多岁的阿姨一个人竟然买了两个大猪蹄，真是羡慕不已。

吃过午饭之后，有一种想拉肚子的感觉，父亲赶紧带我到了一个公共厕所。那个时候公厕里没有卫生纸，自己又没有带，感到非常尴尬。我周围看了一圈，发现墙角有一些像小砖块的东西，只好拿过来擦屁股。没想到擦过之后肛门火辣辣地疼痛，我提着裤子跑了出来。父亲听我说明了情况后，专门到厕所看了一下，才知道那是杀苍蝇用的六六粉，急忙带我到大明湖边用湖水清洗屁股上的残留农药。

父亲带我游济南的事情如今已经过去 50 多年，但我仍然记忆犹新。在父亲去世三周年到来之际，提笔写出来，以表达对老父亲深切的怀念。

父亲带我去逮鱼

我们村的西面有一条孝妇河，它是淄博的母亲河。传说是一位叫颜文姜的女性因孝敬公婆而诞生了这条河，由此可见山东人非常注重孝文化。

在我还没有上学的时候，父亲经常带着我去河中逮鱼。逮鱼用的工具是一个扁圆形的玻璃缸，玻璃缸的顶端有一个圆形的开口。逮鱼前首先要制作诱饵，父亲在铁锅里放入麦麸，再倒上芝麻油，充分混合搅拌均匀后放在炉子上炒得喷香，这样鱼饵就做成了。

流经菜园村的孝妇河大约有10米宽，水深在半米左右，最深处达到2米。那时候的孝妇河水质清澈见底，各种鱼虾都有。到了下午比较凉爽的时候，我们到达河边，选择一个平坦的地方，把随身带的东西放好。然后父亲会根据水流缓急选择3~5个鱼窝。做窝选择在水流平稳的地方，先从河中捞出石头，垒在窝的前面挡水，高出水面十几厘米，然后把窝填平。鱼窝做好后，父亲把鱼饵放在玻璃缸中，慢慢地灌满河水，左手托着玻璃缸的下部，右手盖住玻璃缸上端的开口，然后小心翼翼地把玻璃缸放在窝中，这时候再把手松开，诱饵就不会从缸中冒出来。当把所有的鱼缸放完，父亲的脸上就会露出大功告成后的微笑。

这时候父亲带我到上游，找一个比较平坦、河水较浅的地方，把下面的石头清理掉，和我一起躺在河水中。我们幸福地仰望着蓝天白云，耳边听着潺潺的流水声和远处传来的蝉鸣声，享受着不时刮来的阵阵凉风，真是感到惬意。父亲告诉我，等鱼进入鱼缸，我们去抓鱼的时候，脚步一定要轻，不要让鱼听到。临近鱼缸的时候手一定要快，要等鱼还没反应过来，突然捂住鱼缸上边的缸口，这样鱼就不会跑出来。我一边听父亲讲，一边享受在河中泡澡的愉悦感觉。

大约一个小时后，当我们把鱼缸从鱼窝中取出来的时候，只见因贪食而钻进鱼缸的鱼在鱼缸中快速地游动着，有红叉钓、傻瓜、鲫鱼、紫泥沟等不同鱼种。

我们父子俩高兴地带着这些战利品回到家中，母亲把鱼清理干净之后，大的煎着吃，小的一起加上几个鸡蛋做汤。这时候父亲会拿出他的小酒壶，就着鲜鱼做的下酒菜自斟自饮。在那个物资匮乏的年代，有鱼的饭菜可谓奢华。

如今50多年过去了，当时的场景仍然历历在目。在我父亲去世五周年之际，写此短文以示纪念。

父亲的养生之道

我父亲今年85周岁，自1991年2月份脑梗死至今已20年。父亲在患脑梗死之后，经过中西医各方面积极治疗，在一年后逐渐康复，在此期间虽有一些小反复，但总的身体状况良好，至今耳不聋、眼不花，饮食、睡眠、大小便基本正常。最近两年才不能骑自行车，我们为他买了一辆四轮电动车，他自己还能开着"周游四方"。

回顾我父亲的康复过程，除了有效的治疗外，他自身的调理也非常重要。现在将我父亲的养生之道整理成文，或许对正在康复中的老年患者有所帮助。

精神乐观。我父亲是唯物主义者，从不信神，整天乐呵呵的，喜欢说话，精气神充沛，见到亲朋好友总是说"现在社会好，我们有福气赶上了这个好时代"。与人交流时也是阳光灿烂，感恩社会，感激他这一辈子得到许多人的帮助。在他卧室的迎面墙上挂着一幅书法，是我表哥写的"心情舒畅，顺其自然"八个大字。如果从中医方面分析，喜悦的心态，能使人们的血管舒展放松到最佳状态，这样有利于气血的运行，从而达到"气血畅通，百病不生"的效果。对有病的人来说，心态喜悦，更是有利于康复。

讲究食疗。父亲一生最大的嗜好是吃萝卜喝茶水。人们吃了水萝卜之后都有这样的体会，上面表现为"膈气"，下面表现为"放屁"。这样上下气息畅通，人们的消化功能得以健强。"脾胃为后天之本"，只要饮食、大小便正常，我们吃进去的食物就容易化生气血，从而保证人体的气血旺盛。现在日本人讲究健康"三快"，就是吃得快，大小便排得快，睡觉睡得快。有了这"三快"，就说明人体健康。除了吃水萝卜喝茶，我父亲还不断地研究吃的学问，每天两杯牛奶，晚上睡前把烤好的地瓜、小西红柿、苹果等放在自己的枕头旁边，入睡前多多少少吃上一点儿。特别值得一提的是，他对南瓜情有独钟，除了煮粥，还发明了用水蒸煮、用微波炉熏烤等吃法。我也因此跟着受益，感到与父亲在一起吃饭特别有味道。

到了夏天，我父亲很早就开始喝绿豆饭、绿豆面叶。从中医上讲，夏日炎上，绿豆能够清热解暑，对养护身体健康起到一定作用。根据一年四季的变化，有许多不同的食补方法，值得我们研究。

休闲锻炼。父亲每天早晨起床之后喜欢练练毛笔字，上午下午都与朋友下象棋。父亲喜欢养鸟，有一帮玩友，所以他每天乐呵呵地外出与这些志同道合的朋友聊天，谈论国家大事、国际形势等。

回家后给自己养的花浇水，在鱼缸边欣赏鱼儿上下游动。父亲每天都在固定的时间收看电视、收听广播。

孔子说："老年忌得。"父亲曾经有两位好友，70 多岁了仍在不停地创收。他们都有自己锻炼身体的方法，一位练太极拳，一位练气功，他们经常给我父亲送自己订的杂志和报纸。结果其中一位涉及经济问题，因为担惊受怕，出事后不到一年就病故了；另一位因为积劳成疾，也早早故去。

从正反两方面的教训可以看到，年老了锻炼是一个方面，比锻炼更重要的是心态。只有把心态真的放平了，才有"平和安"。我们经常说忙，而这个"忙"字，左边是个"心"字，右边是"亡"，是否可以理解为过度的"忙"，"心"也就死了。现在医学有一个名词，叫心肌梗死。春节前听朋友讲了一件事，有一位年富力强的局长，发现身体状况欠佳，便开始在操场上进行锻炼，结果却不幸因心梗而去世了，去世时才 46 岁。

从我父亲的养生实践，我发现人们在患病之后积极配合治疗的重要性，希望能够唤醒大家的保健意识，不要生了病就把自己的身体健康全部交给医生，在积极找医生治疗的同时，积极自疗保健，只有二者配合，才是康复的法宝。

娘的苦日

有娘的日子，是最美好的日子。娘健在的时候，每当生日这天，我都会买上她平时最喜欢吃的食品，像肉丸、烧鸡之类让她品尝。现在娘离开我已经 20 年了，但每当我要过生日的这一天，我还是会想起娘，想着想着眼泪就会流出来。

现在人们的物质生活丰富了，吃的、穿的、住的都比以前好，而且我也有了自己的事业，出门开车，远行乘坐高铁、飞机，但现在无论怎么好，娘却不能享受得到。

所幸，娘在的时候，我们夫妻俩能做的都做了。当有了彩电的时候，我们先给父母家里配上了彩电，把父母家里的黑白电视换到我们的房间；当买了带卫生间的商品房，我们让父母先住上。无论是别人请我，还是我请别人吃饭，只要感觉哪道菜好吃，我日后都会请父母到这家饭店去吃饭品尝。而每当看到父母开心地吃着美食，我心中那个美啊，难以言表。

这个月是我第一次领到退休工资，让我想到了爹娘，多想用我的退休金买最好吃的东西给他们，但他们却已经不在了。真是树欲静而风不止，子欲养而亲不待。这天，我仔细端详着父母与我们兄弟姐妹的合影照片，寻找着过去的足迹。仔细想想，自己也算是上对得起父母，在家对得起妻子及兄弟姐妹，下对得起孩子，左右对得起亲朋好友，以及我时刻惦念的病人。为人若此，庶乎近焉。

孩子的生日，母亲的苦日。今天又是我的生日，我只能对在天堂的她老人家说一声："娘，我想您！"

母亲哄我吃瓜

时间过得真快，转眼又到了农历七月十七，这是我母亲的忌日。母亲离开我们已经22个年头了。

我是家里的老小，从小受父母、姐姐、哥哥的关爱最多，特别是母亲对我的关爱，让我时时想起，难以释怀。

记得在我五六岁的时候，有一次我跟在母亲后面到淄川西关大桥肉食店买肉，那时候商店用的大多是弹簧门，当要走出肉食店大门的时候，因为前面的人刚从大门走过，门打开着正要关闭，我不知道躲闪就迎了上去。"咚"的一声，在弹簧的拉力作用下，正要关闭的大门把我的头碰了个正着。当时连疼带吓，我咧开嘴"哇哇"大声哭了起来。母亲见状，赶紧跑了过来，一边抚摸着我的头一边安慰着我，并许诺说给我买瓜吃。

走出肉食店，我跟随母亲到了不远处的瓜市。母亲先是给我买了半个西瓜，没有多长时间我就吃完了；母亲看我没有吃够，又给我买了一个很大的芝麻粒甜瓜，我又狼吞虎咽地吃了下去。

在那个物资匮乏的年代，能够像那天那样吃上一顿西瓜非常不易。吃完瓜，我摸着圆圆的肚子，知足感、满足感、幸福感交织在一起，很快忘记了在肉食店被门碰头的不愉快。

今天再想起来，那顿瓜真甜。而母亲的爱，更甜！

我为母亲送饭汤

20 世纪 70 年代，现在的乡镇还叫人民公社，下面是生产大队，我就生活在淄博市淄川区淄城公社菜园大队。

每年的农历五月，到了小麦收获的季节，社员们会把收割好的小麦用拖拉机送到麦场上，村里的家庭妇女全部出动扰麦秸。在麦场上看到大家用特制的铁齿梳子和镰刀将小麦梳理好，把麦穗割下来，麦秸捆起来，然后通过脱粒、晒干，就成为等待磨面用的小麦。

我母亲也在这群妇女的行列中。

那时我正在上小学，还是十几岁的孩子，麦收的时候放暑假。每当母亲去扒麦秸，我都会去给母亲送饭汤。这种饭汤是把小米炒焦，然后放在锅中烧开熬成的，喝起来有点焦煳的味道，能够解热下火，还能帮助消化。主食大多是煎饼，加上母亲早上做好的小菜，我放在锅中加热用布包好。每次到麦场上送饭汤，看到骄阳似火，村中大娘婶子们都汗流浃背地忙碌着。大家围坐在麦垛旁，把镰刀放在自己的臀部下面压着，镰刀头向上。每个人把自己跟前成捆的小麦抽出一大把，用左手抓着不停地向下扒，右手用特制的大铁梳子把麦叶梳理掉，让麦穗充分暴露出来，然后放在镰刀上割下扔到麦场上。被割下来的麦秸则用绳子捆好放在身后，每个人的身后面会堆着几十个麦捆。

那时候大家挣的是工分，工分按计件的方式计算，我母亲每天挣不到 10 个分工。

到了年底，村民们才能知道每个分工多少钱，有的村庄每 10 分工不到一毛钱。我们村平均 10 分工七八毛钱。这样算来，母亲在麦场里的劳动虽然辛苦，但收入却很低，每天才赚五六毛钱。那时候猪肉的价格是每斤七毛八，一天的收入买不到一斤猪肉。

我大多是在临近中午的时候给母亲送饭汤，每次去都会看到母亲背上的衣服都湿透了。每当看到这样的场景，我都很心痛，暗暗发誓，一定认真读书，长大后有所作为，让母亲能够过上幸福的生活。

多少年后，我的愿望实现了。1995 年，父母住上了装修好的带卫生间的商品房，我实现了自己的梦想。

有一次，母亲在我们村的大槐树下乘凉，我车开到了她的跟前，她高兴地对周围的人自豪地说，现在遇到好年代真享福，两个儿子都买上了轿车。

母亲健在时，只要闲暇，我都会开车带母亲游览观光。

现在母亲离开我们已经 24 年了，每当她的祭日到来的时候，总会想到母亲在世时的点点滴滴，谨以此文表达对我母亲深深的怀念。

患难夫妻

我和妻子一个村，但她出生在南京。10 岁的时候家庭遭遇不幸，小学四年级返乡回到村里，插到我们班，当时我是这个班的班长。

学校位于我们菜园村的中间位置，是由一座大庙改建而成的。记得有一次我和同学们在学校大门前玩耍，突然从西北转角的地方走过来一位眉清目秀的女孩，我的目光被这位女孩子吸引过去。有一位正在玩的同学给我介绍说，人家是从南京来的，叫路秀慧。我定睛看了一下，个子不高，但人长得还挺秀气，一看就是从大城市来的。

那时候我们都是十几岁的孩子，可以说是两小无猜。我在班里当班长，她当文艺委员，她把从南京带回来的节目组织同学们排练演出。记得其中一个节目，我扮演节目中的地主，她扮演一位贫农的女儿，我还记得其中有段歌词是这样唱的："天上布满星，月亮亮晶晶，生产队里开大会，诉苦把冤伸。万恶的旧社会，穷人的血泪恨，千头万绪涌上了我的心，止不住的辛酸泪挂在胸。不忘阶级苦，牢记血泪仇，世世代代不忘本，永远跟党闹革命。"我们排练好之后，根据需要，一遍遍地演出。有一次村里召开批斗会，让我主持会场。那个晚上，我们村戏台上放了一张课桌，我站在课桌前，看到台下黑压压的一片人群，我大声喊道："把坏分子押上台来！"我的话音一落，众人簇拥着把坏分子们押到戏台中间。在批斗结束之后，我又宣布迎新春节目现在开始。我当时才13岁，不知是从哪里来的胆量，现在回想起来又好笑又有趣。

上语文课朗读课文时，路秀慧是用纯正的普通话朗诵。有时候遇到男女共同朗读，老师会叫我和她一起朗读，我带有浓厚淄川味的普通话很难和她合上拍，但我却很愿意和她一起朗读。1971年，我们又一起到北关中学读初中，她在一班，我在二班。1973年，我们又一起到淄博四中读高中，她在一班兼任学校广播员，我在五班兼任物理课代表。1975年6月24日，我们一起高中毕业，我回到村里担任了赤脚医生，她回到村里担任民办教师。1977年，国家政策变得越来越好，她招工到淄川标准件厂担任团支部书记兼打字员，1978年，我参军到了福州军区，担任卫生员。

1981年，当服役即将结束的时候，我主动提出确立恋爱关系，得到她的同意。1981年9月27日，我从福州军区返回家乡，父母为我们操办了婚礼。1981年底，我在家人的支持下创办的中医门诊部正式开业。

这里需要说明的是，妻子小时候叫路秀惠，上学时改名路秀慧，寓意是秀外慧中。后来进入社会，为了书写方便改为路秀会。如今我和妻子携手40多年，妻子为了我和家庭做出了诸多贡献。

我们的女儿黄飞于1983年出生，女儿的到来给我和妻子带来了很大喜悦。当时妻子所在的淄川标准件厂在昆仑镇，她当时做打字员兼档案员，很多工作离不开她，生孩子后不到半年就回厂上班。

我的母亲年事已高，家中老父亲还需要伺候，没办法给我们看孩子，无奈之下只好请还在南京的岳母前来帮忙。妻子一面工作一面照顾孩子，每天心急火燎，不幸患了急性乳腺炎。虽然经受着红肿热痛的痛苦，但还要给孩子喂奶。我们到处寻找这方面的医生，经过大半年总算治疗痊愈。带孩子的过程是非常艰辛的，我记得有一次女儿半夜发烧，本来非常胆小的妻子，半夜 12 点多一个人骑自行车 10 多公里从昆仑跑到淄川，告诉我孩子的病情，我们一起拿上针和药再回到昆仑，给孩子打针服药到凌晨 3 点，第二天我们俩还要上班。

当时在南京的内弟和小妹都还小，岳母需要回南京小吃部上班，以维持生活。在这种情况下，我们需要请一位保姆，但找了许多人都不合适，岳母为此绞尽脑汁，最后找到一位离标准件厂很近的大娘帮我们看孩子。等孩子慢慢长大之后，教育又成了一个大问题，妻子除了工作，每天还要督促孩子学习。好在孩子非常听话，学习成绩排在班里十几名，高中毕业后顺利考取上海中医药大学，经过 7 年的学习，获得了本硕连读肿瘤专业硕士研究生学位。

1992 年，我们的第二个孩子黄帅出生，在给家庭带来喜悦的同时也带来了辛苦。由于我和妻子的工作性质都非常特殊，别人很难代替，基本需要天天上班。我妻子的负担更重了，一边上班，一边需要照顾两个孩子。

男孩的天性就是顽皮，管理起来比女孩费事得多。特别是儿子到上海读高中之后，我妻子每个月乘坐飞机到上海照看儿子，在上海顶多待 10 天就得赶回医院，进行药物进出管理，每天的收支记账以及月底给职工发工资等，有时候一个晚上不睡觉，也要把员工的工资发完。

由于每个月需要到上海看儿子，每当又要飞上海的时候，妻子心中就恐慌。好在儿子读高三的时候心收回来了，自控能力增强，学习奋起直追，高考后被北京中医药大学录取，经过 5 年的学习，获得了中西医结合专业学士学位。

两个孩子从出生到培养成才，妻子不知付出了多少苦、流过了多少泪，只有当了父母的人才知道。

1991 年我父亲不幸患了"脑梗"，住在淄川区人民医院。当时左侧身体出现偏瘫，生活不能自理，大便排不出来。除了正常打针用药，有时候需要用手抠出大便。当时我正在参加成人高考，我们兄弟姐妹轮流值班。当轮到我们家的时候，我在病房外复习，我爱人在病房内伺候老父亲，遇上需要大小便我再进去料理。有一个晚上，父亲吃多了，腹部胀痛难忍，我妻子吓哭了，一宿没有睡觉，直到第二天老人通了便，才都放了心。

在每天的工作中，我为了患者能够有秩序就诊，就制作了 50 块牌子，基本上天天挂完，有时候要挂两遍，患者大多数超过 100 人。我白天工作，晚上看书，其中有几年还参加了中医夜校培训班。在这高强度的工作中，妻子在生活方面给予我无微不至的关心。

那个年代家家都不富裕，能够吃上鸡蛋是非常奢侈的事情。因为我是农村户口，到了年底才有一定的收入。我爱人是城市户口，每个月按时发工资，她除了给在南京的母亲寄上每月的养老钱，剩余的几乎都用在了我和孩子身上。她每天早上要给我冲两个鸡蛋，在其他饮食方面也尽量给我调剂着吃。特别是在我 1988 年参加全国成人高等教育自学考试期间，妻子对我更是无微不至。功夫不负有心人，在妻子的全力支持下，我终于拿到山东中医学院的专科毕业证书。现在看来这些似乎没有什么，但是在那个年代，考上大学的人非常稀少，能够自考拿到国家承认学历的大学毕业证书真不容易。在 2003 年到 2006 年，我又参加了北京中医药大学专科升本科的考试，获得本科毕业证书。

1992 年，淄博市卫生局召开首届高等教育中医自学考试庆祝大会，淄川卫生局推荐我为代表发言，因自己不擅长写发言稿，我踌躇了几天，只写了两行半字，总感觉有东西写不出来。妻子看我太为难了，便把我自考这几年的辛劳苦累一气呵成地写了下来，形成近 2000 字的发言稿。有了这一次经历，我后来在写作上专门下功夫，不断积累词汇，除了撰写中医科普文章和论文，先后在中国医药科技出版社出版了《白血病患者的新生之路》、人民军医出版社出版了《血液病的饮食调理》、上海第二军医大学出版社出版了《扶正祛邪抗癌瘤》十几本书籍，总计 200 多万字。

现在妻子一高兴就夸奖我，说我学什么都能深入学进去。我则认为人只要每天进步一点点，一年就是一箩筐。

在多年的工作及考试过程中，妻子从精神上给我鼓励，从生活上给我关照，让我以饱满的精神投入到学习、工作和生活中去，我发自内心的感恩、感谢。

在事业上，我们更是风雨同舟，患难与共。在 20 世纪 80 年代，我国还处于计划经济阶段，许多中药材短缺，为此我和妻子跑到北方中药材最大集散地河北安国进药。这个地方至今没有通火车，我们需要乘坐火车到达河北辛集住一个晚上，然后第二天早晨天不亮换乘汽车前往安国。那个时候冬天特别冷，第一次去的时候忘记带结婚证，经过反复说明旅馆才安排让我们住在一个房间，但是服务员没过一会儿就到我们房间看炉子，搞得我们一晚上没有睡好觉。吃过早餐，我们就到了集市上，看到人山人海买卖中药的人。

有用小车推的，有用肩扛的，也有用拖拉机拉的，更多的是大大小小不等的密集摊位。妻子看到这些高兴极了，我们短缺的中药这里都有。于是不停地买着，不知不觉到了下午三四点，竟忘记了吃午餐，我们把几十个装满了中药材的编织袋缝合好之后，找车拉到邮电局，填好包裹单，交上邮寄费才算结束。当一切办完的时候已经是下午5点了，我和妻子又渴又饿又冷，两个人互相依偎着走进一个小饭店就餐。

像这样采购药品，我和妻子跑了许多年。

1997年是非常不平凡的一年，不知怎么回事，我们开的处方都很平和，但有的病人用药之后出现严重的吐泻反应。为了搞清楚原因，我们就像破案似地进行筛选，最后锁定在僵蚕这味中药。我将此磨成细粉，称好5克准备服下。我爱人看到之后说你不能喝，一旦出现问题怎么办？于是她把药粉用温水搅拌均匀之后喝了下去，过了几个小时出现喷射性的呕吐，逐渐出现昏迷以至不省人事。我们迅速到了淄川区医院急救室，医生诊断是过敏反应，给予抗过敏治疗。我在一位同学的帮助下，冒雨迅速到淄博市中心医院请到中毒抢救专家，看后瞳孔已经散大，诊断是急性中毒，于是改为中毒治疗方案，24小时不间断地输液进行抢救性治疗。一天一夜之后，妻子才慢慢恢复了意识，转危为安。事后回想起来，如果当时是我把药物服下，可能就没命了。

在我们共同创业的过程中，有寒冷、有饥饿，付出过心血、流淌过眼泪，有时还要冒着生命危险以身试药。这些只是我们几十年中小小的片段，有些东西可以写出来，有些东西不能写出来，不能写出来的更苦，只能记在心里。

为此，我曾写了以下诗句：

感谢父母生育恩，

诚感妻子陪伴情。

汗水结出甜蜜果，

夫妻携手奔前程。

二姐腌的萝卜咸菜

每年的秋末冬初，二姐都会给我们送来一些她亲手腌制的水萝卜咸菜。二姐腌制的水萝卜咸菜有一种特殊的美味，早餐时咬上一块香麻的萝卜条不但可以下饭，更让我心里感受到一种爱的味道。

二姐腌制的水萝卜咸菜看上去青黄相兼，上面带有少许芝麻和花椒，因为晾晒时加了麻油，色泽更是油光鲜亮。这样的萝卜条吃起来清脆而有韧性，麻咸甜香味道俱全。如果夹上块个头大的，吃起来特别清脆，就像是芹菜拌海蜇；遇上个头小的则比较柔韧，犹如吃到牛筋。可能是经过多日自然晾晒的缘故，吃的时候总感觉有一种太阳的味道。

现在是商品经济时代，老干妈辣椒酱风靡世界。每年吃着二姐腌的水萝卜咸菜，我总会想，如果注册个"二姐萝卜咸菜"牌商标，再来个真空塑封包装，也许能打造个山东省名小吃，做成一个产业。更重要的，每当吃着二姐亲手做的咸菜，总会让我想到母亲。老母亲在世的时候，每到秋末也总是亲手腌制水萝卜咸菜，那时候的咸菜虽然没有现在的咸菜有那么多佐料，但那就是真真切切的母亲味道。现在二姐把母亲腌咸菜的手艺传承了下来，而且又有所发展，使我在吃二姐腌制的咸菜时，总会感觉到娘亲味儿。

有一天，嘴里吃着二姐腌制的咸菜，我的脑子里冒出了一首诗：人生在世三万天，感情显得不一般；互相感恩情义重，身心健康度晚年。

萝卜咸菜制作方法：先将萝卜清洗干净，然后切成片状，并在萝卜片的纵切面切一个刀口，把萝卜片放入容器中，加入适量的盐，腌制5个小时，然后拿到室外，挂绳子上晒2天左右，晒到半干为最佳。晒好后，将萝卜切成手指大小的条状，用温开水将萝卜再次清洗、晾干，最后放入麻油、花椒粉、酱油、醋等调料拌匀入味，每2小时搅拌一次，2天后就可以享受美味了。也可以装瓶密封，放冰箱冷藏存储，保质期可达12个月。

王昭老师

在同学孩子的婚宴上，听说王昭老师已经仙逝，而且去世已经半年多了，当时我感到非常意外和突然。中学毕业近40年，我和王老师一直保持着密切的联系，每当教师节或春节前后除了看望老师，就是邀请老师一起吃顿饭，共勉师生之情。让我万万没有想到的是，王昭老师仙逝已经半年，我竟然一点儿都不知道。

回家后静下心来细想，我想起半年前曾经接到一个断断续续的电话，吐字听不清楚，我问对方是谁，也听不清楚，后来就把电话挂断了。现在想想，这是不是王昭老师最后打来的电话？想到这里，我感到十分内疚，陷入深深的思念之中。

我是淄博第四中学高三级五班的学生，1975年6月份毕业。我们这届同学是"文革"后凭真才实学考上的第一批高中生。我本人喜欢语文，王昭老师就是我们的语文老师兼班主任。

王老师的普通话非常好，在全校都是有名的。在上语文课时，每当他读到潺潺流水时，就像水流到了我们跟前，他给我们朗读文章，听起来是一种享受。记得有一次他讲曹植的七步诗："煮豆燃豆萁，豆在釜中泣。本是同根生，相煎何太急。"他一边写着，一边讲解，由于入境太深，竟然发出凄切的抽泣声。他声情并茂的讲课艺术把我们带到了作者的心中，既感到对作者的同情，又被其文采所打动。

王老师写得一手好字，至今我所写的字仍是从王老师那里传承来的。1972 年入学不久，我曾请王老师给我题过字，当时他严谨认真地写下了"入学未久，表现良好，故以寄言，以资鼓励。衍强同学，在新的学期中应是这样：公字当头，心中无我；争挑重担，方向明确。"落款现在已经看不清了。后来，我曾请王老师到医院帮助我整理医案，王老师来到医院后，我特地拿出当年他给我题过字的本子，请教落款问题。他看后先是一惊，感叹这么多年他给我的题字一直保留者，然后指着最后的落款，爽朗地说他的笔名叫"若水"，这让我马上联想到"上善若水"。王老师是一位特别善良的人，他的一言一行无不透露出优良的教风。他的衣着打扮整齐得体，始终谨记自己为人师表；他的话语，严谨中带有温和，给我留下了深刻印象。

现在，每当看到恩师帮助我整理的《癌症患者中医康复指导》一书，就更加唤起我对老师的思念。书中的每章每节甚至标点符号，王老师都曾逐一推敲，然后小心翼翼地定稿。可以看出教师这个行业太伟大了，所谓"桃李不言，下自成蹊"。我作为他的学生，发自内心地感谢老师这么多年的教诲。

尊敬的王昭老师，一路走好！

战友重逢

时光荏苒，流年似水。人的一生是这么简单，简单到用成功和失败两个词就可以归纳；人的一生又是这么复杂，复杂倒不是一句话两句话就可以说清楚。

2018年6月6日，对于我来说算得上是一个"六六大顺"的日子。这一天，一位40年未曾谋面的老战友突然来到了我的面前，真是"有朋自远方来不亦乐乎"，和他一同前来的，是我在部队时连队的一名卫生员。那时候，我们有着同样的职业、同样的梦想。而今年又恰逢我刚刚举办过60岁庆生晚宴，对于已过"耳顺"之年的我来说，本来已经是心如止水，难为情动，然而战友的重逢还是唤起了我对20岁青春岁月的向往。40年，如白驹过隙，就是人生的一个小小驿站！

有人说，人生是一把琴，岁月是一首歌。再回首，怀揣青春和梦想参军入伍的那一刻距今已过40个春秋，而我尝百草、试银针，为救治自己童年疾病开始的行医之路已历半辈子。人生一路走过、一路选择、一路遗失、一路收获、一路长叹、一路辉煌，现在我们也变成了一首老歌，只待今日和战友的对视中去领悟、去聆听。

1978年，我应征入伍。那年的3月11日，当年入伍的新兵到淄川区人民武装部集合，经过四天四夜的长途跋涉，于3月16日晚上到达福州车站，然后又换乘汽车，经过3个多小时的颠簸到达驻扎在连江县的军营。

第二天，我们开始新兵训练。军训之余，曾经做过赤脚医生的我利用休息时间，在自己身上的曲池、内关、合谷等穴位体验针刺的感觉，战友们则在一旁围观。连长见我有中医功底，便伸出自己的手臂让我号脉。一摸连长的脉搏，我认为连长患有慢性胃炎。连长说我脉号得准，要我再开个药方，我又结合连长腹部喜暖喜按的症状，辨证为脾胃虚寒，给予张仲景的小建中汤加味，连长服用后效果很好。

没过多长时间，因部队需要医务人员，我被调入团医院组织的采集中草药培训班。培训班结束后，我被分配到团直机关卫生所工作，从此成为一名卫生员。连队的一位文书患了膈肌痉挛症，整夜嗝声不断，没办法睡觉，白天无精打采，不能正常工作。我给他把脉观舌，结合具体的症状辨证为肝气郁结，选用疏肝理气的方法治疗。药物很简单，我们营房前面种植了很多橘子树，我从上面打下一些叶子，再到附近农田挖一些香附。把汤药煎好后让文书频喝，再配合针刺内关、中脘、足三里，经过两天治疗，病情明显改善，一周之后痊愈。我们团副团长的妻子感冒之后，用过各种药物，但治疗效果欠佳，每天发热在 38℃ 左右，时有寒热，不欲饮食，心烦意乱。我看过之后认为，中医经典著作《伤寒论》中提到的小柴胡汤比较对证，我用此方予以适当加减，这位副团长的妻子服用 3 天后体温正常了，饮食也得到改善。

入伍第二年，我便被评为先进工作者，荣立三等功一次，全团卫生人员到我所在的卫生所参观我创办的中药房，我还是同年入伍的战友中第一批入党的人。

这次陪同战友一起前来看望我的高明星，就是当年参观过我中药房的卫生员之一，经过部队的锻炼，回到家乡后继续从事卫生工作，兢兢业业，任劳任怨，得到当地群众的好评。而这次来的主角周兴龙和我们不是一个团，而是另一个团的卫生员，当年和高明星在潍坊一同入伍到了福州，这次他是以病人身分前来找我治病。

4年前，周兴龙因乏力、面黄等原因就诊于潍坊市人民医院，确诊为再生障碍性贫血，后虽经治疗，到处寻访名医，病情却未得到有效改善。周兴龙的情况传到了高明星耳朵里，退伍后偶尔还和我有联系的高明星一听这种情况，当即决定带他来找我。因此，才有了6月6日我们失散了40多年的战友重逢的一幕。

如今的我已经不是那个为了展现中医魅力而寻找病人的部队卫生员，经历了40年的历练，也算是当地一位名中医了，而我用中医治疗血液病、恶性肿瘤等疑难杂症更是名扬海内外。在战友面前，我不能不谦虚，一边开药，一边对战友说："不着急，试试看……"

可喜的是，这位战友服用了我开的中药后，脸上再也没有了愁容，他的病一天天好了起来。

书画传情

1月12日，我收到老战友郭党生寄给我的邮件，打开发现，里面装的是一幅郭党生亲笔写的墨宝，内容为："勤求古训创新路，博采众方攀医峰。"欣赏之余，欣喜入怀。收到老战友用心写的作品，真是幸福至极。

　　细细欣赏，这幅草书作品中个别字辨认起来虽然有些异义，但不难看出战友在写这幅作品时下了一番功夫，无论在章法还是用墨上都极为讲究。这幅作品最让我欣赏的还是作品的内容："勤求古训创新路，博采众方攀医峰。"可谓是为我量身定做，两句话 14 个字，概括了医生的事业及人生追求，内容风雅时尚，清新别众，摆放在面前，不能不引起我思绪万千。

　　人生如白驹过溪，四十三年弹指一挥间。1978 年 3 月 12 日，已经做了 3 年赤脚医生的我，怀抱着报效祖国的梦想参军到了部队，虽然部队工作训练很苦很累，但我也会抽出一点点休息时间翻阅那本《常见病验方汇编》，有时甚至取出银针在自己的身上尝试穴位。我的中医特长让部队领导眼睛一亮：这是个人才！是人才就应当人尽其用！我顺理成章地被调到团直通讯连卫生所，如愿以偿地当上了卫生员。

　　那时候，战友郭党生在连里担任文书，我们之间的接触自然比一般的战友要多一些。等到了 1981 年，我从部队返乡创办了医院，这位老战友也一步步成长，成了一位书法家。最让我没有想到的是，如今 40 多年过去了，老战友仍然不忘旧情，为我量身定做，把写好的作品装裱好寄给我。

　　也许战友还不知道，我亦是一位书法爱好者，工作之余，时常会写一些书法作品发布于网络，因此对书画作品比一般人更加珍惜，也更喜欢欣赏。当收到战友的这幅书法作品时，我在感慨之余当即挥笔写下这句话："战友情谊书画牵，身心健康享余年。"现在仔细想想，我写的这句话还是没有脱离开自己的专业，心里牵挂的还是健康！

振家唯读书

记得在小时候，我和哥哥在家里翻出一只锈迹斑斑的砚台盒。哥哥一边用纱布打磨，一边用水清洗，发现是一个铜盒，上面刻有"要振家声，还是读书"八个字。可能就是受这八个字的影响，我从此爱上了读书。

十几岁时，在一次拜年时一位婶子对我说，小时候，你们十几个兄弟经常到我们家玩耍。有一天，我给每个人发了一本小人书，可没过多少时间，一个个两腿之间夹着一根玉米秸秆，学着骑马的样子，在地上划起一些尘土扬长而去，唯独你一个人还留在原地认真地看着小人书。

婶子说的事儿我早已记不住了，但小时候喜欢看书这是真真切切的。因为家里穷买不起书，我几乎借遍了附近所有人家的书。那时候总感觉读书真好，读起书来也犹如干渴了喝水，肚子饿了得到了美食。有时候晚上看着看着书睡着了，就会抱书而眠，当早晨醒了之后发现怀中有书。

现在回想起来，养成读书的好习惯，第一要感谢穷困这个磨刀石，第二个要感谢从小生病的痛苦经历。因为我身上上有哮喘、中有胃病，小时候经常辍学，书念不成，父母带着我四处求医问药。不知喝了多少苦水，受了多少皮肉之苦，我熬过来了，终于战胜了疾病，从此立志学医。幸运的是高中毕业之后，我就被推荐到淄川区医院学习，后来又参加了淄川区卫生局组织的中医学习班；1978年入伍到福州军区，继续从事中医药事业；1981年从部队返乡后，我创办了淄博延强医院。

感恩给我生命并养育我的父母，感恩给我帮助并陪伴我的兄弟姐妹，感恩给我治病的各位医生，感恩为我指点迷津的各位老师，感恩相夫教子的爱人，感恩忠诚于我的每一位徒弟，感恩信任我的每一位患者。更感谢书籍，是它给了我快乐。

好读书，读好书，书能增智解愚；学好人，做好人，好人一生幸福。

武汉大妈

20 多年前我到武汉巡诊，遇到某银行的一位 70 多岁的老人找我看病。他患的是骨髓增生异常综合征，当时只能依靠输血来维持生命。服用了我经过辨证论治开的中药之后停止了输血，后来如同正常人一样生活。过了几年之后，我又到武汉巡诊，遇到一位 70 多岁的大妈，在现场足足等了我一个上午，非要邀请我和助手到饭店吃饭。我并不认识这位老大妈，便问她是哪位。她说你知道李运昌吗？他在你的精心治疗下又活了这么多年，临终的时候嘱咐我，如果黄院长再到武汉来，让我一定代他请你吃顿饭。

这位李运昌便是我 20 年前去武汉治疗的那位骨髓增生异常综合征患者。这样的盛情邀请不好推辞，我们便一起跟着这位老人去了饭店，吃了武汉有名的酥皮鸭。在老人付款的时候，我特意关注了一下，这顿饭大概花了 400 多元。返回淄博之后，我让助手给这位老人汇去了 500 元。老人的心意我们领了，但总不能让大妈来破费。没想到大妈很快给我打来电话，说她请我们吃饭是在完成老李的一个心愿，并对我说，你现在把钱寄来了，等下一次再来武汉，我一定还要请你吃饭。

虽然这件事一晃又过去 10 多年了，现在也不知道这位大妈还在不在人世，但我却久久难以忘怀。我常常在想，人为感情活着，活着的时候充实而快乐。即使人不在了，还有人想着你，这样一辈子没有白活，就是活出了价值。人们只要互相感恩，就会有益于身心。

怀念杨老先生

杨德发先生是我的师兄，我们不但一起参加全国高等教育自学中医专业自学考试，还一起参加了高纯汉先生在北关村举办的淄川区中医夜校。杨老先生生前不但是一位好大夫，也是一位热心人，还是一位优秀的孝德模范。他于 1947 年农历三月二十一日出生于淄川区二里村，于 2022 年农历九月初九凌晨 1 点零 6 分因突遭车祸抢救不治不幸逝世，享年 76 岁。

杨德发先生出生在新中国成立前，长在红旗下，经历了人民公社、3 年自然灾害、10 年"文革"、改革开放，经得起风雨大浪的考验。他热爱党、热爱社会主义，珍惜幸福生活。杨德发先生学生时期聪明伶俐，勤奋好学，成绩优秀，是老师赞不绝口的好学生，是同学们交口称赞的好同学。

杨德发先生结束了中小学的学业后，在二里村担任了赤脚医生。他在 1988 年参加全国高等教育自学考试中医专业，经过 3 年的时间，12 门课程门门成绩优异，顺利通过考试，获得山东中医药大学毕业证书、国家级中医师，中医临床 40 余年，对中医各科疾病有丰富的经验，对内科、儿科、妇科疑难杂症均有独到之处，尤其对治疗顽固性神经性头痛、血管紧张性头痛疗效显著。对心脑血管、消化道溃疡研究颇深，有多篇论文在海内外杂志发表。

1982 年，杨德发先生参加了他舅父高纯汉先生在北关村举办的淄川区中医夜校。在坐诊一天之后，晚上拖着疲惫的身体前往听课。他一边听，一边认真地做笔记，是我们同学中学习的佼佼者。除了从事中医药工作，他爱好文学，喜欢写诗，还写得一手好钢笔字和毛笔字。1996 年 5 月 7 日至 12 日，我曾和他等 10 余人一齐参加在著名庐山风景区召开的全国中医血证痰证学术研讨会。师兄杨德发曾诗兴大发，顺口吟出"一山飞峙大江边，跃上葱茏四百旋。冷眼向洋看世界，热风吹雨洒江天。云横九派浮黄鹤，浪下三吴起白烟。陶令不知何处去，桃花源里可耕田"的诗句，至今让我难以忘怀。

杨老先生品德高尚，医术精湛。他是一位地地道道的好心人、热心人。他膝下两女，在他的精心培育和关怀下，都已成为社会上有用的人才。他在工作中热心接诊每一位乡亲，无论是白天黑夜，不避寒暑，帮助许多人恢复了健康。他吃苦耐劳、谦虚谨慎、大公无私、勤奋好学的精神，深受人们的赞誉。

杜鹃泣血，百鸟哀鸣。杨德发先生不幸去世的消息传来，让我痛惜万分，我为我失去一位同道师兄而倍感伤怀，街坊邻里为失去一位好心人、热心人而悲伤惋惜，同学、朋友、同事为失去一位知己、大哥和兄弟而伤痛。然而，人逝不能复生，我们只有把杨德发先生爱党、爱国、爱岗敬业的优良作风，团结同事、关心群众、乐于助人、乐于吃苦的高尚品德，以及他孝敬老人、团结兄弟姐妹、勤俭持家的好家风传承发扬下去，才是对他的最大安慰。

杨兄，一路走好！

治病的哲学

　　王小帅和张茹燕同为儿童白血病 M2 患者。王小帅 9 岁，山西大同人，去年 1 月在经历了 3 个疗程的西医化疗后来淄博延强医院进行中医治疗。张茹燕 10 岁，四川乐山人，去年 3 月在经历了 6 个疗程的西医化疗后来淄博延强医院进行中医治疗。在进行中医治疗之前，王小帅的身体状况要比张茹燕好很多，但治疗效果却比张茹燕差了很多。什么原因呢？这就不得不说一说哲学问题了。

　　哲学当中有一个著名的矛盾论，认为事物的运动发展是由其内因与外因所决定的。内因是指事物发展变化的内在原因，即内部根据；外因是指事物发展变化的外部原因，即外部条件。事物的运动和变化，是由它本身固有的内部矛盾引起的，又是同它所处的一定的外在条件相联系的。内因和外因在事物发展中的地位和作用是不同的。外因是变化的条件，内因是变化的根据。外因通过内因而起作用。任何事物都是矛盾的统一体，事物发展的根本原因，不在事物的外部而在事物的内部，在于事物内部的矛盾性。内因和外因相互联系并在一定条件下相互转化。

　　就白血病的发病原因而言，也有其内因和外因。

　　外因是白血病发病不可缺少的条件，主要有三种：①物理性：主要有放射线、紫外线，以石棉为代表的粉尘纤维，以镉、沥青为

代表的各种有害物。长期接触上述物质的人患病机会比不接触者高
3~10 倍。如日本广岛原子弹、苏联切尔诺贝利核电站事故都引发了
相当数量的白血病患者。②化学性：白血病 80%与环境污染有关。
③生物性：主要是病毒和细菌引起的。

内因主要有五种：一是遗传。白血病家族史有多代连续高发，
有时比一般人群高出 3~4 倍。二是精神。与长时间精神压抑、郁闷
有关。三是免疫。抵抗力减弱或免疫系统功能失常均易发生该病。
四是不良嗜好，包括吸烟酗酒、偏食、不科学烹调等。五是营养。
食谱中维生素、矿物质以及蛋白质、脂肪、糖、纤维素等缺乏或失
去平衡等都可造成内环境紊乱。

在普通人群中，白血病的发生由内因起主要作用，外部条件稍
一加强，就会引发白血病。而在长期处于辐射等条件下的特殊人群
中，身体素质再好，外部条件到了一定的量，也会通过破坏其身体
免疫系统而打破这一平衡，引发白血病。治疗白血病效果的好坏也
有其内因和外因。治疗的内因是病人本身：病人是不是遵循医嘱，
听医生的话；能不能坚持必要的运动和锻炼，能不能坚持用药和正
确用药等。治疗的外因是医生的水平和所用诊疗手段配伍是否准确
及药物用量是否得当。

我在给病人看病时，经常会和病人说一些似乎与看病无关的话，
其实不然，这些话并非废话，而是要通过提醒病人而促使病人坚守
住身体的基本条件，守住决定治疗效果的"内因"。古代名医扁鹊有
"六不治"，也就是六种病人他不治。分别是：骄恣不论于理，一不
治也；轻身重财，二不治也；衣食不能适，三不治也；阴阳并，藏
气不定，四不治也；形羸不能服药，五不治也；信巫不信医，六不
治也。他认为这六种病人让神医也束手无策，其原因就是这六种病

人身体的基本治疗条件即治疗的"内因"难守。

同得一种病，同为儿童患者，同样是一个医生治疗，王小帅和张茹燕的治疗效果之所以千差万别，原因就是王小帅守不住"内因"，犯了治疗上的大忌，不能遵从医嘱，一边治疗，一边迷恋于网络，不能坚持必要的运动和锻炼，也没能坚持正确用药。在这种条件下，医生再好，开得药再好，又能起多少作用呢？

而反观张茹燕，治疗的初期守住了身体的根本，遵循医嘱，坚持正确的锻炼和饮食，医生开的药在她身上起到了很好的作用。现在，她的身体已经恢复到可以正常学习和适当使用电脑，外力成了矛盾的主要因素。只要我们治疗正确，她就能安全度过关键的五年治疗期。

医易意艺

在我国古代，有这样的说法："医者易也，医者意也，医者艺也""术仁乃医"。其第一层意思是说，中医起源于中国哲学《周易》，"医易同源"，中医是全面、辨证的医学，诊断着眼于患者全身及周围大环境；第二层意思是说，中医医家的悟性、治疗的灵活性，心到更要意到；第三层意思是说，中医是一门艺术，和中国传统文化中的琴、棋、书、画、武、儒、释、道融会贯通。

医理与《易》理同源于事物的阴阳变化。《类经图翼·医易》："易者，易也，具阴阳动静之妙；医者，意也，合阴阳消长之机。……放曰天人一理者，一此阴阳也；医易同源者，同此变化也。"易学阐述事物阴阳动静变化的道理，中医学研究、阐明人体阴阳盛衰消长的机制，两者在认识论和方法论上有共通之处，所以"易具医之理，医得易之用"，两者同源于对事物阴阳变化的认识，故称"医易同源"。

"医者意也"一语，最早出于《后汉书·郭玉传》"医之为言意也"。《旧唐书·许胤宗传》也载："医者意也，在人思虑。"强调行医治，贵在思考。此语原无可异议，但由于后世某些江湖术士的行为使人产生了误解。如果把"医者意也"理解为医生治病可以不循法度，只凭臆测臆断随心所欲而施为的话，理所当然地应受到后世的讪笑和批判。

用现代的话说，医学是一门需要博学的人道职业；医学是科学与艺术、理论与实践的独特结合；医学是人文科学中最科学的，并且在科学中是最人道的。

《诸氏遗书》指出："夫医者，非仁爱之士不可托也，非聪明理达不可任也，非廉洁淳良不可信也。"我国医学泰斗裘法祖院士曾说："才不近仙不可以为医，德不近佛不可以为医。"此话的出处是明朝裴一中《言医·序》中所说："学不贯今古，不通天人，才不近仙，心不近佛者，宁耕田织布取衣食耳，断不可作医以误世！"

可见，中医首讲仁术。正所谓救人先救心。这和现在的"四德"教育相和相通。

治癌先治心

"万病源于心"，治病要先治心，良好的心态是防病治病的关键。中医历来重视心疗，即心理康复。尤其是在治疗癌症患者的过程中，心疗显得比医疗更为关键。

"谈癌色变"是很多患者被诊断为癌症后的心理反应。在整个诊断治疗过程中，患者不断接受打击，饱受恐惧、抑郁、无奈、失望等不良情绪的影响。然而，癌症的治疗又是漫长的过程，是一场"持久战"，癌症患者在长时间、持续的应激状态下，极易出现各种心理问题，导致免疫功能下降，引起肿瘤恶化。

中医治疗疾病讲究整体观念，强调身体各部分的相互协调，尤其重视情绪活动与人体内脏的生理病理关系。心理活动的变化可导致疾病，同样，心理活动的调节也可以治疗疾病。因此，在我接诊病人的过程中，第一项进行的就是心理治疗。通过劝导、激励，使患者树立战胜肿瘤的信心。

首先，通过对患者的启发说明癌症患病的机理等，解除患者的疑虑，提高战胜疾病的信心，以使患者主动配合治疗。在这一过程中，我极为重视向患者介绍中医如何治疗肿瘤和如何康复，并通过过去成功的病例消除患者的焦虑、苦闷、紧张等心理。通过我们的开导，患者基本都能正确认识肿瘤，解除或减轻郁闷、心理负担，达到疏肝理气的康复目的。

其次，设身处地从患者的角度去感受患者的情绪，让患者感觉到自己被理解、被接纳、被支持。由于肿瘤不易早期发现，一旦出现症状往往已到中晚期，患者及家属极易造成重大打击，认为得了肿瘤等于判了死刑，因此患者会产生恐惧心理，出现极其复杂的心情，造成精神萎靡。我们通过类比其他患者，给予患者肯定、鼓励等方式，让患者能表达自己的感受，宣泄并理顺情绪。

再次，要让患者在小的预期中积累。很多肿瘤患者往往对生活失去信心，认为一切毫无意义。我就通过鼓励患者不断设置自己的生活目标，短期为主，不断延伸，不断攀高，使其有明确又可期望的追求，保持积极的生存动力。同时我又鼓励患者培养兴趣和爱好，如研究佛学、锻炼气功等，以此陶冶性情。并让患者通过气功等广交朋友，交流抗癌经验，现身说法，提高信心。

最后，我认为肿瘤患者心理治疗的成功与否，和能否与患者建立良好的医患关系息息相关。患者必须充分相信医生，才能接受该医生的治疗。耐心听患者诉说，善于了解患者的心理要求，用通俗的比喻给患者恰当的解释，满足患者的合理要求。为此，我总结了肿瘤患者治疗中的"四疗""四心"及"用生活现象解释疾病的通俗理论"等方法，在医疗实践中起到了很好的效果，使患者极易接受，做到心中有数，从而积极配合治疗。

纠正治疗上的错误观念

我在接诊病人时经常说的一句话是："感觉最重要，数字做参考；要想活得长，不跟数字跑。"我耐心地告诉患者，癌症并不可怕，可怕的是人们并不了解癌症。现在很多人宁愿相信机器检查的各种冷冰冰的数据，也不愿相信自己对身体的感觉，这是一种错误的治疗观念。

医学界有这样的说法，在死亡的癌症患者中，有 1/3 是被吓死的，1/3 是用药过度无法耐受而死，还有 1/3 才是治疗无效而死。癌症患者不应该过度恐惧癌症，一定要纠正"肿瘤一定要治愈"的观念。我在做患者思想工作时经常说："高血压没有治愈，糖尿病没有治愈，冠心病也没有治愈，病人照样活得好好的。癌症为什么一定要治愈呢？很多癌症即使发生了转移，带瘤生存 10 年、20 年的也大有人在。"

大家都知道，癌症已经成为现代人的头号杀手。据 WHO 发布的数据显示，中国每年新增 270 万名癌症患者，约占全球癌症患者总数的 20%。随着病情的发展，很多癌症都会发生转移。随着抗癌治疗方法的不断改进，晚期癌症患者的生存时间不断延长，患者出现转移及其并发病的风险也随之明显增加。而恶性肿瘤转移常导致严重的骨骼病变，包括骨痛、病理性骨折、脊髓压迫、高钙血症等骨相关症状。

说癌症患者有 1/3 是被吓死的，其实就是指被疼痛以及恐惧折磨死的。肿瘤转移后带来的后果比较严重，包括骨痛、骨折等，不仅给生存带来威胁，更严重影响了病人的生活质量。而随着疼痛的加重，病人的抑郁程度也会加大，对癌症的恐惧就会越来越严重。目前来说各个学科，不管是内科的药物发展也好，还是外科的设备、技术发展也好，我们的整体治疗水平都提高了很多，肿瘤即使发展到了转移阶段，我们也还有治疗办法。所以，癌症患者完全没有必要再过度恐惧癌症，完全可以实现有尊严的治疗和生活。

我要强调的是，癌症病人一定要纠正"肿瘤一定要治愈"的观念，中医对肿瘤的治疗目标不是治愈，而是从根本上把它压住，扶植病人自身的正气，延缓疾病进展，在确保患者生活质量的前提下祛除身体的邪恶。无论医生还是患者，如果完全照检查的各种数据进行治疗而不顾及病人身体的承受能力，即使把癌症细胞降为零，也是毫无意义的。

病从浅中医

"衣烂从小补，病从浅中医。"这是古人流传下来的养生俗语，是在强调未病先防的道理。然而，现在很多人不了解其中的含义，有的人甚至望文生义，把这句话的意思理解为中医浅显，病小了才看中医。而正确的理解应该是，治疗疾病，应该是病尚在"浅中"，即还没有发展成重大疾病的时候进行，也即相当于现在人们喜欢的养生保健。

养生保健要正确认识人体，正确对待疾病，始终不要忘记人体自身具备一定的修复能力，而不是因此限制了人的正常生活。

想吃就吃，食贵有度。民以食为天，想吃什么是由人体需要所决定的。想吃就吃，不必在吃的问题上过于讲究，关键是要把握好度。

古人说"饮食有节"，就是要人们把握好度，度把握好了，什么东西都吃点儿，对人体是有益的。人的食谱应该广泛，但除了主食外，有些食物不能天天吃、顿顿吃，这是饮食原则。再好的食物也不能多吃，少则有益，多吃有害，过则为灾。

另一方面，饮食宜清淡，就是味不可过咸，不可过于油腻，也不能吃得太饱。有的人虽然饮食较清淡，但不注意节食，结果造成形体肥胖、超重，从而不利于健康。

起居有常，生活规律。生活方式是否合理，与人体的寿命密切相关。《管子》一书中说："起居不时，饮食不节，寒暑不适，则形累而寿命损。"明确指出生活起居没有规律，饮食不知调节，冷热不知调摄，可以造成机体劳累而损及寿命。

有规律的生活，可对中枢神经系统产生良性刺激，使之有节律的活动。这种节律，保证了心跳、呼吸等生命活动的正常及持久性。有规律性的生活，容易形成条件反射，使各组织器官的生理活动持久地进行下去。起居有常、生活有规律是健康长寿的基础。

现代医学中的实验室检测技术及药物治疗都是健康的双刃剑，把握不好，反而损害健康。有的人过分看重身体，完全相信仪器检查，其实当人体出现身体不适，很多情况下属于亚健康。有很多自觉症状，再先进的仪器也难以查出问题。在这种情况下，一要反省生活方式和习惯，及时调整；二要调节好情绪，保持心情舒畅和良好的精神状态；三要适当选择中医中药进行调理。

有病不治，常得中医。古代文献《汉书艺文志·方技略》中说："有病不治，常得中医。"其中的"中"，是"中目标""中的"之意。就是说，有些疾病，与其乱治，不如不治疗，反而更符合医学的要求。现在有很多人认识不到这一点。有的人不懂中医气血阴阳，却喜欢吃补药养身保健，随意购买和误服补药，不但没有起到养身保健作用，反而扰乱人体正气，造成气血阴阳失衡。

人的一生中，特别是进入中老年时期，大多数人带病生存。不能过分追求完美，不容体内有任何疾病存在的想法是不现实的。

调摄情志，泰然处世。要想身体健康，必须注重调摄精神情志。人体很多疾病都与七情有关，关键是要善于调摄，不太过无不及。要保持心情舒畅，气血自然畅通，身体才健康。思虑太过，心情不舒，情志抑郁，日久皆可导致气滞血瘀、脏腑功能失调发生疾病。

懂得了七情太过对人体的危害，就要学会调节情绪，做到心胸豁达开朗，遇事冷静，不急不躁。在受到挫折时要敢于面对，保持乐观态度和克服困难的勇气，提高心理素质和适应能力，坦然面对生活。如果出现心情抑郁、烦躁易怒、胁肋胀痛等症状，最好选择中医，服中药进行调理。

坚持才能见奇效

很多肿瘤患者来诊时会问一些看似简单但又很难回答的问题，例如：我这个病能不能治好？多长时间能治好？其实，肿瘤患者如果能坚持按照医嘱用药，大都会取得非常好的疗效。在肿瘤的治疗过程中，中医很难做到迅速见到效果，但是如果能够坚持长期服药，其治疗效果可能比想象的还要好。

青岛乳腺癌肝转移患者刘秀芝，2012 年 7 月发现左乳房有肿块，就诊于山东大学齐鲁医院，检查确诊为乳腺浸润性导管癌，并腋窝淋巴结转移，手术后配合医院做正规化疗，3 个月后却发现出现肝脏转移，于是彻底放弃了西医治疗。2013 年 4 月，她在上海癌症康复协会学习气功锻炼时，得知我们医院擅长以中医药辨证论治肿瘤，并且已经让全国各地许多的癌症患者走向康复，于是她在气功培训结束后前来我院就诊。

初诊时，我发现她舌暗红苔薄黄，有齿痕，舌下络脉粗大，脉沉细无力，中医辨证为气血不足，气虚血瘀，给予中药处方为：生黄芪、党参、当归、白芍、柴胡、升麻、陈皮、炒白术、浙贝、郁金、瓜蒌、香附、川芎、鸡血藤、八月札等，益气活血，养血疏肝。患者用药后症状虽略有改善，但并不明显。但她相信中医，相信我们医院，一直按着医嘱坚持用药，每天坚持喝药，坚持气功锻炼，病情一直很稳定。

上方服用一段时间后，齿痕明显减轻，自汗乏力症状减轻；但右胁下胀痛，容易烦躁生气，舌暗红苔薄黄，脉细数。2013 年 6 月彩超检查：肝左叶有低回声结节，4.1 cm×3.4 cm，轻中度脂肪肝，肝内多发实行占位。因为气血不足的症状已经调理好，我为她改方以疏肝理气、活血通络为主，处方如下：柴胡、黄芩、半夏、八月札、枳壳、香附、桔梗、当归、鸡血藤、丝瓜络、郁金、瓜蒌、浙贝、路路通、川芎、川牛膝、夏枯草、炙甘草等。在这期间，8 月份有 10 多天因为琐事心情烦躁，也不按时服药，来诊时发现舌色较前变暗，乏力加重，随嘱咐她一定按时用药，尽量少生气。一个月后复诊舌色变淡红，瘀血乏力均大为减轻。

2013 年 9 月查彩超：肝内探及多个偏低回声实性结节，边界模糊，形态不规则，内回声不均匀，大者 4.1 cm×3.0 cm，轻中度脂肪肝。肝脏转移肿块体积较前略有缩小。

2013 年 11 月 27 来诊，肝区隐痛，晨起口苦，嗳气，视物模糊，牙龈出血，舌红苔薄黄，脉弦细数。处方仍是疏肝理气，活血化瘀。处方如下：柴胡、黄芩、半夏、当归、白芍、枳壳、郁金、桔梗、香附、鸡血藤、瓜蒌、八月札、漏芦、夏枯草、炙甘草。

2014 年 2 月 23 日来诊，患者异常高兴，因为彩超检查发现肝脏前叶探及低回声结节，边缘规则，界限清晰，大小 2.08 cm×1.99 cm，轻度脂肪肝，较去年 9 月份检查结果体积缩小很多，并且边缘光滑，边界也清晰，检查肿瘤抗原指标均正常。症状见：烦躁，入睡困难，夜间较重，肝区仍然隐痛，阵发，嗳气，口干口苦，内热，稍微乏力，手心热，舌红苔薄黄，脉细数无力。治宜养肝阴，清肝火，兼散结消肿，给予处方如下：柴胡、郁金、当归、白芍、八月札、夏枯草、浙贝、玄参、生牡蛎、知母、瓜蒌、漏芦、连翘、穿破石、枳壳、皂刺、鳖甲、超前草、炙甘草等。再次检查，患者看到检查结果后高兴地给我们打电话，说非常感谢我们医生。

她能取得良好的治疗效果，主要还是因为她自己能够坚持用药，其间 8 月份复查肿瘤缩小并不明显，9 月份甚至出现症状加重，但她都能从自身找原因，改变自身因素，并且坚持用药，从不间断。她能够每天坚持气功锻炼，也是能见效的一个重要原因。

刘秀芝这个案例充分说明，只有患者和医生配合好，患者相信医生，坚持用药，就能收到好的疗效。肿瘤能不能缩小，癌症能不能看好，需要医生和患者配合好，患者自己能不能做好也是一个很关键的因素。

好中医与年龄没有绝对关系

在大家的印象中，好中医都是年过半百、满头银发的老先生，所以现在很多患者在看中医时，纠结于一定要找一位老中医。其实医生的医术高低与年龄没有绝对关系。我们医院年轻的中医师都拥有自己的粉丝。

我们医院的中医师虽然年纪不大，但是诊疗的水平却让人不得不佩服，他们高超的医术得到了病人的一致好评。中医能不能把病看好，关键在于是不是能把证辨准、能不能把药方开对。这就像配钥匙，只要配准了，不管金锁、银锁，都能打开。

今天在我院的网站上看到这样一篇文章《李大娘的三个没有想到》，其中一个没想到，就是这么年轻的医生也能治好她的病。李大娘虽然在我们这里治疗的时间不长，但治疗的效果却非常明显，因此李大娘来就诊时我印象也很深刻。我清楚地记得李大娘来医院的时候走路都很困难，腹水很严重，而且有 10 多天没有大便了。她说，在原来的医院治疗时，3 天就只喝了 2 包豆奶粉，怎么输液也不管用。李大娘自己执意出了院，对我们说她要再治下去人肯定没了。李大娘出院后连家都没回就直接来到了我们医院。经过王永瑞医生的治疗，现在症状基本消除了，腹水消去大半，大便也通了，无论是自我感觉还是临床检查，各项指标都恢复得很好。

张店区有一位女患者，脖子下边有个瘤子，不接受西医手术，坚持中医治疗。看了不少地方，效果时好时坏，总也治不彻底。来我们医院后，经王永瑞大夫治疗了 3 个月，瘤体基本控制住了发展，目前正逐步恢复中。

胆管癌患者李大娘是我院黄飞中医师治愈的。李大娘 2010 年 6 月因小便黄、腹痛而做了 CT 检查，结果显示是胆管癌，肿瘤指标 CA199 偏高。当时肿瘤压迫胆管，造成黄疸指数高。因为李大娘家里经济条件差，没钱做手术切除，在医院只进行了胆总管体外引流术。住院期间，打听到延强医院用中医药治肿瘤效果很好，就抱着试试看的心情来到我们医院。经过半年多的治疗后，2011 年 3 月的一天，李大娘拿着刚在淄博市中心医院做的检查单，高兴地对黄飞中医师说："黄大夫，你让我查的血、做的 CT 都是好的。我现在身体里没有肿瘤细胞了吧，病都好了吧！"黄医师认真查看了各项检查，CA199、CA125、CA153、AFP 等多项肿瘤指标均正常，CT 检查显示：胆总管术后改变，胆、胰、脾未见异常密度灶，确定李大娘的病灶真的好了。

王永瑞中医师是中医学硕士研究生，淄博延强医院肿瘤科主任，擅长中西医结合治疗肿瘤、血液疾病及常见病。2000 年考入山东中医药大学，2005 年获得学士学位，同年考入本校研究生，2008 年获中医硕士学位。在校期间跟随刘持年、韩涛、李运伦等全国知名中医专家、教授从事中医临床及科研工作。在治疗肺癌、肝癌、胰腺癌、再障白血病、骨髓瘤等肿瘤血液疾病积累了一定的临床经验，主张中西医结合，以人为本，整体考虑，辨证论治，扶正祛邪，标本兼治。研究课题"祛白胶囊、滋阴生血胶囊联合化疗治疗急性白血病临床疗效评价研究"经山东省专家鉴定，达到国内领先水平。在省级以上医学核心期刊发表《急性白血病辨治经验》等医学论文16 篇，参与编写医学专著 3 部。

黄飞是医学硕士研究生，淄博延强医院的中医师。自幼随我侍诊抄方，热爱中医。2003 考入上海中医药大学 7 年制本硕连读，师从全国著名肿瘤专家刘嘉湘、朱慧蓉教授，深得真传，临床上擅长治疗乳腺病、月经病、不孕不育、子宫肌瘤、感冒、咳嗽等妇科、儿科、内科常见病。尤其对妇科常见病有丰富的临床经验和较好的治疗效果。现随笔者从事肿瘤、血液病的中医临床和研究。在省级以上医学核心期刊发表医学论文 11 篇，参与编写著作 6 部。

正确对待病情和选择治疗

39 岁的张女士从商 20 余年，事业成功。近来家人感觉张女士的脾气越来越大，常因一些小事动怒，和以前那种理性冷静的淑雅形象判若两人。张女士自己也觉得心情常常莫名低落，认为可能是更年期的表现，所以购买了大量保健品服用却无任何改善。没想到，过了一段时间，她因腹胀、食欲减退而去就医，医生检查后发现她患上了卵巢癌。张女士精神大受打击，无法接受癌症的事实，拒绝接受治疗。

无奈之下，家人强行把她送进医院进行化疗、放疗，令家人没想到的是，这些治疗手段虽然使张女士身上的癌细胞减少了，但身体状况却每况愈下，甚至出现心肺感染。治疗费用像流水一样送进医院，很快就花尽了张女士多年来的积蓄，身体更是备受摧残，一头漂亮的长发全部掉落，全身疼痛，难以下床，使张女士的精神支柱完全垮塌。

在癌症患者中，像张女士这样的情况很常见。对于癌症发生的病因，国内外比较一致的观点认为，癌症是人体正常细胞长期在很多不良外因和内因作用下发生了基因调控的质变，导致了过度增殖的后果。根据国外文献报道，在众多不利因素中，34%~44%的癌症患者有明显的精神心理应激反应或心理障碍，其中18%的癌症患者符合重度抑郁发作的诊断。因此，相关国际研究认为癌症既是一种严重的身体疾病，更是一种严重受精神心理因素影响的心身疾病。近年来的心理免疫学研究为这一认识提供了大量科学的依据。

癌症的发生与精神心理因素的关系表现在三个方面。首先，是一个人的人格特征。那些不善于表达或发泄自己的情绪，如焦虑、抑郁、愤怒、害怕、绝望等，尤其是经常竭力压制这些情绪反应的人，被称为 C 型人格。研究表明，这类人的癌症发生率比其他性格类型的人群明显升高。其次，是重大负面生活事件的影响。过度的升学压力、工作压力、生活经济压力、亲人的生离死别、感情受挫等负面生活事件带来的不良情绪不能及时得到调整，持续时间越长，与癌症的发生关系越密切。再次，是个人应付生活事件的能力。一个人如果不能处理好生活中已发生的和可能发生的各种变化，必然造成精神心理负担，最终对机体的正常功能产生干扰破坏作用。

癌症不仅是身体疾病，同时也是严重的精神心理疾病，千万不要忽视精神心理因素的作用。培养良好的个性人格，努力提高自我生活能力及合理处理好各种压力，对防止癌症的发生有十分重要的意义。即使在癌症已经发生后的治疗中，精神心理因素的干预也是极为有益的。如前述中的张女士，通过及时的心理疏导干预，她已经从最初的恐惧、排斥、拒绝、绝望情绪中走了出来，最终以积极的心态面对癌症，积极配合治疗，不仅使病情得到了有效控制，更对今后的人生充满了信心。

可喜的是，张女士的家人后来陪同张女士到我们医院进行中医治疗。我首先给张女士做了心理疏导，在大量的治愈病例面前重新建立起她活下去的信心；然后在药物、心理、饮食、锻炼等方面给予正确的治疗和引导，使她的身体很快恢复如初。虽然癌细胞没有下降多少，但带瘤生存成了张女士的最新理念，体质的恢复让她重新拾起了自己的事业，家庭也从贫困中走了出来。

治病贵在平衡阴阳

《黄帝内经》中说："阴阳五行者，天地之道也。"《黄帝内经》认为，阴阳平衡是生命活力的根本。阴阳平衡则人健康、有神，阴阳失衡人就会患病、早衰，甚则死亡。所以，治疗疾病的最高宗旨是维系生命的阴阳平衡。

阴阳平衡就是阴阳双方的消长转化保持协调，既不过分也不偏衰，呈现着一种协调的状态。生命阴阳平衡的含义是脏腑平衡、寒热平衡和气血平衡。其总原则是阴阳协调，实质是阳气与阴精（精、血、津、液）的平衡，也就是人体各种功能与物质的协调。

中医的病机是阴阳失衡。阴阳失衡后，人体各种症状将一一展现。"过盛"时为亢盛。冬天阴盛，所以寒冷；夏天阳盛，所以炎热。当人体出现寒热的病症后就要"寒者热之""热者寒之"。"不足"则为虚衰。如果阴阳一方出现了虚衰，亦可引起寒热之象：阴虚则热，阳虚则寒。阴虚不能制约阳，导致阳亢盛而热。同理，阳虚不能制约阴，则阴亢盛而为寒。

阴虚的人主要表现为形体消瘦、脉细数、盗汗、口燥咽干、大便干结等。阳虚的人主要表现为舌淡胖，怕冷、爱出汗、口淡不渴、大便溏薄等。阴虚阳虚都是虚，都是不足，要维持它们的平衡和常态，就要进行治疗。

阴阳失衡就会给身体造成危害。阴阳轻度失衡可导致人体处于亚健康状态，阴阳中度失衡导致疾病、早衰，阴阳重度失衡导致重病，阴阳离决则生命终止。所以，无论中医治病或养生，都与维持阴阳平衡有着极为密切的关系。

癌症，就是阴阳严重不平衡在人体内积累而产生的最终结果。癌症，现代医学称为恶性肿瘤。很多人癌细胞聚集在一起，快速地分裂增生，导致整个人营养失衡，全身的营养都跟不上癌细胞的消耗，最终导致人整体阴阳衰竭。癌症的产生就是人体阴阳不平衡，进而导致精神处于长期的紧张、压抑、焦虑、忧伤之中，反过来又导致身体整体免疫力严重低下，对于人体内基因突变的细胞无法进行清除，最后导致了癌症的发生和发展。

知道了癌症的发病原理，也就明白了中医治疗癌症的办法，利用中药对人体做全面的阴阳调整。只有把人体内在的阴阳平衡调整好了，同时减缓人体外界的各种压力因素，那么癌症病人就有可能获得彻底康复。

健康人，也就是阴阳平衡的人有四大特点：一是气血充足，二是精力充沛，三是五脏安康，四是容颜发光。具体表现为：生命活力强，生理功能好，心理承受力强。也就是能吃、能睡、气色好，心情愉快，精神饱满；应急能力强，对不良情况适应能力好；耐受疲劳强，抵抗一般疾病的能力强。

无论是用中医方法还是西医方法，病人在治疗疾病的过程中，均可参照健康人的特点来判断医生用药的效果，而不应单纯依靠各种检查指标。

治疗白血病不要人云亦云

患者在确诊白血病之后不要过于慌乱和害怕，更不能因为病急而乱投医，要学会去面对，学会冷静下来理智地处理。得了这样的重病没有不害怕的，但害怕解决不了任何问题，过度的紧张反而不利于治疗。既然害怕无用，倒不如置之死地而后生。不盲信，不盲从，不要人云亦云，一定要坚持科学治疗的治病方略。

医学资料及多年临床经验说明，当前白血病最佳的治疗方案就是中西医结合，两者相辅相成恰到好处地配合，会为白血病患者带来很好的治疗效果。所谓中西医结合，即为：病急用西医——以化疗为主，病缓用中医——用中医药调理，增强自身免疫力，消除化疗的不良反应，从而达到从根本上治愈的目的。

就目前来说，白血病的主要治疗手段有化疗、中医药、骨髓移植等几种。化疗一般需要坚持3~5年，一来化疗不良反应大，二来长期坚持费用高，出现耐药的概率较高，所以很少有人能坚持下来；骨髓移植的费用需要几十万元甚至上百万元，成功率也只有40%~60%，复发率在20%~30%，所以它的风险之大、费用之高，也使得95%以上的人望而生畏。合适的中医中药治疗，尤其是在化疗之后紧随中药治疗，在中药的作用下，逐渐延长化疗时间、减少化疗次数，最终使患者脱离化疗，达到根治的目的。

每种治疗手段都有治疗康复的患者，但实际选择仍要根据自己的实际情况进行方案设计，具体问题具体分析。中医西医结合是目前经过临床经验证明了的最好的治疗方案，是目前疗效最好、花费最少、痛苦最小的治疗方式。此外，配合必要的饮食起居、体育锻炼、心理疏导等自然疗法，可有效地提高康复的可能性或者延长生命，提高生存质量。

采用中西医结合治疗白血病，能够取长补短。西医化疗见效快，但不良反应大；中医中药能弥补西医化疗不分"敌我"的不足，又能解决对化疗药耐药的问题。尤其是一些低增生性白血病，本来白细胞、血小板很低，经不住强力的化疗药，用中医中药治疗，既避免了西药的不良反应，又能缓解病情。

中西医结合治疗越早越好

有一次，桓台的赵文杰小朋友在父亲的陪伴下来我院进行复诊，那时候他患白血病已经7年，复诊前检查的血象、骨穿、症状等完全正常。在为他面诊的过程中，小文杰的父亲对我说，孩子通过这几年的治疗，自己深刻地感受到，治疗白血病中西医结合应该越早越好。

2007 年 1 月，小文杰因面黄 3 个月、发热咳嗽 3~4 天在淄博中心医院做了相关检查，确诊为急性淋巴细胞白血病，原幼淋巴细胞占 87%，骨穿增生活跃，之后 3 年共行小剂量化疗 20 次、大剂量化疗 10 次。在这期间，小文杰化疗几次后就出现了食欲减退、面黄肌瘦、骨关节疼痛、经常发热、牙龈肿痛等症状，化疗带来的痛苦对他而言是一种残酷的折磨。在化疗期间，家人也曾目睹病友在化疗未结束便离开人世。经过这 3 年化疗后，小文杰的身体已经非常虚弱，如果再继续化疗，恐怕会有生命危险。

2010 年 1 月 25 日，他们看到淄川的病友张宗业服用中药治疗效果非常好，也决定到我院服用中药试试看。在经过望闻问切等诊断后，我为他辨证施治，开了汤药和配制了中成药。小文杰在家人的陪同下每周来诊一次，经过 3 年的中药治疗，身体症状逐步得到改善，食欲增加，个子也明显长高了，气色红润，精神活泼。孩子和家人对中药治疗有了信心。

在这次就诊过程中，他父亲与全国各地找我看诊的患者进行了交流，谈了他对白血病的认识，结合他儿子的治疗情况，他奉劝白血病患者化疗不能无休止地进行。他说单一治疗不可取，中西医结合要越早越好。他说单一化疗对患者身体伤害特别大，这在他孩子的治疗上已经得到验证。

在临床中，我也经常与患者交流，告诉他们病情紧急时选择西医，这样见效快；但又不能无休止地化疗，这样副作用大，对身体损伤严重。病情缓的时候要以中医治疗为主，这样持续时间长，对身体副作用小，花费也少。在我们医院，通过这种治疗方法，已经使几百位患者创造了奇迹。

现在小文杰已经是二年级的小学生，当问及孩子的学业时，他父亲脸上露出了骄傲的笑容。回想起当年孩子才 2 岁半便确诊为白血病（L1），当时感觉天要塌一般，全家人都对生活失去了信心，能让孩子活着就不错了，怎么会想到孩子还能上学。现在孩子不但身体康复了，还和健康孩子一样上了小学二年级，他说他满足了！

治疗过程中的两个配合

这几天坐诊，前来找我看血液病的患者很多。从复诊的情况来看，医患双方配合得好，疗效也好；如果配合不好，治疗效果就差。究其根源，是有的患者没有解决思想上的问题。有的患者用了几次药后，检验结果很好或者自我感觉也不错，误认为已经好了，不用药也能通过自我调节或者像感冒那样"抗"一下就会慢慢好起来；也有的人对中医认识还有个过程，觉着中医疗效慢，反正西医化疗缓解了，从化验单上看坏细胞没有了，西药提升一下血象就行了，中药用不用无所谓。殊不知这两种想法都是非常错误的。

血液病毕竟不是简单的头痛感冒，缓解了只能说明此次治疗缓解了，不能保证已经治愈，因为血液病复发率相当高，在不断化疗过程中也会复发，而且复发一次治疗的难度就加大一次。所以在患者每次来诊时，我都会反复对患者强调，一定要配合做好系统治疗，一定要遵照医嘱行事。治疗这种病需要医患及家属密切配合。

作为医生，我们秉承祖国传统中医理论，通过"望、闻、问、切""观舌象""识辨证"和"分阴阳"等手段，具体分析形成疾病的原因，施之以经实践证明疗效显著的院内制剂、针对每个患者专门配制的"特制胶囊"和其他中草药，力求使每位患者都得到有效治疗，尽量延长化疗时间或不化疗，进而达到治愈之目的。作为患者和亲属，一定要遵守医嘱，严格按照患者就诊知情书上的要求执行，认真填写症状体征表，按时服药，定期检查血象、髓象及其他相关项目，随时观察病情进展，并及时将这些信息反馈给医生，以便及时调整用药。如果有可能，还提倡患者和家属多学习点血液病方面的知识，掌握此病的饮食禁忌，在医生的指导下使用保健品，不要盲目地乱补，以防南辕北辙。家属最好为患者做好治疗记录，将检查、治疗和用药等方面的情况详细完整地记录好，以便在不同的医院和医生之间及时了解患者的治疗情况，少走弯路。

生命的教训

时间过得真快，母亲离开我们已经 20 多年了，而母亲的音容笑貌经常在我脑海中浮现。在母亲节到来之际，更加怀念我慈祥的母亲。

1981 年底我从部队返乡，继续从事我喜爱的中医事业，并在父母的操持及兄弟姐妹的帮助下结婚成家。我们姊妹五个，我最小。我成家立业也就意味着做父母的完成了任务。可是好景不长，1984年 5 月，日夜为我们操劳的母亲开始感到乏力、低热，经常咳嗽，而且痰中带血，当时还没有 CT，但从这些症状分析，我预感到母亲患上了恶性肿瘤，但又不敢这样想。经过多方检查，最终还是确诊为肺部肿瘤。经反复思考，我决定以中医药为主为母亲治疗。经过一年的细心调理，临床症状改善，胸片复查肿瘤消失。看到检查结果，我高兴得都要蹦起来。

虽然母亲的肺癌调理好了，从此以后每年都要进行例行体检。然而不幸的是，到了1998年，母亲在做了胸部CT体检两个月后，我发现她身体发黄，尤其是眼睛更加明显，再去做腹部CT，诊断为肝癌。当时我的头就像被人猛击一棍，责怪自己为什么在母亲做胸部CT时没再给她做一下全身检查！

面对这样的诊断结果，因为给母亲治病心切，加上现在家里的经济条件比以前好了，于是想给母亲用现代化的治疗方法治疗。经过了解，本市一家医院的光子刀治疗肿瘤是当时最先进的方法。那里的医生对我说，利用光子刀治疗，2~3个月就可以将肿瘤完全打掉，成功率在90%以上，存活2~3年没有问题。当时我母亲78岁，我们做子女的最盼望的就是为母亲过上80岁大寿，因此我决定采用光子刀治疗。

然而第一个月的治疗疗程尚未完成，母亲便出现了吐血、尿血症状，化验血象发现血小板减少，必须马上输注血小板。后来出现了严重的不良反应，母亲已经承受不了以后的治疗。不到两个月，我亲爱的母亲就离开了人世。母亲的去世让我痛苦万分，尤其是想到我是一个做医生的，最终出现这样的结果，是我对不起老母亲。

母亲的离世让我思考了很多，痛定思痛，深知治疗疑难病症不能操之过急。在以后遇到这样的患者，自己变得愈加谨慎。

尤其是在以后的医疗实践中接触到更多的类似患者，让我深刻地感受到，西医是治人的病，如同机械切割；中医是治病的人，在整体观念指导下进行辨证论治。中医治病因人而异，讲究扶正祛邪，在保护患者身体的前提下施医用药，不一定将癌细胞完全消灭。带瘤生存，反而能够延长病人的生命。

现在回头去看，如果 1998 年我们家的经济条件仍然不好，拿不出几万块钱为母亲进行光子刀治疗，就像母亲第一次得肺癌一样，仍然用中医药进行调理，可以肯定地说，会比光子刀治疗活的时间要长，最起码能活过 80 岁大寿。因此我时常告诫患者，治疗癌症，一定要用辩证的思想，该用西医治标的时候用西医，该用中医治本的时候就用中医。在治疗中中西医取长补短，才能达到最好的治疗效果。

马来西亚印象

因为工作的关系，曾有一段时间经常前往马来西亚。在马来西亚，我有几点印象比较深刻。

一是当地人整体素质比较高。因为我本人从事中医药的研究与临床，每到一地看望患者的时候，这里的患者都会自觉排队，从来没有人插队，也没有人因此发生争吵，即使是患者之间，对年老体弱的人也是主动照顾。

因为我们的初衷是传播中医药知识，弘扬中医药文化，因此在看诊期间，并不收取患者的诊疗费。尽管是这样，前来就诊的患者还是都自觉准备好了马币。当地人有送红包的习惯，好多人将马币放在红包里。特别让我感到惊讶的是，有些多年经我诊治的患者和我已经成了老朋友，但每当他们带来家里老人或知己亲属前来诊病，仍然付给红包。每当我和同事拒绝时，他们仍然执着，说这已经是你的了。他们这种尊重知识、尊重劳动的行为已经超出了酬劳一事的本身。他们认为医生付出了劳动，就要得到正常的回报，这跟我在国内经常有患者讨价还价形成了鲜明对比。这些细小的情节，足以看出他们的素质比较高。

二是当地的苍蝇比较小。1997 年，我在参加完吉隆坡中西医学术研讨会之后，乘车前往新加坡游览。在几个小时的行程中，有时会下车稍事停顿，极目望去，所见的场景是蓝天、白云、红花、绿地。天空中不时地飘洒一点儿小雨，好像是人为的安排，各种植物在这四季如夏的国度争相怒放。仰看天之蓝，俯察地之绿，人在天地之间不能不陶醉。然而，就在这样的环境中，还是让我发现了几只很难见到的苍蝇，不过这些苍蝇的个头特别小，就像严重的营养不良，可以看出，卫生条件这么好的地方，不利于苍蝇生长。

三是当地的卫生习惯比较好。不管是在宾馆，还是在朋友家中就餐，他们都有分食的习惯。特别是汤菜碗中都放置了公用勺子，自己用或给朋友敬菜都会用公筷公勺，十分讲究卫生。受此影响，我也养成了这种习惯，无论走到哪里，都找公用勺子，但在国内给人的感觉好像自己很特殊。实际上，在我们这个乙肝发病率较高的国家推广这些看似简单的饮食习惯非常重要，因为我们知道唾液是传播"乙肝"的途径之一。我们每天都在吃吃喝喝中，有可能不自觉地受到传染，一旦患上此病，有一部分还可以转为"肝癌"。这不是危言耸听，而是发生在我们身边的事实。

赴德交流遇知音

2001 年 6 月 5 日，我与北京的赵峰教授踏上飞往德国的航班，出席在柏林举办的中西医结合学术会议。

因为是第一次到德国，没到德国之前，我的脑子里充满了各种好奇。从小在电影中看德国侵略者的残酷暴行，又想起我父亲经常讲，我们家中的自行车用的是德国生产的轴承，质量特别过硬，我哥哥曾经说我们家中用的锯条也是德国产，使用了几十年仍然锋利无比。这到底是一个什么样的国度呢？

当飞机降落在柏林机场后，映入眼帘的是一派现代化高科技景象。我们走出机场之后，发现这里的出租车是一色的奔驰，我真不敢相信自己的眼睛，经过反复审视才确定这是真的。虽然语言交流有障碍，但通过德国人脸上那热心的表情，以及出租车司机主动为我们搬运行李箱等细小举动，让我感到德国人的素质很高。许多疑惑顿释，也深深感受到和平年代真好。

第二天，我在会议上发表了《肺癌的中医药治疗》一文，引起与会专家的关注。我在这篇论文中阐述的主要观点是：严重的空气污染，使得肺癌的发病率明显上升。肺在中医五行中属金，脾在中医五行中属土。根据五行相生的理论，土生金，也就是脾生肺。根据中医五脏的生理功能，脾为生痰之源，肺为贮痰之器。中医认为癌症的形成，是痰饮瘀血与热毒互相凝结而成。其发病的内因是正气不足。对于肺癌来讲，主要由脾虚造成的代谢功能失常，水液凝结之后成为痰饮。因此，我们看到肺癌患者咳嗽吐痰，痰中带血，但这是表象，其本在脾。因此要用"培土生金、健脾补肺"的方法进行治疗，才能达到标本兼治的目的。在我们研制的"肺癌消瘤汤"中，用四君子汤补脾益气，用二陈汤去痰为基础方，结合临床辨证，如虚寒体质容易成为寒痰，实热体质则容易成为热痰，则分别给予温化痰饮和清热化痰的方法治疗。再结合现代科学对中药的药理研究成果，加上红豆杉、狗尾松等抗癌中药，依据"经络畅通，百病不生""瘤者留也"的理论，我通过通经络，散瘀结，研制出了"散结通胶囊"。使病人在改善症状、体质好转的同时，让病灶缩小，同时，癌胚抗原等指标也会下降。根据病情，必要时加上西药控制病灶，进行中西医结合治疗。

学术会议结束后，我们参观了大家熟知的柏林墙，那里还有一家商家把柏林墙的碎片作为商品出售。后来我们又参观了法国的卢浮宫、埃菲尔铁塔，荷兰首都阿姆斯特丹和国际法庭的驻地海牙，以及比利时首都布鲁塞尔和卢森堡等国家。

因为出国时我们国家还属于夏季，又没有提前了解欧洲的天气情况，因此出门时我就带了两条单裤，而到了欧洲之后才感觉这里冷得很。当时我把两条单裤都穿在了身上，但像冰裹在了腿上，从那时候起，我的一条腿一直疼到现在。

和我一起前往德国的赵峰教授主要从事中医药乳腺病的研究与治疗，包括内服和外敷药物，取得了非常好的效果。因为这次偶遇，后来他把我引荐到北京一家医院，把我多年从事血液病及肿瘤的经验带到北京。

在美国过中医节

2008 年阳春三月，我应北京华夏中医促进会的邀请到美国参加每年一度的中医节。3 月 11 日，我和妻子从北京机场出发，乘飞机飞往大洋彼岸的美国。

根据主办方安排的行程，第一站我们到了风光秀丽的夏威夷，参观了当地的中医院，这里的华人把我国的吐音疗法推广到美国。吐音疗法，亦称为六字诀养生法，最早见于中国南北朝时期中医名家陶弘景《养性延命录》一书中。它是以"嘘、呵、呼、呬、吹、嘻"六个汉字的普通话标准读音来规范口型和气息的出入，辅以相应的肢体动作来影响脏腑。"呵"字治心气，"呼"字治脾气，"呬"

字治肺气，"嘘"字治肝气，"吹"字治肾气，"嘻"字治三焦。这种吐音疗法通过声波震荡，能够促进唾液的分泌，激发内脏的潜能，提高人体的抗病能力，从而让肿瘤患者重拾信心，这一疗法得到了当地人的推崇和信任。我作为一名中医人，看到我们国家的治疗方法在外国被肯定，自然感到非常高兴，真正感受到医学无国界。

第二天，在主办方的安排下，我们参观了因第二次世界大战被日本偷袭而成名的珍珠港。参观中，我们首先观看了电影《偷袭珍珠港》，该电影把我们带回到第二次世界大战的历史中。1941 年 12 月 7 日清晨，日本皇家海军的飞机和微型潜艇突然袭击美国海军基地珍珠港，以及美国陆军和海军在夏威夷欧胡岛上的飞机场。珍珠港事件过后，太平洋战争正式爆发，美国也卷入第二次世界大战。它是继 19 世纪美墨战争后第一次另一个国家对美国领土的攻击。这个事件也被称为"珍珠港事件"或"奇袭珍珠港"。随后，我们又参观了珍珠港的实景，有一艘当时的战舰至今仍然倒插在水中。昔日曾经战火连天，今日海面风平浪静。和平的年代真好！

3 月 15 日，我们乘飞机到达旧金山。在旧金山，让我记忆最深的是吃上当地有名的海蟹。这里的海蟹个头有两个巴掌大，肉质鲜美，吃后感觉特别过瘾。3 月 17 日，第 78 届中医节大会正式开始。当地的中医学术团体组织负责人赵广伟先生首先发言，他详述了中医节的由来。

1929 年 2 月，余云岫提出取消中医，全盘否定中医中药的作用，要全部改用西医西药，我国几千年的传统中医中药被遗弃。这件事在当时的医学界引起非常大的震动，中医药人士纷纷反对并提出抗议。在同年 3 月 17 日，全国 17 个省市、200 多个团体、300 多名代表云集上海，他们高呼"反对废除中医"等口号，集体到南京请愿，通过多种方式表达了民心民声，国民党当局不得不撤销"取消中医"的决定。为了纪念这次抗争的胜利，并希望中医中药能在中国乃至全世界弘扬光大，造福人类，医学界人士将 3 月 17 日定为"中国国医节"。

在这次会议上，美国加州的官员也做了演讲，这位官员肯定了中医中药特别是针灸融入美国之后，给当地人民的健康增加了医疗手段。从美国各地赶来的中医药专家也纷纷发表了自己的临床经验，他们的演讲，使我们到会的人员受益匪浅。当天晚上，会议安排参会人员观看了大型文艺演出，这让我感受到全世界中医药同行能够在一起参加自己节日时的幸福。

按照议程安排，我们相继走访了华盛顿，参观了林肯纪念堂、美国总统官邸、白宫和国会；在纽约参观了帝国大厦、自由女神像、联合国总部大厦、华尔街、世界贸易中心。让我记忆最深的是参观一家来自上海同行在纽约开的中医馆。据主人介绍，从 2001 年"9·11"恐怖袭击事件中世贸中心轰然坍塌之后，当时的房价急剧下降，他们顺势买下 500 平方米的房子。中医馆按照中国的古典设计装修，设有按摩、针灸、中医师诊室；每个房间都有中国古典音乐做背景，有工作人员负责茶艺。工作人员穿着淡红色工作服，使前往就诊的患者感到特别温馨。眼睛看着清新，耳朵听着悦耳，口中喝着舒畅，再加上医生亲人般的诊疗，使患者感受到医疗过程就是一种中医药文化熏陶。

在波士顿，我们参观了哈佛大学、马萨诸塞州理工学院、波士顿大学；在费城，参观了独立纪念馆、罗斯故居、罗丹博物馆、美术馆富兰克林科技馆；在洛杉矶，参观了好莱坞电影城、莫维兰蜡像、迪士尼乐园；在休斯敦，参观了阿斯托洛圆顶运动场、美国航空太空总署太空飞行中心；在芝加哥，参观了西尔斯大厦、商品市场；在底特律，参观了福特及通用汽车公司；在旧金山，参观了金门大桥；在加州，参观了中医药大学。

美国之旅，真是让我们开阔了眼界。中国人可以在美国开展中医药业务，让美国人接受我们中医药的文化，这是一件了不起的事情。同时，我也看到了我们与他们的差距，美国有许多先进的东西需要我们学习。

"三金"之旅

1997年国庆节前后，我应邀前往浙江和上海看望患者。巧合的是，这次行程所住的三个宾馆都带一个"金"字：金华宾馆、金山宾馆和金文宾馆。看来，浙沪一带不但富裕，人们更是对"金"字有着特殊的感情。因此，我也把这次行程叫作"三金之旅"。

"三金之旅"的第一站是风景秀丽的金华市，入住的是金华宾馆，这一下就占了两个"金"字。接待我们的是金华市废旧公司的陈总。陈总的儿子于1993年7月28日确诊为急性白血病M2a，确诊时只有2岁。经历了3次化疗之后，因为化疗副作用太大，父母不忍心再给孩子继续化疗下去。当打听到我们采用中医药治疗白血病的消息后，不远千里驾车从浙江来到山东淄博。自从服用我们的中药治疗之后，孩子的症状和检查的结果以及骨髓报告全部恢复正常，又经历了连续4年的中药调理，达到了临床治愈。到了上学年龄后顺利入校学习，而且成绩优良，并在2001年考取郑州大学。

金华市有一位女孩徐某，当时也是2岁，患白血病M3，也是

1993 年找到我们，经过中药调理，效果良好。一位叫陈惠仙的女士，当时 53 岁，患急性白血病 M2a，经过多次化疗后，于 1995 年 7 月至 1999 年 6 月在我们医院治疗，病情稳定。多年之后，已近 70 岁的陈女士一直跟我保持着联系，并把她到日本旅游时的照片寄给我。金华附近龙游县的女士朱立新，时年 46 岁，患白血病 M2a，经历了 19 次化疗，每次化疗时，胃部都像是翻江倒海，吃的东西全都吐出来，头发也全部掉光了，她丈夫用车子把她拉回家。当身体稍微好一点儿的时候，又到化疗的时间，她实在不想再化疗，但又怕复发，心中充满了矛盾。拒绝化疗就是死路一条，可她离不开身边的亲人，而化疗的痛苦让她到了生不如死的地步。那时真是盼星星、盼月亮，她一直在想，如果不化疗能够治好这样的病那该有多好。当听说我们医院中药治疗白血病的消息后，如同黑暗中看到了一缕曙光。1999 年 9 月至 2008 年 4 月在我院治疗，达到临床治愈。

在金华，除了见到这些老患者，还见到了 20 多位新患者。其中一位住在当地医院的患者告诉我，她所在的血液科病房 40 多位患者来了一半。通过我们多年治疗白血病的实践证明，患了白血病不可怕，可怕的是过度化疗。患者在得病后，应尽早采取中西医结合的治疗措施，越是结合的早效果越好，反之效果较差。特别是化疗出现耐药、骨髓移植复发、慢粒急变的患者，虽然再使用中药能够延长生命，但很难安全经过 5 年达到临床治愈。

在金华宾馆住了两天之后，第三天我们住进了上海金山宾馆，邀请我们的是上海石油化工股份有限公司的两位孩子的家长。其中一位男孩儿，当时 12 岁，患急性淋巴性白血病，在化疗 4 次之后，家长不忍心看到孩子继续接受化疗的痛苦，要求采用中医药治疗。我详细询问了孩子发病的过程，据他父亲讲，他们家刚买了新房，装修时间不长就住进去了，大人在外间吃完饭打麻将，孩子一个人在儿童房，时间长了发现孩子脸色发黄，到医院检测出白血病。得知这一情况，家里人如同晴天霹雳，马上到医院进行化疗，但后来发现化疗的副作用太大了，于是到处打听不化疗的方法。后来这个孩子在我们医院开始了连续 5 年的中医药调理，效果显著，且没有再行化疗，达到了临床治愈，并于 2009 年结婚，第二年生了一个女孩。

在我们用中医药给孩子调理的日子里，这位孩子的父亲非常仔细，对孩子的饮食起居、服药时间、身体锻炼等方面做了详细记录。为了不让孩子产生心理负担，一直对孩子的病情保密。

另一位女孩当时 6 岁。1995 年 9 月确诊为 M3，在化疗 8 个疗程后，于 1997 年 5 月至 2012 年 9 月采用我们的中医药调理，达到彻底的康复。康复后入校读书，成绩优良，并于 2013 年考入宁波大学。这个孩子的父亲给我写过一封长信，谈到他的遭遇。

这位女孩的父亲 1957 年以优异成绩考入浙江大学，在大学二年级时，对当时国家的形势说了一些实话，结果被扣上"右派分子"的帽子，并被学校开除回到农村老家。30 多岁时还找不到对象，近 40 岁时找了一位患有精神病的妻子，生了一个患有精神病的儿子。按照国家的政策，这样的情况还可以生育二胎，他和妻子又生了这个女孩。不幸的是，女孩又患上了白血病。他当时的心都碎了，女儿是他余生唯一的希望啊！后来看到孩子化疗时的痛苦，并了解到这种病经历治疗后大多数人的后果，他的心都凉了。当获得延强医院利用中药治疗白血病的信息后如获至宝，特别是在孩子采用中医药治疗一年后，没再化疗，血象、髓象及孩子的症状都有好转，他那颗绷紧的心才慢慢舒展开来。看到女儿安全过了 5 年期，达到了临床治愈，感觉自己浑身都是精神。当孩子考上宁波大学之后，他更是如释重负。自己一辈子没有实现的大学梦让曾经患有白血病的女儿给完成了，自己的余生有了希望。

第三站，我们住进上海的"金文宾馆"，接待我们的是上海申贝公司的杨总经理。杨总经理的爱人患有"慢粒"，经过我们的中药调理，安全度过 5 年期。还有一位是上海市南汇区 29 岁的华锋先生，另一位是上海市崇明区 45 岁的李忠先生，他们都是患白血病 M3，经过 5 年的中医药调理，达到彻底康复。

自从 1997 年被邀请到上海出诊以来，我和我的同事每个月都安排时间到上海看望患者，如今已经坚持了 20 多年，我们与上海及周边省份的患者建立了深厚的感情。上海华东师范大学的李人圭教授 2006 年患"慢淋急变"，当时住在上海某大医院，被医生告知病情严重，存活时间不长，其特别孝敬的女儿哭着邀请我到医院为他父亲把脉诊断。从接诊之后，我们每次都认真研究处方，果断下药，经过一段时间治疗，奇迹出现了，李教授不但活了下来，在两年之后的一次血常规检查中，报告显示结果全部正常，所有的指标没有一个上下箭头。李教授至今面色红润，眼睛有神，饮食好、睡眠好、大小便好，每个月在老伴的陪伴下找我们诊疗。他曾对采访他的记者动情地说："有了黄衍强院长这样的医生，真是患者的福气！"

上海市浦东区的江志康先生，时年 52 岁，2008 年 6 月患"胰腺癌肝转移"，当时住在上海某大医院，被医生告知生存期只有半年，找到我们的时候已希望渺茫，无论中医西医治疗难度都很大。还是中医经典著作《黄帝内经》的那句"言病不可知者，未得其术也"的名言激励了我，让我一步步为他治疗下去。经过认真分析症状，我为他辨证为"肝胆脾胃湿热内蕴"，给予张仲景的名方"茵陈蒿汤、大柴胡汤"加减，服药两个月后巩膜及全身的黄疸消失，5 个月后 B 超检测肝上的癌块变为点状，CA125 四项指标三项正常，11 个月时肝上点状病灶消失。在我们医院组织的一次康复患者座谈会上，江志康先生整个发言过程泣不成声，感动了来自全国各地及来自马来西亚的众多患者。他现在生活自理，安全度过 5 年期。

在上海市普陀区创办了一家公司的李卫东经理，业务发展得非常顺利，2005 年 6 月不幸检测出白血病，经过多方打听，得到我们的信息，2006 年 7 月至 2011 年 4 月服用我院中药，现已停药，身心健康。每当中秋节、春节等重大节日，他都给我发短信问候、祝福，应验了"雨后彩霞格外红，真正的友情在别后"的美好诗句。

现在，我和这些患者都成了好朋友。为此，我总结了三个字"效、信、情"，在我们的医生中积极推广。就是内抓一个"效"字，外抓一个"信"字，最后与患者长期相处感化出一个"情"字。如果我们都把年龄大的患者视作自己的长辈，同龄人视作兄弟姐妹，把年龄小的患者视作自己的儿女，医患之间该是一种多么和谐的关系啊。一个好的医生应该朋友遍天下。

陪岳母游庐山

岳母自 1991 年从南京来到我们家，帮助我和妻子带孩子，料理家务，做好一家人的后勤保障工作。老人家一辈子非常勤奋，在年轻时就是村里的土改积极分子，不但参加互助组、合作社，还当上了副社长，深受村里人的爱戴。在我们的孩子长大后，岳母又帮我打理医院，成了我的好帮手。

1996 年 5 月 7 日至 12 日，全国中医血证痰证学术研讨会在著名的庐山风景区召开。我写的《加味活络效灵丹在临床上应用》一文被收录大会论文集，并确定要在会上做典型交流发言。因为这次会议允许带家属或同事一起参加，我便与妻子商量，让岳母跟随我一起到庐山参加这次学术交流会，以增长见识，开开眼界，顺便游览观光。

这次一同参加会议的还有我的师兄、师弟和师妹，我们一行共十几人，看上去很像是一个旅行团。我岳母自然是其中年龄最大的一位，但岳母的形象气质颇佳，满头是银发，不笑不说话，嘻嘻又哈哈。为了称呼方便，我们大家都称她为老领导。因为有了岳母这位活宝，我们一路谈笑风生，兴高采烈。

我们先从淄博坐火车到了南京，当晚从南京乘船逆流而上。夜晚长江两岸万家灯火，迷人的景色尽收眼底。因为携岳母一起出行，这次外出我特意带上了军事望远镜，每当路过一个城市，我都把望远镜递到岳母的手上。站在船头，岳母手持望远镜，就像一位身经百战的将军，每当在望远镜里看到美丽的景色，都会将望远镜递给我说："衍强，你也来看看。"后来为了方便，我索性直接把望远镜挂在岳母的脖子上。

我们所乘轮船的船体很大，上面有电影院、小卖部，还有洗澡间。除了沿途风光可以一览无遗，晚上洗完澡之后，还可以安安稳稳地睡个好觉。第二天早上，一声汽笛声长鸣，轮船停泊在九江码头。

下船之后举目望去，云雾缭绕，郁郁葱葱，尽是一派江南景色。师兄杨德发诗兴大发，顺口朗诵出"一山飞峙大江边，跃上葱茏四百旋。冷眼向洋看世界，热风吹雨洒江天。云横九派浮黄鹤，浪下三吴起白烟。陶令不知何处去，桃花源里可耕田"的诗句。后来我们坐上接我们上山的观光车，虽然是一路颠簸，但岳母没有感觉一点儿疲惫，在不知不觉中，我们到达庐山宾馆。

中午吃过午饭后，稍事休息，我们便参观了庐山会议旧址纪念馆，同时还去了蒋介石送给宋美龄的美庐宫，看了毛泽东的著名诗句"暮色苍茫看劲松，乱云飞渡仍从容，天生一个仙人洞，无限风光在险峰"中提到的仙人洞。机不可失，时不再来，大家异口同声地说应该在这里合个影。于是大家让我岳母站在中间，我们则是众星捧月，分立两侧，随着相机的咔嚓声，留下了最美好的回忆。

第二天和第三天是学术大会时间，在岳母的见证下，我非常荣幸地登上了主席台，宣读了自己的论文。这次学术活动，我的论文除了收录到大会论文集，还获得了证书。我在文章中提到的活络效灵丹，是民国年间著名中医张锡纯的名方，主要治疗瘀血阻络引起的颈肩腰腿及全身疼痛，我在这个处方的基础上又加入了徐长卿等人的药物，使得治疗疼痛的效果更好。登台演讲，让我感受到中医人的荣誉，我们中医人除了要为病人看好病，还要积极地推广中医。我后来经常撰写中医科普方面的文章，让更多人了解中医，从而相信中医，享受中医带来的绿色调理。

第四天，岳母和我们众人正式开始庐山游览。我们首先到了五老峰。五老峰位于庐山东南，因山的绝顶被垭口所断，分成并列的五个山峰而得名。仰望王老峰，它们俨若是席地而坐的五位老翁，人们把这原出一山的五个山峰统称为五老峰。

当地抬滑竿的人发现了我岳母，可能是因为她年龄大的缘故，他们主动要求抬着我的岳母游览。我问抬一趟需要多少钱？他们说180元。当我准备付款的时候，岳母却坚决不同意，她还一再给人家解释，说她不是怕花钱，主要是想锻炼锻炼身体。岳母平时就有喜欢爬山锻炼身体的习惯，步入美如画卷的庐山景区，她更是精神焕发，眼睛格外明亮，特别有精气神。这里满山绿色，到处是鸟语花香，清澈的溪水潺潺地流着，清凉无比，惹得老人家甚是喜爱。当我们翻越了第一座山峰，岳母却一点儿也不感觉累，在不知不觉中我们又翻越了第二座山峰。

人多则热闹，我们一路有说有笑，如此翻山越岭，精神倍感轻松。我不由得唱起了"满山的松树青又青，满山的翠竹根连根……"，大家听了后也不由得跟唱，真是你方唱罢我登场。许树东师兄非常注重学问的研究，他说我们借开会来庐山游玩，玩是玩，但是我们不能忘记自己的专业。他当即给大家出个题目，问大家补阳还五汤中哪味药的剂量最大？我们异口同声地说是黄芪；他又问病机是什么？我们回答气虚血瘀；他问黄芪的用量是多少？我们回答四两，也就是现在的 120 克。师兄非常满意地笑了。我们在自考大学的时候，许树东师兄曾把这些主要的方剂编成歌诀，如这首补阳还五汤，他编的其中一句"黄芪四两不用犟"，让人们一遍记住，这让我永远不会忘记黄芪四两就是 120 克，这是清代名医王清任创立的一个治疗中风后遗症的大方，效果显著。中医大学教材中的方歌是"补阳还五赤芍芎，归尾通经佐地龙。四两黄芪为主药，血中瘀滞用桃红"。

岳母虽然不怎么懂医，但看到我们在游览时还不忘自己的专业，情不自禁地为我们拍手叫好。

在这一过程中，我为大家分享了三仁汤，正式的方歌为"三仁杏蔻薏苡仁，朴夏通草滑竹存。宣畅气机清湿热，湿重热轻在气分"，为了使大家能一遍记住，我编的顺口溜是"三人爬竹竿，扑通滑下来"。三人实际上是三仁（杏仁、白蔻仁、薏米仁），竹是竹叶，扑是川朴，通是通草，滑是滑石，下是半夏。这是清代温病大师吴鞠通所著的《温病条辨》中的著名方剂，能够治疗舌苔白腻而导致的不想吃饭、低热不退的良方。就这样，我们既欣赏美景，又温习中医的知识，再加上交流参加大会的收获，不知不觉中天已近暮色。

一边游山玩水，一边温习着中医知识，大家竟然忘记了疲劳。岳母的兴致一直不减，一直健步走在队伍里。最不开心的人应该是跟了我们一天的两位轿夫了，他们说什么也不会相信这位老太太能够连续翻越五座山峰而不叫累！

第五天游览三叠泉。同样有一对轿夫紧紧地跟在我岳母的后面。

当我们走到三叠泉的时候，向下看特别陡峭，几乎是直上直下，我的第一感觉是头晕目眩。岳母看到我的表情，对我说不要往下看，就看眼前这一步。我在前面倒着移动脚步，紧紧抓着在我上面的岳母的手，我们小心翼翼地倒行着往下走。为了安全，我们行进的速度很慢，每下一个台阶都要垫一步。三叠泉是集险峰怪石、飞瀑流泉为一体的旅游地，山峰高峻，峡谷幽深。由大月山、五老峰的涧水汇合，从大月山流出，经过五老峰山脊，由北崖悬口注入大盘石上，又飞泻到二级大盘石，再喷洒至三级盘石，形成三叠，因此而得名。此处落差很深，路程很长。当我们跌跌撞撞到达目的地的时候，顿时产生一种征服大自然的成就感。我们每个人都伸长了脖子，深深地吸上一口气，真是沁人肺腑，感觉特别清新愉悦。我们互相欣慰地感叹着，大家好不容易到了这里，都喝一口三叠泉的水吧！祝福自己能够长命百岁，大伙儿更祝愿我岳母长命百岁。

后来我们找了一个空旷的地方席地而坐，举目四望，让我联想到"日照香炉生紫烟,遥看瀑布挂前川,飞流直下三千尺,疑是银河落九天"这首诗,大诗人李白写的《望庐山瀑布》的诗情画意就在眼前。在欣赏大自然美好景色的同时,我们每个人都打开随身的食物一起分享。有带苹果的,有带香蕉的,有带煮鸡蛋的,有带香肠的,有带苏打饼干的,有带矿泉水的,还有的买了江西庐山特产茶饼、酒糟鱼,看上去非常丰盛。我提议以水代酒,为我们游览阶段性的胜利干杯。大家开怀畅饮,饱餐一顿,真是美哉!岳母脸上的笑容像孩子般灿烂,和我们融入一起,人也显得更年轻。

经过大半个小时的休息,我们向回返。

如果说我们的旅程从上向下是到了井底,那么该旅程从下到上则是由井底到井口。举眼望去,层层叠叠、弯弯曲曲的台阶让人头晕目眩。而岳母却看不出半点儿畏惧,倒是像要出征的将军,抬步就走。这使得一直跟在我们后面以为能揽到活的轿夫深感无奈,我也不住地为执着的轿夫感到惋惜。路上我不知有多少次跟岳母说,您年龄大了,乘坐轿子休息一会儿,可是岳母说什么也不坐。话说回来,在那样十分陡峭的台阶上,乘坐轿子的人可能身心愉悦,但是看抬轿子的人一定会提心吊胆。我们还是老办法,每上一个台阶垫一步,小心翼翼,不敢粗心大意,终于走出了三叠泉。

这次行程共一周时间,我们每个人都收获满满。宋代著名诗人苏轼写的《题西林壁》时常回响在耳边:"横看成岭侧成峰,远近高低各不同,不识庐山真面目,只缘身在此山中。"在回山东的路上,我们有说有笑,时而高歌一曲,时而来上一段顺口溜。我们共同感慨,庐山真是一个好地方,岳母更是觉得不虚此行,这让我感到极大心慰。

截至今天,我带岳母游览庐山的事情已经过去 26 年,而她老人家也已经仙逝。岳母从 1991 年到我们家，直到 2013 年去世，与我们朝夕相处了 22 年，最后安详离世，享年 82 岁。和我们在一起的 22 年中，岳母就像我的母亲一样，一家人亲密无间。我们之间互相关心，互相爱护，留下了人生中一段美好的记忆。执笔写此文之时，让我想起老人家慈祥的面容、简朴的生活和勤劳吃苦的精神，久久难以释怀。

鲁湘父女情

千里医缘一线牵，
医患之情鲁湘连。
身体康复成大业，
从此诗书传家远。

这是 2021 年 5 月 5 日我在郴州写的几句感言。2021 年"五一"前夕，应湖南一位白血病康复患者家人的邀请，我携妻子和妻妹夫妇前往湖南参加这位康复患者的婚礼。借助此行，我也有看望那里很多康复患者的愿望。

这位结婚的小伙儿今年 29 岁，4 岁的时候不幸患上了急性白血病。面对无休止的化疗和不可预测的结果，患者睿智的父亲带着矿泉水和面包跑到新华书店，经过多日查找有关书籍，明白了一个道理，一定要寻找中医治疗白血病的方法。当了解到延强医院后，于 1996 年放弃化疗来到我院服用中药治疗。经过 3 年多时间的调理，身体康复。2000 年，当小患者 10 岁的时候，在父亲的陪伴下，参加了我们在青岛组织的血液病、肿瘤康复座谈会。康复后，这个孩子顺利考入大学，大学毕业后又顺利考取了国家公务员，并获得很多女孩子的青睐。现在，这位 1 米 88 的帅小伙儿终于步入了婚姻殿堂，我发自内心地为他高兴。祝福这对年轻人一生幸福，白头偕老。

先不说这次湖南之行有多么丰富，最值得大书特书的是 5 月 6 日患者给我们举行的送行晚宴。因为在那天的晚宴上，出现了让我们谁都没有料到的一幕。

淄博延强医院湖南群的群主叫吴惜群，曾经是我的患者，如今已经康复多年。她在晚宴致辞时说，自己的母亲 40 多岁就因病去世了，而自己成家没几年又不幸患上了白血病，正当感觉无助的时候，是延强医院的黄院长用中药救了她。然后，她话锋一转，提出想拜我和妻子路秀会为干爸干妈，并征求在场人的意见。因为事出突然，当时我和妻子都感动了，两人对视了很久，都希望对方给自己一个答案。那时候，在那个房间里，时间好像凝固了，每个人都期待着，期待着一个圆满的答案。

最终的结果是我和妻子收下了这个女儿，吴惜群重生后多了干爸干妈，我们也多了一个知书达理的干女儿。那一刻，我的眼泪成了奔流的河，再也不想去回避，这是幸福的泪、激动的泪、祝福的泪、感慨的泪。

此时此刻，让我想到刚当上赤脚医生的时候我父亲对我说的话，当医生就要像对待自己家里人一样。那时每天都在村里来回巡视，其中有的人家每天必到，主要是五保户、孤寡老人等。其中有一位烈军属，她的儿子参加志愿军在朝鲜牺牲了。有一次，我到她家巡访后，这位老人拉着我的手说："衍强呀，你就像我的孩子一样！"我对她说，我就是您的儿子，有什么事您告诉我就行。

那时候的人纯朴，我是那么说的，也是那么做的。1981年从福州军区复员返乡之后，我开了诊所，逐步发展到今天的延强医院。患者多了，不能像以前一样走乡串户为患者服务，但自己的内心却一直把患者放在心上。在看病的过程中，用心与患者交流。对治疗效果不理想的患者，在空余时间翻书寻求治疗方法。在多年的临床实践中，我用真情为患者治病，但从来没有想到过像今天这样，做患者的父母。

这次湖南之行我们在长沙待了四天，第一站就到了我一直向往的岳麓书院。书院中有一个爱晚亭，位于岳麓山风景名胜区内东侧的清风峡中。据资料记载，此亭始建于清乾隆五十七年，即1792年，由唐朝诗人杜牧的著名诗句"停车坐爱枫林晚，霜叶红于二月花"而得名。漫步于自然景色和文化气氛浓郁的书院之中，沉浸于山水树荫之间，一洗往日行医带来的疲惫，这是一种放松，一种陶醉，更是一种精神上的康养。

当我们四处寻找书院的时候，无意中遇到一个小门，一个非常不起眼的小门。进入之后，却是别有洞天。由狭小便道突然变成一处好大的院落，定睛一看，仰慕已久的岳麓书院迎面而来。这里的建筑错落有致，布局恰到好处。拾级而下，细品院墙上的解说，方知朱熹、曾国藩、于右任等许多名人在此居住求学。顿感名山大川之灵气，寻访高人待过的地方能够吸纳智慧。

第二天，我们游览了橘子洲头。这是我们这代人向往的圣地。"恰同学少年，风华正茂；书生意气，挥斥方遒。指点江山，激扬文字……"，这几乎是年轻时每个人都会背的诗。在巨大的毛主席年轻时的塑像前，我们毕恭毕敬地与主席像合影留念。环顾四周江水美景，再看毛主席的光辉形象，使我的心灵得到极大震撼。一个从无到有、从小到大、从弱到强的政党，战胜了无数的艰难险阻，取得了最后的胜利。人活着首先需要有一种奋发向上的精神，这是生命的原动力，有了这种原动力，就能攻无不克，所向披靡，战无不胜。

作为一名中医人，到了长沙，拜访长沙太守张仲景祠堂是必然要做的事情。在这里，追古求远，感受医圣的灵气，学习和发扬他"勤求古训，博采众方"的精神，让我更加感受到一种责任，一定要争取救治更多的患者，让求诊的病人走向彻底康复。

"五一"这一天，我们从长沙乘动车到达郴州，入住苏仙宾馆。第一站到了红色旅游胜地沙洲村，这里流传着一个真实的故事。1934年，3名红军女战士借宿徐解秀老人家中，临走时，把自己仅有的一床被子剪下一半给老人留下。老人说："什么是共产党？共产党就是自己有一条被子，也要剪下半条给老百姓的人。"我仔细地看了这里的一山一水，一草一木，物在人空，但是那句名言"人民为什么拥护共产党，就是共产党给了人民好处"却永驻人们心间。想想我们这些医生，也一定要设身处地为病人所想，急病人之所急，为病人的康复尽心尽力，只有做到这样，才会受到更多患者的拥戴。

在东江湖风景区，我们搭乘游艇到一个小岛上聚餐，这次经历让我难以忘怀。到了岛上，才发现这里真是世外桃源。这里不但有高低不同的秋千，还有当今流行的网红桥，在树林旁，有许多吊铺供游客休息，城市里的卡拉OK设备、乒乓球台等应有尽有。让我最开心的是看到店主人的妻子上山逮鸡，当捕捉到猎物后往回走的路上，主人妻子那种会心的笑容像是一幅温馨的画。店主则拿起渔网到江中捞鱼，我一直跟在他的后面看他如何捉鱼。餐桌上的菜都是店主人自己种的，没有用过化肥和农药。我们一行9人，有唱歌的，有在网红桥上游走的，有荡秋千的，有在吊铺上看手机的，就像走进了游乐场。喝着店主人酿制的米酒,吹着山风,听着鸟叫,闻着花香,眼望湖面碧波荡漾及来来往往的游船,大家开怀畅饮。

酒足饭饱之后,稍事休息开始返回。在车上,同行的康复患者谈起了患病经历。黄丕香女士现在已经康复 13 年。她在化疗到 3 次的时候身体状况几近崩溃,家中经济无力支持她继续治疗,读高中的 15 岁女儿为了给妈妈治病,拿到 3 万元彩礼给妈妈后毅然出嫁。在西医治疗无望之后,一个偶然的机会看到我写的《白血病患者的新生之路》一书,她用 30 多个小时从头至尾读完了这本书,从而坚定了服用中药治疗信心,认真坚持 5 年达到治愈。宋金苗女士家在株洲,听说我们到了郴州之后,她和丈夫一同赶到我们居住的宾馆。王莲英女士家在郴州,与宋金苗一样,化疗 3 个疗程之后开始服用我们的中药,现在都已经安全过了 5 年期,达到临床治愈。她们在诉说康复经历的过程中,内心充满了对中医药的无限感激。

5 月 6 日傍晚,热情的湖南患者为我们专门举办了送行晚宴,这就是在这次晚宴上,出现了吴惜群认干爸干妈的动人一幕。

医患一家亲,时间久了成了亲人。这样的真情实意,这样的感人场面,让我记一辈子。

一支能写 6000 米的笔

2011 年 1 月 30 日,应马来西亚沙巴患者的邀请,我和路秀会院长、中医师黄飞和中医师王永瑞一行到马来西亚为那里的血液病患者进行中医诊疗。当时我们中国的北方已经是冰天雪地,山东省更是寒风刺骨。然而,当我们乘坐的国际航班降落在马来西亚沙巴机场的时候，飞机之外阳光和煦，盛夏炎炎，好一派南国风光！

走下飞机，我们迫不及待地将身上穿着的棉衣脱下来，但其余的衣服还是显得与南国的气候不相匹配。在机场出口处，我看到一条横幅，上面写着"热烈欢迎中国山东医生前来沙巴"的标语，这让我们极为感动。这里不但有炎热的天气，还有马来西亚朋友的热情。

当我们在下榻的宾馆稍事休息之后，马来西亚的朋友约我们到附近的商场购买生活必需品。在商场里，我被一个展柜中的一支笔吸引了，细细说来，吸引我的并不是这支笔，而是这支笔上面写的一句话，上面写着这支笔可以写 6000 米，也因为这句说明，我好奇地将这支笔买了下来，而且很快就派上了用场。

到达马来西亚的第二天，当地时间下午 4 点，我为那里的患者举办了大约一个小时的"中医药防治肿瘤"的科普讲座，然后回答了大家提出的问题。下午大约 6 点开始为那里的患者进行诊疗，当看诊到午夜 12 点的时候，我感到非常疲劳，便对那边的组织者说我今天不能再看病人了。隔着落地玻璃窗，我依稀看到在外边还有十几位患者在等待着，当他们得知我因为疲劳不能再看诊的时候，这些等候的患者自发地起立，向着出口的方向依次走了出去。这让我的内心感到很愧疚，他们可是下午 4 点就听我的讲座，一直坚持到午夜 12 点的啊！然而，当时我真的感到太疲惫了。然而，给患者看诊来不得半点儿马虎，我必须为患者负责。

值得一提的是，沙巴是马来西亚十三个州之一，位于加里曼丹岛东北部，地处东经 115.4°至 118.8°，北纬约 4.2°至 6.5°。沙巴州东北部与菲律宾为邻，面向苏禄海。东部、南部是印尼苏拉维西及加里曼丹，面向苏拉威西海。东南部与文莱及砂拉越州为邻，西部面向中国南海。

　　第三天和第四天继续为这里的患者看诊，这里的组织者把候诊的患者安排得井井有条，没有一位患者或家属争抢或插队，他们互相礼让，彬彬有礼的样子让我感动不已。现在每当回忆起这个场景，总感觉他们的素质真高，我们应该向他们学习。当时看病人，上午安排 30 位患者，下午安排 30 位患者。3 天下来，我们总共看了近 200 位患者。每当看完一位患者，我都把给患者写的处方和给患者书写的病历打印装订。

　　在沙巴州看完患者之后，我们一行四人又在当地德教会主持的带领下，先后到了亚庇、山打根、斗湖、仙本那、拿笃等地开展中医讲座及巡诊活动。在讲座过程中，黄飞中医师主要给当地听众讲了用中医药调理女性常见病的知识，王永瑞中医师则重点讲了肿瘤的中医药防治指导。在繁忙之余，当地朋友还带我们游览了世界著名风景区棒棒岛，给我们留下了深刻印象。

　　历经半个月的巡讲及看望病人，我买的那支笔真的用完了。如果这支笔上的说明准确的话，那么在这半个月的时间里，我用这支笔写了 6000 米。

站在仲景墓前

　　张仲景，被人称为"医中之圣，方中之祖"。东汉末年著名医学家。相传曾举孝廉，做过长沙太守，所以有张长沙之称。张仲景广泛收集医方，写出了传世巨著《伤寒杂病论》。它确立的辨证论治原则是中医临床的基本原则，是中医的灵魂所在。在方剂学方面，《伤寒杂病论》也做出了巨大贡献，创造了很多剂型，记载了大量有效的方剂。其所确立的六经辨证的治疗原则受到历代医学家的推崇。这是中国第一部从理论到实践确立辨证论治法则的医学专著，是中国医学史上影响最大的著作之一，是后学者研习中医必备的经典著作，受到医学生和临床大夫的广泛重视。

我从孩童时就接触到张仲景的书，19 岁时第一次利用张仲景的小青龙汤治愈同族嫂子的肺心病，使得初出茅庐的我一举成名。当时该患者因感冒引发严重哮喘，在当地医院已经宣布不治。在以后 30 多年的行医过程中，不管遇到常见病还是疑难病，我总习惯于先在张仲景的方剂中筛选处方，虽然不是照搬张仲景的方子，但大多情况下都是根据张仲景提出的辨证原则施治，治愈了许多小至感冒、大到癌症的病人。

2008 年 5 月，我到上海讲学，有一位胰腺癌肝转移的患者找到了我。他叫江志康，在上海一家全国知名度很高的大型医院就诊后，被医生告知已经无法手术，在现有医学条件下，生命最多能够维持几个月。江志康无法接受这一现实，求生的欲望促使他多方打听，最后找到了到上海讲学会诊的我。当时，我虽然也感到这样的病非常难治，但还是利用医圣张仲景的辨证思想，并用张仲景方剂中的大柴胡汤为基础，加减调整，对患者进行调理，两个月后，江志康转危为安。后来我一直遵循张仲景的治疗原则连续给予治疗，到现在已经过了 5 年期，江志康身上的多病灶完全消失，经各项检查，生命体征全部正常。

每当患者投来赞许的目光，我首先想到的是医圣张仲景，患者应该感谢这位伟大的医圣，医生更应该感谢这位伟大的医圣。我多次给我的弟子们说，张仲景的书就是活人的书，并把写有"仲景书越读越有味，仲景方越用越神奇"的名言印刷成精美图片，摆放在每一位医生的办公桌上。

多少年来，我养成了一种习惯，只要一有难题，就会独自站在张仲景雕像前，怀着一种敬仰的心情，默默地与这位古人对话。

2011年10月3日，我带着我们医院的骨干医生，怀着一颗虔诚的心赶到医圣的诞生地——河南南阳，参观仰慕已久的医圣祠，瞻仰神往多年的张仲景墓地。

医圣祠坐落于南阳市中心城区东关温凉河畔。一进医圣祠大门，便被这处具有汉代建筑风格、布局严谨、巍峨壮观、屋顶为金黄色琉璃瓦的光彩夺目的建筑所感染。郭沫若老先生于1952年12月题写的"医圣祠"三个大字苍劲有力，熠熠生辉。位于医圣祠中轴线的建筑有大门、照壁、仲景雕像、纪念碑亭、山门、冢墓、过殿、正殿。两则有双阙，古代医学家塑像群，东碑碣廊、西画像廊、春台亭、秋风阁、仁术馆、仲圣堂、智圆斋、寿膳堂、东西偏殿等。古代医学家塑像群，分别雕塑了医和、王叔和、华佗、李时珍这四个中国不同历史时期的大医学家。张仲景的墓地也在祠内。

该墓建于何时已无确考。据说，墓前的石碑是清朝张三异立的。仲景墓是仿汉墓式样，墓的四角各有一个羊头，在中国古代"羊"和"祥"是同音、同义的两个字，象征吉祥。墓顶的莲花座，象征张仲景"出淤泥而不染"的高尚医德医风。

在张仲景墓地前，我带领大家完成了祭拜仪式后，一个人独自站立了很久。与这位古代医圣对话，这是我多年的夙愿。现在，这个愿望终于实现了，我却陷入了更深一层的思考。当时，我就做了一个决定，以后我院新进的医生，都要首先前来拜谒张仲景。通过拜谒医圣，一是要培养医务人员感恩的心，二是要让中医师们接受医圣的灵气，使张仲景"勤求古训，博采众方"的精神感染和影响每个人。

据说，张仲景墓亭中又立了一块新碑，是 2020 年 6 月所立，碑文为"抗疫始祖"。张仲景的确是"抗疫始祖"。东汉后期南阳地区疫病流行、民不聊生。正是那时，张仲景先生立下"进则救世，退则救民，不能为良相，亦当为良医"的壮志，而后决心研究伤寒病的诊治。经过几十年的积累，完成了"众法之宗，群方之祖，医门之圣书"——《伤寒杂病论》。如今的"清肺排毒汤"就是结合其中的经典方剂麻杏石甘汤、射干麻黄汤、小柴胡汤、五苓散等创新优化而成，被列为新冠病毒感染中医临床治疗首选方剂。

我们北方人过节常吃的饺子，饺子原名"娇耳"，也是由张仲景首创的，当时的饺子是药用。据说，有一年张仲景还乡时正值苦寒，在到达家乡南阳白河两岸时，看到许多百姓忍饥受寒，耳生冻疮，便用面皮包上一些祛寒的药材放入锅中煮熟，做成"祛寒娇耳汤"施予百姓，从冬至一直吃到年三十，百姓不仅治好了冻耳，也抵御了伤寒。后来，每逢冬至，人们就仿照娇耳的样子做成食物，称之为"娇耳"或是"饺子"。一个药方，演变成千年美食。在冬至最冷的节气吃饺子，也成了祖祖辈辈血脉里传承下来的传统文化。

挖回原来的日子

稍有一些生活常识的人都知道，中医有一味药叫丹参，是心血管病的良药。其功效是活血祛瘀，通经止痛，清心除烦，凉血消痈。但很少有人知道，丹参虽好，却生长在山野之间，少为人所识。尤其是野生丹参，功效要比种植丹参强数倍，且没有各种污染和化肥。因此，备受人们的推崇。

今天与好友为伴，前往位于淄博市淄川区的峨庄山上采挖野丹参。寻找野丹参的过程非常有趣，在已经枯萎泛黄的杂草丛中，可以看到一种锯齿样发绿的叶子贴在地面上，其顶部的花蕊已经变黑，根据多年的经验，下面就是丹参。为什么这个季节采挖呢？从中医上讲，春生夏长秋收冬藏。这个季节药物的成分集中在根部，药的浓度比较高。其作用活血化瘀，养心助眠。对中老年人心脑血管病有防治的效果。除了中医辨证论治，日常生活中每天丹参、党参用量各10克，开水冲泡代茶，可以提升人体的免疫力，促进气血运行，预防许多疾病。为了方便服用，我们制作水丸服用。

此次挖野丹参之行给我的身心带来了快乐！说实话，我在乎的不是挖野丹参本身，而是因为挖野丹参带来的那颗没有泯灭的童心。如果想吃野丹参，我们根本用不着亲自去挖，我们同行的战友一家就住在峨庄，而且认识野丹参长得模样。我也正是看到前来看望我的战友在水杯里泡着野丹参，才有了这次峨庄挖野丹参之约，才有了在办公室坐了半辈子后又扛上镢头上山挥舞挖野丹参的场景。这是一种期待与发现的过程，是在付出汗水后迎来惊喜的时刻，这是现在成年人很少再有的心路旅程。

"带着感情服用野丹参，效果会更好。"这是我给妻子和朋友说的一句话，也是在挥汗如雨的采挖过程中随口而出的一句话，但却是从内心说出来的一句话。套用这句话，我联想到"带着感情服药，效果会更好"，这是很多患者所忽略的。在医疗过程中，经常会见到很多喜欢抱怨的患者，认为花钱买的药吃起来用不着感恩，更不会对草药抱有感情，疗效可想而知。而有些患者懂的感恩，尊重医生付出的汗水，对能够医治疾病的中草药抱有感情，服用起来如同美味，疗效自然就会好。

其实，我最欣赏的还是大家挥镢挖参时的那种开心。我知道，此时此刻，大家忘掉了身外的一切，甚至忘掉了自己的身份。我们在寻找丹参，更是在寻找童年，寻找生活，寻找健康，寻找在历经奋斗后失去的岁月。看到大家挖出丹参后那开心的样子，这个世界凝固了，幸福感也在这一时刻凝固了！

做客朱水湾

同事刘长晶的家乡在淄博市淄川区寨里镇的朱水湾村，听说那里的空气很好，刘长晶多次邀请我和家人到他的家乡做客。

在城里待的时间长了，特别是近来疫情防控的原因，长时间闭门在家，心情也有些郁闷，感觉到外面散散心也好。2022 年 4 月 22 日，我和妻子路秀会，以及韩院长夫妇、路冬梅夫妇和路磊夫妇等一行 8 人结伴而行，于上午 11 点赶到了位于距淄川城区 10 公里之外的寨里镇朱水湾村。

一下车，我便被这里的景色所吸引。放眼望去，群山环绕，绿树成荫，鸟语花香。在徒步前往刘长晶家中的乡村路上，我看到家家户户的烟囱里冒着炊烟，鸡、鸭、狗、猫在村里走来走去，它们各自扮演着不同的角色。这久违的农村生活场景让我心中有一种回归大自然的感觉，顿感身心愉悦，仿佛又回到孩童时代。

在大家沉浸于对乡下生活感叹之余，前来迎接我们的刘长晶带领我们来到了他的家中。

　　他的家中还是原始农村的房子，院子虽然不大，但种着绿油油的韭菜。我们落座不久，炸香椿、豆腐拌香椿、煎槐花、炸花椒芽、炖柴鸡、香葱蘸甜面酱等各种应时饭菜一一上桌，自然还有美酒做伴，我们开始了在城市里难以享受到的午餐。

　　酒足饭饱之后，我们游览了朱水湾景区。这里各种各样的欧式建筑群让我似乎置身于国外。景区里除了中餐厅还有西餐厅，既有电影房，也有游泳池，还有以前没有见过的蹦蹦床，以及价格不等的客房。据说，最高级客房在山顶，晚上在下榻的房间，可以隔着天窗看到天上的星星。不知不觉，我们已经来到山顶。登高望远，远处的木屋群映入眼帘，木屋群从轻型木屋到胶合梁，从集装箱到城堡，满足了不同消费层次的人群！听说雨季到来后，雨水变作山水从石缝中流下，整个朱水湾将被山水围绕，处处能听到清脆的流水声，空气也会变得凉爽清透。

　　回到医院后，朱水湾之行让我久久回味，那里的空气清新，不但可以洗肺，还可以洗心！抽空，我还想再去。

让复杂问题简单化

癌症、白血病不同于一般的疾病，患者患病后往往恐慌不已、难以应对。用通俗易懂、让患者明白的语言来和患者交流，解释疾病，一方面是为了能够和患者更好地沟通，让患者尽快了解疾病，重新建立康复的信心；另一方面是为了患者更好地从中医角度建立起思维逻辑，积极主动地配合治疗。

我在用通俗的语言和患者交流的同时，也创造过不少"通俗理论"，用日常生活中大家常见的各种现象去解释复杂的医理。行医40余年，我最深的体会就是把事情做复杂容易，而把事情做简单很难。好的医生往往三言两语就能把道理给患者讲清楚。现在很多医生为了让患者获得认可和信任，在患者面前表现得满腹经纶，口若悬河，但往往是说了半天患者一句也听不懂。

我认为患者能清楚、明白地了解自己的病情才是对医生最大的认可。与患者沟通是这样，给患者看病也是这样。越是好的医生给患者开的药方越简单，往往几味药就能解决问题，可谓是药到病除；而医术差的医生往往给患者开了一堆药，却因为没有抓住主要病因，患者反复吃药病也不见好，有时还会增加其他并发症。良医救命，庸医害人。

中医是宏观观察事物，所谓"天人相应"就是指人的生、老、病、死是自然整体的一部分，是事物发展的内在规律，在诊疗过程中着重强调"病的人"。中医的优势在治疗白血病、肿瘤时也就能体现出来，中医能把复杂的问题简单化，在具体治疗疾病的过程中，不与病邪争一城一池之地而看整体，而西医则恰恰相反。从军事角度讲，中医着眼的是战略层面，而西医着眼的是战术层面。中医讲究的是天人合一、法从自然，讲究全面辩证地看待事物、研究问题，中医强调的是人身机体全面的协调统一。

我之所以要殚精竭虑地思考用日常生活中大家常见的各种现象去解释医学问题，用朴实而通俗的语言去与患者沟通，就是想让复杂的问题简单化，要让患者听得懂、听得明白，能够积极地配合医生、配合治疗，以使患者早日康复。

中药是草　用好是宝

"中药是草，用好是宝。"这是我在和患者交流过程中经常说的一句话，这不但是说给患者听的，也是说给医生听的。这句话深深地烙在我们医院医务人员和广大患者的心中，因此也成为医务人员和许多患者的口头禅。他们在评价西医和中医的优劣时，也会经常引用这句话。

这句话之所以会在患者中流传，其核心在于这句区区八个字的话不但朗朗上口，而且道出了中草药的本质：中草药本身就是一种草，如果不会用，或认识不到它的价值，那它和其他草类没有什么区别，不但产生不了作用，有时还会成为一种累赘；但如果会用，用好了，它又是价值连城的宝贝，不但可以救命，更是一种民族的文化符号，世代传承。

记得多年前到全国中药材集散地安国进药时，发现药城大厅的进口处有一副对联，上联是"草到祁州方为药"，下联是"药经安国始生香"。所谓祁州，就是安国古名。再看这里大袋子小袋子摆满整个大厅，里边装的可都是草啊，到了这里就成了药了！老百姓有句话："不知道是个草，知道了是个宝。"这句话和"中药是草，用好是宝"一个道理。

曾听到过一个故事。有一天，一个仙人让他的仙童到山上采药，他对仙童说："凡可以做药的草木，你都要把它采来。"这个仙童走遍一山又一山，最后却徒手而归。仙人问他："为什么没有采回药来？"仙童对他说："满山遍野都是药，我无从采起啊。"

对于懂行而又善于运用的人，一切都可以拿来做药，都可以治病，所以这个仙童无从下手。现在我们哪怕一个感冒都要花费几百块钱还不一定好。但是以前，你要真正懂得人的病理，懂得药性，随便采一些草药都能令身体康复。

提到中药，不得不感谢我们的祖先。有了"神农尝百草"，草才成为能治病的宝了。其他国家的老祖宗里没有神农，因此他们的草还是草，那是因为他们不知道这草用好了就是宝！有多少奇花异草也不是宝。要是他们的老祖宗有"神农"的话，他们那里长的草也变成宝了。

西医治标　中医固本

"西医治标，中医固本。"这句话在医学界流行了多年，我也是深信不疑，经常向患者灌输。一是经常用这句话和患者交流，说明中西医在治疗白血病和肿瘤中的区别；二是因为这也是我治疗疑难病症总的指导思想。对于白血病和肿瘤患者来说，治疗应该以固本为主，因此我主张先保命后治病。我经常对患者说："如果一个人连命都没有了，治病又有什么用呢？"三是我的医学实践和突出的疗效，证实了我的治疗原则正确可靠，从而让患者相信我说的话。很多患者也把这句话当成经典，成为一句流行语。

很多西医人士为了反驳这句话，经常质疑"什么是标，什么是本？"中医认为，标、本二者是相对而言的。这个"相对"在中医学里体现为可以有很多种不同用法。比如正邪双方，正气是本，邪气是标；从病因与症状看，病因是本，症状是标；从疾病病变部位来看，内脏疾病是本，外部疾病是标；从疾病发生的先后来说，旧病、原发病是本，新病、继发病是标。这就是辩证法，更是中医的辨证论治办法。

面对肿瘤，人们会产生各种复杂的心态。如何接受病情？如何进行有效的治疗？我提倡"带瘤生存"，要先保住患者的正气，即通过各种治疗方法让机体的正气足以与病邪（肿瘤）形成对峙，使二者处于相对平衡的状态，患者的各种不适就会一点点减轻甚至消除，从而达到提高生存质量、延长生存期的目的，为身体最终战胜疾病创造良好的条件。

中医修因　西医理果

"中医修因，西医理果。"这是一句看似好懂而又难以理解的一句话。这句话看似很普通，细品又带有很多禅意。

"修因感果"是一句佛学术语，意思是修善恶之因而感受苦乐之果也。中医最可贵的是像菩萨一样但求善因，这样久了必得善果；而西医治病一开始就从疾病的本身开始，以病研病，所以是"理果"。对病的理解和处理，我们的祖先很高明，《黄帝内经》曰："是故圣人不治已病，治未病，不治已乱，治未乱，此之谓也。夫病已成而后药之，乱已成而后治之，譬犹渴而穿井，斗而铸锥，不亦晚乎？"就是说，圣人之所以为圣，皆因为知因果。这跟佛家的说法一样，故曰：菩萨修因不修果，凡人修果不修因。

研究疾病，只要明白了因果关系，也就能明白治疗上的科学性和原则性，懂得了是治果重要还是修因重要。当然，这不能一概而论。对于白血病、恶性肿瘤这样顽固性重大疾病，则需要从因果各方面下手，而在某一时段，求因比理果更重要。

经常找我看病的人都知道，我看病喜欢用通俗的语言与病人沟通，几句话就能把病因和中医治病的方法讲清楚。但我给病人号脉望舌问诊却非常认真，精而又精，细而又细，有时在后面排队等候的病人都会不耐烦，但还是喜欢找我看病。这是为什么？之所以会这样，就是因为我给病人看的是病、追的是因。只有把发生疾病的原因弄清楚了，有针对性地施医给药，治疗疾病的效果自然就会好，再疑难的病都会慢慢康复。

开方就像配钥匙

"开方就像配钥匙。不管金钥匙、铜钥匙，能打开锁就是好钥匙。"这是我经常给患者说的一句话。用配钥匙的原则来说明中药开方更容易让患者明白。有的患者说，这是一个很形象的比喻，这个比喻就像"无论黑猫白猫，逮住老鼠就是好猫"，其实这是不一样的。

"无论黑猫白猫，逮住老鼠就是好猫。"这是一种只要结果、不管过程的原则，可用于宏观理论，但不能用于理论性和实践性事关人的生命的医学。而配钥匙则不同，它必须严丝合缝，可谓是丝毫不差。忽略任何一个细节都甭想打开锁。而这钥匙的材质只是一种载体。钥匙的好坏，起决定因素的是技术，而非材料。

尤其是到了现代，各式各样的锁具随着科技手段的进步而应运而生，而"锁"也变成一个越来越抽象的概念。比如电子领域里的"密钥"，因科技发达而产生的密码锁等，无不要求钥匙的精度越来越高，越来越精确，越来越"严丝合缝"。

而打开疾病之门的中医，更像是一位锁匠，就是要研究如何打开存在于肌体里的疾病之锁、心理之锁，解命门、开心门，使患者尽快走出疾病围成的牢笼。

化肥和土杂肥

在和患者的沟通过程中，我喜欢用这样一个比喻："西医像化肥，见效快，但副作用大；中药像土杂肥，见效慢，但副作用小。"

医学就是处理及治疗预防生理疾病和提高人体生理机体健康为目的，例如生化、生理、微生物学、解剖、病理学、药理学、统计学、流行病学、中医学及中医技能等，都是为了治疗疾病与促进健康。虽然东西方由于思维方式的不同导致研究人体健康与外界联系及病理机制的宏观微观顺序不同，但目的都是治疗疾病。

中西医之争由来已久，然而公说公有理，婆说婆有道。可是，最终的结局，却怎么也逃不出这样一句话："西医像化肥，见效快，但副作用大；中药像土杂肥，见效慢，但副作用小。"尤其是在治疗白血病和肿瘤领域，西医的化疗和放疗方式已经成了一种人们谈"疗"色变而又难以放弃的治疗方式，因此，很多患者在发现这一缺陷后转投中医；而中医治疗则以保守为主，首先要保护人的正气，然后祛除患者身上的病邪，尤其是在仪器检测的结果面前，显得起效缓慢。然而，它却是治本之术，不但副作用小，而且根基牢，很好地保护了人身的本体，在"游击战"中使患者得以生存。

无论中医还是西医，治疗的最终目的都是让患者康复、让疾病消失。在疾病发展的不同阶段，选择适当的治疗方式极为重要。而实践证明，患者在发病之初，中医可以作为一种辅助手段，能有效减轻因化疗、放疗带来的危害；而到了病情稳定期，中医则承担起主要治疗责任，而放疗、化疗则在患者检测指标过高时，作为一种辅助手段，有效抑制坏细胞的增长。

感觉最重要

"感觉最重要，数字做参考；要想活得长，不跟数字跑。"要想了解这句话的真正含义，首先要了解我说这句话的背景。这句话是我在接触患者的过程中，发现大量来看中医的患者不是提着大包小包的各种医学影像资料和检查单据给中医看，就是一提到检查指标便惊悸不安。他们的心情和治疗方式常常被各种检查指标所左右而忽略了自身的感觉。越来越详细的身体检查资料上面的上上下下的箭头，成了影响患者情绪和健康的风向标。而实际上，检查资料上的很多指标对疾病的影响无关紧要。

而中医最重视患者自身感觉，只要患者的感觉好了，饮食、睡眠及大小便等正常了，才能保证身体的康复和治疗。因此，我给前来就诊的患者提出了"自身感觉最重要，各种检查数据只能做参考"的结论。在与患者的交流和沟通的过程中，我经常劝解患者，不要被各种检查数据所左右。根据我的经验，过于关注检查数据，尤其是动不动就用化疗或放疗等治疗手段干预检查数据的癌症患者，其生存质量和生存期限往往很低。而相信我们，注重自身感觉、避免过度治疗的患者，其生活质量和生存期限更好更长。

更何况，无论是什么仪器都会有偏差，医疗设备也不例外。因此，在很多医院之间，他们对外院的检查报告只作参考却并不采纳。患者只要换一个医院治疗，其检查就要重新进行一次。因此，即使是在同一个患者身上，其检查结果因为医院和检查设备的不同而并不是完全相同。因此，患者一定不要因为检查结果的改变而影响情绪和治疗的信念。从一定角度讲，"不跟数字跑"的患者生活质量往往更好。

药物激素和精神激素

激素是人体内分泌腺体分泌出来的生物活性物质，对维持人体正常功能和内环境稳定起着举足轻重的作用。肾上腺皮质激素、甲状腺素、性激素、胰岛素等都是人体不可或缺的物质。无论是哪一种激素，分泌过多或不足都会引起疾病，统称为内分泌性疾病。

为了治疗内分泌不足引起的疾病，使激素保持在正常水平，医学科技工作者从动物有关腺体中提取各种激素或使用人工合成的各种激素，以替代人体内激素的不足。其中，肾上腺皮质激素因具有抗炎、抗毒、抗免疫、抗休克等多种作用，临床应用最为广泛。很多临床医生甚至把肾上腺皮质激素当成救命稻草，一旦碰到解决不了的临床问题就求助于它。

然而，激素给人类造成的副作用越来越多，甚至比原发病本身带来的危害更为严重。尤其是针对血液病患者，使用激素更成了医院的常规手段。开始治疗效果也许还不错，但到了一定时候，患者自身体内分泌懒惰化，不但加重了病情，随着副作用的产生，更让患者的痛苦雪上加霜。

在这样的疾病面前，中医治病的原则是除了提高患者自身免疫力之外，更应强调精神激励，使患者在强大的心理作用和药物作用下平衡自身内分泌水平，从而达到既治病又不伤害身体的目的。因此，在中医界有句流行语："西医用化疗治病，中医用话疗治病。"这句话显然有夸张的成分，但从另一方面说明了各自的优势。

我在与患者的沟通和交流中，经常使用通俗易懂的语言来解释高深莫测的医学道理，让患者常常有一种如梦方醒、如释重负的感觉，从精神上得到极大鼓励，从内心产生战胜疾病、重构健康的强烈欲望，积极配合医生治疗，从而取得较好的疗效。很多患者说，我的一席话，顶得上昂贵的药物，让人振奋。更有患者不远千里前来面诊，初心就是想和我说说话，听听我对疾病的见解。

对于癌症患者来说，精神和情绪上的改变决定着药物的疗效。

这方面引导得好，有时比药物还要重要。这一点儿不但传统医学提倡，现在医学也高度重视。但在实际运用过程中，传统中医要比现在各大医院里的医生更加主动和成熟运用。

让坏孩子学雷锋

"带瘤生存""带病生存"，是中西医均经常提及的概念。而这一概念的科学依据，就是要让身体内的好细胞与坏细胞和平相处。只要身体内的好细胞足够强大，制约坏细胞的生长，让坏细胞不能形成"气候"，身体就会呈现出一种健康状态。

"让坏孩子学雷锋"，是我在"带病生存"、让身体内的好细胞与坏细胞和平共处的基础上提出来的一个形象概念，主要是能让患者一听就明白。而这一概念的基础是我在长期的医疗实践中治疗白血病、恶性肿瘤等顽固性疾病的一种经验总结。作为癌症患者，能够带病生存固然重要，但更想彻底治愈癌症，清除身体隐患。医生的责任是最终战胜癌症，让患者不但身体感觉要好，身体的各种健康指标也必须正常。

治疗到了某一阶段，患者在健康和疾病之间形成了一种"拉锯战"。在这一阶段，患者身上的好细胞和坏细胞基本处于一种相对平衡的状态，在各种药物的作用下，好细胞能够制约坏细胞，使其不能随意扩张，而坏细胞还没有被完全消灭，随时能够东山再起。而作为癌症患者，在经历了各种治疗后，身体状态又难以承受副作用较大的放疗和化疗等破坏性治疗。因此，使用中药等手段保守治疗，此时强调"带瘤生存""带病生存"，让患者坦然接受与癌细胞长时间共存、和癌细胞进行"拉锯战"的这一事实非常重要。

作为一名有责任心的医务工作者，在强调带病生存的同时，我并不满足于让患者饮食好、睡眠好、大小便好等感觉好的现状。我认为，既然现有医疗条件和水平还不能足以彻底消灭癌细胞，那就应该改变坏细胞，利用中医这一包容性极大的医疗手段，在制约坏细胞的同时改变坏细胞，让坏细胞逐渐改造为好细胞，这才是治病之本。"让坏孩子学雷锋"，看似难以做到，而又必须做到。

移动靶和固定靶

"中医打的是移动靶，西医打的是固定靶。"也许是当过兵的缘故，也许是因为我国古代就有人把中医用药与用兵相结合，给出了"用药如用兵"的结论。而我常常把医生看病开药比喻成训练场上的打靶。我认为，如果把医疗看成是打靶，那么医生通过望、闻、问、切收集患者疾病的信息，然后确定何病何证，这里的病证就是要打的靶心，而医生开的药就是打靶所用的枪弹。

医生在开药时，要尽可能让所开的方药对证，让君臣佐使配伍精当，做到"添一味则嫌多，减一味则嫌少"。一个好的中药方在内行人眼里就是一幅浓淡适宜的书画作品。中药方开得好，自然能效若桴鼓，药到病除。这就像打靶，要尽可能瞄准靶心，一枪中的。如果中药方开得不好，也可能会有一定效果，就像打靶仅仅是打中靶体却并没有命中靶心；如果中药方开得很差，不但没有效果，反而还会加重病情，这就像打靶时打错或打反了方向。当然，所有的疾病都是变化的，如外感寒邪入里化热，温病卫气营血层层加重等，尤其是血液病、肿瘤等疑难病，寒热虚实变化更是多端，这时医生在研究处方时就要像打移动靶，努力提高辨病辨证水平，不但要打得准，更要打得稳，做到药到病除。

淄博市的孙女士，2013年3月患原发血小板减少性紫癜，到大医院治疗了3个月，花费36万元，血小板9（正常值为100~300）。本来是到医院看病，经过治疗后不但病情没有改善，反而路都不能正常行走，要由家人用轮椅推着她。初见孙女士，她眼神呆滞，面无表情，全身浮肿，下肢尤甚。脉象浮大中空，舌质淡红，舌苔黄而厚腻。我为她辨证为气虚血瘀，湿热下注，给予补气活血、清利湿热的中药服用。一个月后血小板升到46，激素减少一半。两个月时血小板升到了58，激素减少三分之二。这时她不用再坐轮椅了，自己能够走到医院。3个月时血小板升到94，接近正常值，停用激素，可以到她丈夫开办的工厂协助打理工作。

这样的病例，中医就像打靶打到了10环。人们习惯说中药的效果慢，但真正对证之后一点儿也不慢。

中药加气功　效果能倍增

作为一名中医，我从不排斥癌症患者进行任何形式的有益锻炼和养生。我提倡"带瘤生存"，患者在与肿瘤和平共处的同时，还要积极进行有益的气功锻炼。"中药加气功，效果能倍增。"这是经过很多患者的亲身实践所证明了的。因此，我除了给患者开中药之外，还会针对患者的体力情况，视情规劝患者练习健身气功。

无论是恶性肿瘤还是白血病，都是一种疑难病，患者抗癌要多管齐下，在进行药疗的同时，还要进行体疗、心疗和食疗等全方位有益身心的治疗。而作为气功锻炼，不但是一种有益的体疗，因为患者融入群体抗癌当中，同时这也是一种心疗。

"中药加气功，效果能倍增。"这不是一句简单的顺口溜，而是我们在长期的医疗实践中总结出来的经验，有着深刻的理论依据。郭林新气功的创编者郭林老师 1981 年在广州举办新气功疗法学习班时就曾说过："好多病人过去都是吃中药的，但也不易好，很好的中药吃下去变化不大，可是练了气功，吃中药就起作用了。吃中药能帮助活动力增强。"同样印证了"中药加气功，效果能倍增"的论断有着广泛的实践基础。

中医学经受了历史长河几千年的洗刷，为人类的生存繁衍做出了重要贡献。在现代医学快速发展的今天，中医在我国医疗保健、科研、教学、学术创新等诸多方面有着独有的特色和优势，显示了不可替代的作用。长久以来历代民间中医利用他们的聪明才智总结出了一套很有特色的治疗和保健的方法，如中医拔罐、中医膏药、中医刮痧、中医火疗、中医推拿、中医药茶、中医药酒、中医药浴、中医针灸、自然疗法等，这其中就包括中医气功。

活的是一种精神

今年 73 岁的胡云报是齐河某粮油公司职工医院的一名退休医生，2013 年 3 月 22 日因咳嗽、牙龈出血、头晕等症状被医院检查出白血病。怎么可能是白血病呢？胡云报怎么都不相信。

面对这突如其来的不幸，全家人都乱了阵脚，只有胡云报依旧保持着往日的精神状态，该吃吃，该喝喝，每天的生活依然精彩。相反，他的老伴和孩子们却整日六神无主，对待胡云报就像养小孩子一样，唯恐有一丝不周到而留下终生遗憾。

据老胡给我讲，有一个周末的晚上，子女们都回家来看望他们老两口。吃完饭后，他对家人们说："今天全家人都到齐了，饭后咱们开个家庭会，我有事要说。"全家人立刻紧张起来，不知患病的父亲会有什么样的举动。

一切收拾妥当，大家相继步入客厅落座，看到这种阵势，胡云报的老伴眼睛湿润了。胡云报说："老伴啊，不要这样，不就是白血病吗？我给别人看了一辈子的病，没有误诊，没有和患者起纠纷，这辈子还是挺平安的，我很知足。孩子们也都很好，个个事业成功，家庭和睦。这个病的结果我清楚，没有什么了不起的。下周我就开始接受治疗，你们放心，你们该上班的上班，需要的时候我给你们打电话。"

全家人都惊呆了，没想到老爸把病看得那么轻松平淡，全家人也把心放了下来，默默地祈祷老爸的病能有奇迹发生，因为在老爸的身上发生过很多奇迹。

家庭会议之后，胡云报开始在网上搜索起来，他知道自己这么大年纪再也经不起化疗药物的冲击，决定找一家权威的中医治疗白血病的医院进行治疗。经过详细研究和对比，他选择了我们延强医院。作为一名医生，自从查出白血病以后，胡云报就认为他的时间不多了，为了不让孩子们难过，他独自一人乘车来到淄博，找到我们医院。

接下来的治疗非常顺利，老胡接受了我为他进行的中医治疗，非但不用做各种昂贵的检查，也不用住院。据老胡自己说，服用中药没有化疗药物的那种剧烈反应，几种成药吃起来也不苦口，唯有每天一剂的汤药吃起来较为麻烦。然而，胡云报很快把煎药的过程当成了一种享受，他喜欢静静地一个人坐在药锅前嗅闻草药的芳香，喜欢在草香中寻找大自然的味道。在坚持服用中药的过程中，他带着老伴到他们想去的地方游玩，每到一处，胡云报就像个孩子天真地去欣赏大自然美景。

时光飞逝，不知不觉间一年多过去了，胡云报始终保持着淡定和乐观的心态，有一天，他对孩子们说："本来我以为我的生命已经走到了尽头，但经过一年多的中药治疗，我不但身上没有了不适的感觉，而且越来越感觉身体有劲了。本来查出白血病之后，我认为在积极治疗的情况下最多还能撑上半年，现在接近两年了，我想我已经挺过了危险期。"

胡云报笑了，他的家人笑了，为他治疗的我也笑了。他经常说人活着就要有一种精神。当疾病不可避免时，哭天恸地没有用，怨天尤人也没有用，只能勇敢、乐观地去面对，去破解病魔带来的每一个难题，直到我们用超强的勇气和毅力战胜它。

帮助患者渡过心理难关

在与白血病抗争的过程中，患者会出现很多心理问题。刚开始查出患病时是怀疑心态，当确定自己得了白血病后则出现焦虑、恐惧甚至绝望等。医护人员和家属在关注他们的身体症状之外，还应该帮助他们渡过一个个心理难关。

一是帮助他们克服焦虑心理。焦虑是白血病患者最常出现的心理问题。患者由于缺少对疾病的正确认识，治疗时对疾病的归属和预后过分担心，对昂贵的医疗费和给亲人朋友带来的影响等深感担忧，这些常常使他们充满焦虑。

应对方法：第一，心理暗示。即利用心理暗示的积极作用，提高患者的安全感、满足感，增加信心，从而改善心理状态。第二，言语暗示。在与患者交流时，要使用安慰诱导性语言。比如，在特殊用药和治疗后，巧妙地向患者暗示病情正在稳定并逐渐好转，治疗已开始见效、身体正在康复等，使患者充满信心。这样有利于减轻患者焦虑情绪和心理压力，改善身心状态，进而达到治疗的目的。回答患者的问题时，要做到语气坚决，毫不迟疑。第三，行为暗示。对于极度敏感的患者，适当降低关注程度，避免因重视过度引起对疾病的猜疑，认为病情严重。第四，环境暗示。通过与患者交谈，让患者阅读感兴趣的书籍、报纸、杂志或观看电视节目等，分散患者的注意力，从而改善他们的情绪。为患者营造一个干净、整洁、安静、温馨、充满爱的家庭环境。家人要多陪伴患者，尽量不让患者独居，以免孤独、恐惧的心理加重。鼓励患者参加病友组织的集体活动，以改善心境，减轻内心痛苦。

二是帮助他们克服恐惧心理。一旦被确诊为白血病，患者就会产生一种恐惧心理，总幻想自己没有得这样的病。这种恐惧是血液病患者普遍存在的心理反应。综合各种资料，患者常见的恐惧有：对疾病未知的恐惧、对孤独的恐惧、对疼痛的恐惧、对与亲人分离的恐惧等。恐惧常唤起对过去的回忆和对未来的对比联想，因而产生消极的情绪。

要想使白血病患者摆脱对疾病的恐惧，首先要让患者对白血病有所了解。长期以来，人们对是否如实地告诉患者的诊断结果存在不同的看法。根据我与患者的交流和观察，发现大多数患者愿意知道自己的诊断结果。特别是一些文化素质较高的患者，想要对他们长期保密几乎是不可能的。与其让患者长期猜测或从侧面了解病情，不如一开始就主动地、有分寸地告诉患者实情。这样做，一开始对患者会有一定的打击，但通过做细致的思想工作，讲解白血病诊治的新进展，让患者了解白血病并非不治之症。同时，介绍某些白血病治愈的实际病例，或请病情缓解的患者现身说法，就可以减轻他们的恐惧心理。

三是帮助他们克服忧郁心理。由于疾病长期折磨或者治疗费用不断增加，再想到自己未完成的事业，患者内心深处会产生难以言表的痛苦、悲伤和孤独感。疼痛的折磨，用药的难受，又进一步加剧了患者的忧郁和绝望情绪，有的甚至产生自杀念头。患者在忧郁的心理阶段对语言刺激尤为敏感，对个人行为控制力极为低下。为此，家属要避免在患者面前流露悲伤情绪，同时给予精心护理，防止一些有重度抑郁情绪的患者出现绝望自杀的倾向。

体育疗法、气功疗法、音乐疗法等能有效改善抑郁情绪。利用这些疗法转移患者的注意力，唤醒患者愉快的思维联想和情感，也可以达到稳定情绪、消除紧张、缓解疼痛的目的。

感觉比数据靠谱

我在和患者交流时经常说这么一句话："数据做参考，感觉最重要。"说这句话的意思就是告诉前来就诊的患者，癌症患者定期检查的各种结果，在中医看来并不是太重要，只作为一种参考，中医更注重患者身体的感觉。

如果患者的身体感觉不舒服，再好的检查数据都不足为凭，医生也要对症下药，首先让患者减轻各种不适症状，只有患者感觉好了，吃下饭了，睡好觉了，康复的效果才会更好；相反，如果患者在例行检查时的数据偏高或偏低，只要在身体承受范围之内，身体没有什么不舒服，那也不足为奇，大胆地用中药调理即可。

然而，现实却正好相反，很多患者不相信自身的感觉，他们更依赖检查结果。如果是白血病患者，幼稚细胞稍高，就会马上去做化疗；如果是肿瘤患者，各项癌症指标稍高，也会不顾自己身体能不能承受得了，就不顾一切地去进行化疗。而这样治疗的结果却适得其反。淄博市博山区的王先生就是典型的例子。

王先生是一位骨髓增生异常综合征（MDS）患者，也就是处于白血病前期。在山东大学齐鲁医院做了 4 个疗程的化疗后，身体的各项指标明显偏低，身体乏力，于当年 1 月到延强医院寻求中医治疗。经过两个多月的调理，他的身体有了力气，各种感觉也很好，例行检查结果也显示，无论是白细胞、红细胞还是血小板，均上升到正常范围内。美中不足的是，他身体内的幼稚细胞还有 4 个，但这对于血液病患者来说也属于正常范围。

我多次劝他，不要在乎这几个幼稚细胞，只要身体感觉好，其他检查指标又都不错，就不要轻言化疗。然而，他却认为，自己现在身体不错，更应该趁机进行化疗，将这几个幼稚细胞彻底除掉，何况给他治疗的西医大夫也劝他进行化疗。王先生又一次住进了医院，7 天的化疗花去了他 5 万多块钱，而出院时他浑身无力，怕风怕凉，白细胞掉到了 1.9 以下，红细胞掉到了 2.0 以下，血小板只有 13 个，远远低于正常值。

4 月 9 日，当他再次来到我们医院时，看到他的身体状况和检查结果，在座的医生都直摇头。王先生的骨穿结果还没出来，不知道这次化疗是否将 4 个幼稚细胞全部除掉。即使如其所愿，也并不等于他的身体就好了。因为 MDS 是造血系统引起的疾病，即使化疗后当时检查不到幼稚细胞，但过段时间还会长。抑制幼稚细胞增长的最好办法，就是提升自身免疫力。身体感觉好，才是免疫力好的表现；而经过化疗破坏了身体的免疫环境，得不偿失。

在服用中药治疗的血液病患者和肿瘤患者当中，越是化疗次数少的患者生存概率越大。通过中医调理，能够顺利度过 5 年期的患者大多第一次来就诊时化疗次数都在 4 个疗程之内，而后通过中医调理，逐渐拉长化疗频率乃至不再化疗。

别让传言扰乱生活

在接诊患者的过程中，我经常遇到患者寻问一些有违常识的问题，比如碱性体质、酸性体质的问题，食物搭配相生相克的问题等，后来经过详细了解，才知道患者的这些问题都是在社交网络上所得。

据我了解，几乎每隔一段时间，一些既无权威出处，又无科学支持的健康"警告"便会出现在社交网络上，并被网友们火热传播。有些说法已经流行了很多年，甚至被传成了"真理"；还有些新的传言则打出各种吸引眼球的标题，在养生节目和保健品广告的热捧中迅速传播，严重扰乱了大家的生活。

传言之一：人有酸、碱体质之分。近几年，"人有酸、碱体质之分，只有呈弱碱性才健康"的养生说法持续火热。它标榜用碱性食品去中和体内的酸性，最终改变亚健康状况。而现实是，现代医学中根本没有酸性体质、碱性体质这些词，而在传统医学领域，更没有酸性体质和碱性体质之分。正常人体内的酸碱度（pH 值）稳定在 7.35~7.45 之间。体质上不会存在酸、碱的差别，人体有几大平衡系统，它们可以维持体内的酸碱平衡，并且这种平衡的状态不会被单纯的食物所影响，比如吃酸性食物不会使身体变成酸性。不少优质蛋白、谷物都被归为酸性食品，人们不敢食用，结果造成营养不良。大家在选择食物时完全没必要从酸碱性的角度考虑，患者想吃的，就是身体所需要的。

传言之二：食物搭配忌讳相克。"土豆牛肉不能一起吃，火腿配牛奶致癌，小葱拌豆腐没营养……"在网络上盛传的"食物相克表"中，罗列的食物搭配禁忌有数百种之多。事实上，因为每个人的体质不同，饮食上的取舍也有很大差异，这种绝对、统一的相克说完全不具备科学性。比如传言"土豆牛肉相克"，说两者在被消化时所需的胃酸浓度不同，会延长食物在胃中的滞留时间，最后导致胃肠功能紊乱。实际上，土豆所含的淀粉只能在小肠中被消化，而牛肉等食物中因含有蛋白质，可延缓淀粉进入小肠的速度，从而避免血糖过快上升。另外，还有一些"食物相克"是由于不恰当的解读造成的。比如"豆浆鸡蛋相克"，主要是由于生豆浆中含有妨碍蛋白质消化的胰蛋白酶抑制剂，如果豆浆煮透，和鸡蛋、牛奶同吃就不会有任何问题。在现实生活中，人们不必太过拘泥一些生拉硬扯的"良配"，最要紧的是针对自身体质进行调整。

传言之三：各种各样的"食物致癌说"。"喝普洱茶最易得胃癌，喝豆浆可导致乳腺癌……"几乎每隔一段时间，就会出现吃某种食物致癌的说法。事实上，某些食品可能致癌的说法多半经不起推敲，因为并没有统计学上的意义。食物分为动物性食物、植物性食物和加工食品三种，对于常吃的、新鲜的、单纯动物性食物和植物性食物，人类都吃了几千年了，几乎不存在致癌的可能性。但是，有些食物在特定情况下确实会产生毒素，加工类食品中的一些非法添加剂也存在致癌争议，但毒素的积累需要到一定剂量才会对人体产生作用。需要提醒的是，生活中确实有三类食物要远离，一是腐败变质的食物，二是煎炸烧烤类食物，三是含有多种添加剂的加工食品。

商家为了自身的利益和目的，制造各种网络传言已经成为公开的秘密。如果大家轻信这些传言，被网络上的各种传言所困扰，只能天天生活在恐惧之中。作为患者，更不能"有病乱投医"，轻信网络上的种种传言，一定要听医生的话，从正规的途径获取养生知识。

春节知心话

春节是我国最隆重的传统佳节。节日里，家家喜气洋洋，张灯结彩；亲朋欢聚，阖家团圆。然而，血液病患者却不能像健康人一样事事尽兴，无拘无束。

春节期间，血液病患者首先要注意保暖，防止感冒；其次要注意生活规律和适量饮食。作为中国的传统佳节，亲朋欢聚，礼尚往来，美味的佳肴是不二的选择。但是作为血液病患者来说，怎样健康快乐地过节才是最重要的？我结合多年临床经验，总结出"四防"，即防感冒、防生气、防劳累和防饮食过饱。这四个预防，不但适合于平时，更适合节日期间。

白血病患者因为体质虚弱，免疫力差，对外来的风寒风热邪气的侵袭难以抵御，很容易引起感冒，感冒后邪气入里，体温升高，体质更加虚弱，体内白血病细胞会肆无忌惮地生长繁殖，从而引起复发。预防感冒：一是要避免感冒，如根据天气变化随时增减衣服，不要劳累出汗后洗凉水澡；二是感冒后要尽早治疗，我建议患者首选中成药或中药汤剂。如果感冒症状是怕冷、鼻塞、头痛、流清涕，属冷感冒，用通宣理肺丸治疗；如果出现发热、咽痛、口渴等症状，则属热感冒，用西羚解毒丸或银翘解毒丸治疗；轻微的风热感冒，出现咳嗽，可服用桑菊感冒片，咳嗽重者则服用止嗽青果丸。服用这些中成药时应注意检查药物，一定要保证是纯中药制剂，一般按照说明的剂量加倍服用效果较好。

　　劳累也是白血病复发的一个常见诱发因素。劳累包括劳力过度、劳神过度和房劳过度。劳力过度是指超过体力或身体状态所能承受的过度劳动；劳神过度又称用脑过度；房劳过度是指性生活不节制，房事过频。这三种劳累都会损伤脏腑功能，耗气伤血损精，造成白血病的复发。如有的患者在病情稍微好转后便从事重体力劳动，想把以前的损失补回来，结果适得其反；有的患者病情缓解后通宵打麻将，用脑过度，结果倒在牌桌底下。这些活生生的例子告诫我们，白血病患者在日常生活中一定要劳逸结合，弛张有度。

　　中医认为"怒则气上"，人生气时气血上涌，可见头晕头疼、面赤耳鸣甚至晕厥，很容易导致白血病复发。而生闷气的人大多肝气瘀滞，气不能在体内正常运行，日久瘀滞而化火，也会导致白血病复发。白血病患者因为体内有热毒，很容易生气，所以在日常生活中尽可能不要生气，用一颗平常心对待周围的人和事物，做到宠辱不惊，功名利禄皆看淡；笑口常开，健康快乐保平安。

　　饮食过饱，超过肠胃所消化吸收的能力，造成肠胃的损伤，故《黄帝内经》中有"饮食自倍，肠胃乃伤"之说。肠胃为人体的后天之本，肠胃损伤，则气血生化无源，气血不足则免疫力低下，导致白血病复发。因此，白血病患者按照正确的饮食调理的同时，要预防饮食过饱，尤其在节假日或亲朋聚会时更要注意，日常饮食以七八分饱为宜，即感觉再吃一点儿就饱了的时候放下筷子，离开饭桌。

　　"四防"看起来容易做起来难，尤其是过节期间，更需要白血病患者密切配合，对"四防"引起足够的重视，并持之以恒。

　　过节期间亲朋好友相聚，免不了要喝几杯酒，但作为血液病患者，则尽量不要喝酒。从中医的角度讲，血液病多与"阴虚火旺，热毒内蕴"有关。因此在治疗方面侧重于"滋阴降火，清热解毒"。"酒"体湿而性热，据说发明之初本为药用，因其酒香慢慢成了人们日常生活中的饮品。正常人适量饮酒可以起到活血、解乏、稳定情绪等作用，但血液病患者体内本来就有热毒存在，如果再饮用白酒，岂不是火上浇油。轻则促使病情加重，重则直接危及生命。所以血液病患者切忌不要饮酒，可以用果汁饮料代替。

部分患者认为过年吃药不吉利，这种观念是要不得的。过年人可以放假，但血液病不会因为春节休息，你一松懈，正好给它一个可乘之机。春节对于血液病患者来说是把双刃剑，阖家团圆，人开心了，对年后的治疗康复大有好处，但如果不注意休息和饮食，那将是危害重重。

在这里我衷心祝愿大家，春节期间不仅享受美味佳肴，还要确保身体健康，只有病情平稳了，才能有更好的心情和亲人们欢度节日。

正确的健康观

"为病家谋幸福"是被誉为"西方医学之父"的古希腊医学家希波克拉底在其誓言中的重要一条。要为患者谋幸福，除了正确地施医外，还应该给予正确的康复指导，让患者树立正确的健康观。

走路是最好的药。久坐不动的人会变得肌肉松弛，身材发胖，会引起很多疾病。尤其癌症患者，因为疾病和情绪的影响，常常会忽视锻炼的作用。而那些走路多的人更长寿、更健康，那些很快稳定情绪，积极投身锻炼的癌症患者身体恢复得更快。所以我经常给患者开的药方是"多走路"。为了让患者锻炼适度，我还专门为患者准备了跑步计数器等工具，时刻提醒患者进行锻炼，适度锻炼。而现代医学研究显示，正常人即使每天只步行 30 分钟，也能降低患上糖尿病、心脏病、骨质疏松和癌症的可能。

病找什么人，而不是人得什么病。我给人看病时，会仔细地通过望、闻、问、切，检查患者的脉搏征象，了解饮食睡眠及各种不适。除此之外，我还会观察患者的性格、寻问他们的居住环境、人际关系，甚至仔细观察他们的面部表情，然后才会做出判断。我曾经治疗过很多白血病患者及各种恶性肿瘤患者，我很关心这些患者的人际关系是否紧张、工作是否繁重及他们的睡眠状况，我时常会苦口婆心地提醒患者，要从根本上纠正造成疾病的客观环境，否则治疗很难成功。医生应该从整体上医治患者。

让食物成为患者的药。在长期的医疗实践中，前来看中医的白血病及肿瘤患者大都非常关心饮食忌讳，甚至很多人因为放疗、化疗的原因造成严重营养不良，却忌讳吃这吃那。我给他们的建议是：想吃的就是身体缺少的，不必刻意计较饮食。同时也提醒患者，当身体不缺少营养时，要适度改进饮食习惯。我认为，患者的饮食应以未加工食品、多种颜色的蔬果和少糖为原则，这也适合普通人的保健。

凡事不过度。即使是治疗有效的药物，用过量也会对患者有害。现代研究表明，如果运动、水、营养、睡眠等过了度，都会造成危害。现代人尤其是年轻患者，最容易过度使用电脑和手机，有的人患病之后，因为不能正常工作和劳动，更容易产生对网络的依赖症，从而加重病情，影响治疗效果。为此，我还专门给患者制定了作息时间表。

稳定情绪是养生要诀

我曾经在某晚报上看到过一则消息，一位 78 岁的老人在斗地主时连赢两轮，第三轮时又摸到两个"炸弹"。这位老人因为过于激动，哈哈大笑两声后一头栽倒在牌桌上。虽然经过医生全力抢救，可最终也无力回天。

在现实生活中，像这样的事情可谓是经常遇到。在看高水平的体育比赛时，大家经常见到，有的观众或因自己喜欢的队伍赢了比赛或因自己喜欢的队伍输了比赛，一时激动，大脑缺氧，晕倒在现场。而患有慢性病的人，情绪出现大起大落的波动，甚至会危及生命。很多老年人患有心脑血管疾病，正常情况下还比较稳定，但情绪出现波动就很危险，因为老年人受刺激后，容易产生广泛性脑缺血、脑缺氧，从而诱发高血压、脑出血、心肌梗死等疾病。因此，对于老年人来说，更要保持乐观、豁达、开朗的心境，稳定情绪，切忌大喜大悲。

中医认为人有七情，即喜、怒、忧、思、悲、恐、惊，分属五脏，以喜、怒、思、悲、恐为代表，称为"五志"。《素问·阴阳应象大论》中写道："人有五脏化五气，以生喜、怒、悲、忧、恐。"心主喜、肝主怒、脾主思、肺主悲、肾主恐。正常情况下，人体的阴阳处于平衡状态，若情志变化剧烈，阴阳平衡失调，则影响人的气血正常运行，导致气血功能紊乱，《素问·举痛论》中指出："百病生于气也。怒则气上，喜则气缓，悲则气消，恐则气下，惊则气乱，思则气结。"

在临床实践中，经常见到白血病患者问起日常保养之道，我认为保持一种良好的心态，稳定情绪是关键。

中医认为，人在过喜时会伤心，常出现心慌、心悸、失眠、多梦、健忘、多汗、胸闷、头晕、头痛、心前区疼痛，甚至神志错乱、喜笑不休、惊恐不安等症状，可导致一些精神、心血管方面的疾病发生，严重者还可危及人的生命；而过怒则伤肝，出现胸胁胀痛、烦躁不安、头昏目眩、面红目赤，有的则会出现闷闷不乐、喜太息（叹气）、嗳气、呃逆等症状。过悲会伤肺气，过恐则伤肾，过思易伤脾。

白血病患者本来就身体抵抗力差，患病后生活环境及身体环境都出现了大的变化，容易引起情绪上的大起大落。所以，稳定情绪，强制自己忘掉各种不愉快的事情，保持积极的治疗心态，对疾病的治疗大有好处。

对生命的思考

行医半辈子，我时时都在思考中。思考生命、思考人生、思考事业、思考家庭，思考生活中的琐琐碎碎。偶有所感，有时也会随笔记录，有空时再加整理，便成了一本一本的著作。内容虽然杂，却是生活的真实写照。

因为思考，使我对生命有了更深的认识，行医过程中更注重向患者讲述生命的本源。"坚持中医药特色，走中西医结合的道路，以人为本，个性化治疗""辨证施治，治防结合，药疗、食疗、心疗、体疗四位一体抗癌""治疗过程中要做好'四防''四心''四结合'，防止复发与转移"等，都是我在思考过程中成熟和完善的治病原则。

因为思考，使我对生活有了深刻的认识，知道更应该怎么和患者打交道，如何让患者更容易接受，怎么用生活现象与患者沟通更有效。

小时候，因为疾病，让我开始了对疾病治疗的思考。上小学时，花1角9分钱买了一本《常见病验方汇编》，试着给自己开药；上高中时，又花5分钱买了一支针灸针，在自己身上体会针灸的神奇。成年后，因为给人治病，让我更加深入系统地对疾病的治疗进行思考，逐渐形成了自己的治疗特点和学术体系，有了自己的诊所、医院和团队。现在，需要思考的东西越来越多，能够用来思考的时间却越来越少。然而，只要生命不止，运动不息，思考也就会永远继续下去。

因病思考而成医，因医思考而治病，这几乎成了我生命的全部。

治病必求其本

治病求本，始自《黄帝内经》，是中医学的一大基本原则。在这一原则指导下，古代贤医又强调"急则可先治其标，缓则必当求其本"，有时又可"标本兼顾"。这些虽只是充满哲学韵味的归纳，却有着很强的临床指导意义。尤其在恶性肿瘤的治疗中，若能很好地贯彻这些原则，常能以最低的代价获得最佳的治疗效果。

针对错综复杂的肿瘤治疗而言，不同阶段，不同对象，也许中医学所指的"本"与"标"不尽相同，但最为关键的"本"则是保全患者的生命。相对生命，癌瘤只能看作是"标"。当患者经过治疗已无生存之忧时，可能存在的癌魔或某些异常的癌胚指标就上升为治疗中的主要矛盾——"本"。

李先生年近八旬，因患结肠梗阻做了手术，病理显示为交界性瘤肿。后又见左下腹痛，大便困难，黏冻样伴血性粪便，肠镜确诊为吻合口处癌肿，呈菜花样变，已阻塞肠腔达 2/3。医院给出的意见是化放疗都不行，只能做姑息性改道，造人工肛门。李先生素有洁癖，因嫌秽浊而死活不肯改道。李先生的儿子略通医术，知道一旦结肠堵塞便有生命之忧，对中医似信非信的他求诊于延强医院。

接诊后，我认为目前的关键是怕肠梗阻，不妨以外用灌肠为主，"急则治其标"，内服以中药制剂为辅。如此治疗一个月内，灌肠后时时有脓血便排出；两个月后，血便见少，大便开始成形，而且变成了条状。肠梗阻的顾虑减消后，患者的身体条件已经允许加量内服，而此时抑杀肿瘤，进一步确保生存质量与生命安全已是治病求本之举了。半年后，李先生身体各种症状基本消失。该患者的救治过程，充分体现出治病求本原则的指导价值所在。

良医通艺

"不为良相，便为良医。"这是一句妇孺皆知的名言。这句话出自北宋名臣范仲淹，他曾说："能为天下百姓谋福利的，莫过于做宰相；倘若做不了宰相，能以自己的所学惠及百姓的，莫过于做医生。"

张仲景在《伤寒论》中对医生的作用则这样说："上以疗君亲

之疾，下以救贫贱之厄，中以保身长全，以养其生。"意思是倘能做个好医生，上可以疗治君王和父母的疾病，下可以救治天下苍生，中可以自己养生，益寿延年。这也是"不为良相，便为良医"思想的另一版本。

在古代，皇帝是家传的，不是通过努力就能达到的，不然那是以下犯上；而"相"则是中国知识阶层能够通过努力达到的最高层级，能辅佐明君以治天下利万民，是知识阶层的梦想。但是这样一条道路并非人人可期，普通人是远远没有这份幸运的。医学则不同，它作为一种除疾患、利世人的手段，不仅无须伯乐"察举"，亦无须"科举"以验明身份，而且最重要的是，医学与儒家的"仁义观"几乎是完全一致的。如果知识阶层求"相"不得，将如何实现利泽万民的心愿呢？大概莫过于从医了。

然而，作为医生这一群体，很多人当初并没有当良相的愿望，甚至也没有当良医的规划。我是因为父亲的愿望和从小体弱多病才走上自救之路，进而成为一名中医的。我最初的梦想是从军，报效国家。在我的人生中，除了医学，还有艺术梦。我习书法、研格律、写文章，最大的锻炼爱好是打乒乓球，这一切都是通向艺术殿堂之举，在平常人看来，似乎都与医术没有多少关系。

其实不然。正所谓"医者，艺也。"

中医首先是一门技艺，一门特殊的技艺，运用中医理论与方法把病体修复，把生命延长，修复的程度怎样，延长的时间多少，则彰显医生技术水平的高低。中医更是艺术，切脉的手指、起落的银针、字迹飘逸的处方、与患者有效的沟通、取象比类的用药，无不包含着丰富的人文思想和社会道德，医生独特的人格魅力以及富于哲理的辨证施治过程，往往会感染患者的精神世界。

在我坐诊期间，经常见到有的患者因为拿到我的一纸近乎书法的叮嘱而欣喜，也经常见到有精通文学的患者用诗词与我唱和而心畅。现代疾病除了生理原因，更多的是精神因素造成的。大医通艺，一名好的中医不但要会给患者看病开药，更要会与患者沟通。

艺不压身，医术达到艺术的高度，那一定是出神入化；而医术插上艺术的翅膀，医生能够站在"天、地、人"的高度看待疾病，懂得"道法自然"，无论是行医还是研艺，都能得心应手。

辛苦谁人知

国学大师南怀瑾先生在他的《小言〈黄帝内经〉与生命科学》一书中写到，他年轻时就读了《黄帝内经》。但他感觉做医生好可怜，做名医更可怜，一天忙得没有自己的时间，把生命都付出给了病人。所以他一辈子虽然看医书，但不敢做医生；虽然也写毛笔字，但不敢做书法家。

由此可知，做医生是多么辛苦。其实，要做一名良医更加辛苦。古代有三折肱之说。春秋末期左丘明的《左传·定公十三年》中载："三折肱知为良医。"意思是说：多次把自己的手臂折断再接上，就能懂得医治折臂的方法，只有反复在自己身上实践才可以成为良医。

唐朝文学家刘禹锡有首诗，名为《学阮公体》，这首诗虽然是写人生阅历的，却用成就良医之难来做比喻："百胜难虑敌，三折乃良医。人生不失意，焉能慕知己。"由此可见，做医生难，做良医更难。

我在利用中药治疗白血病和肿瘤方面颇有心得，虽然现在60多岁了，但一到坐诊时间，就会被来自全国各地的患者团团围住，一忙起来就是一上午，根本没有休息的机会。然而，为了这些外地患者能够按时取药，及时返程，无论多累多饿，我都要坚持看完全部患者才去吃中午饭。很多时候中午饭成了下午饭。

在我初涉医学之时，虽然没有三折肱的经历，却有在自己身上扎针的体验。上初中时，我用一角九分钱买了一本《常见病验方汇编》，到上高中时，我已经把这本书倒背如流，书上所列的药方更是装在了脑子里。这时候，我又用上学节省下的五分钱买了一根银针，用这根针在自己身上学扎针、行针。开始，一起上学的小伙伴看到我拿着针在自己身上扎来扎去，还以为我精神不正常，等几年后我成了村里的赤脚医生，他们才恍然大悟。

为了患者，我也曾有过亲身试药的经历。半夏，中国植物图谱数据库收录的有毒植物，其毒性为全株有毒，块茎毒性较大，生食0.1~1.8 g即可引起中毒。该药材对口腔、喉头、消化道黏膜均可引起强烈刺激；服少量可使口舌麻木，服多量则烧痛肿胀、不能发声、流涎、呕吐、全身麻木、呼吸迟缓而不整、痉挛、呼吸困难，最后麻痹而死。有因服生半夏多量而永久失音者。据文献记载，治疗半夏中毒，用生姜捣汁服下，其毒解。为了确切了解半夏的毒性，验证"生姜制半夏"的说法，更好地确定药物用量，掌握最佳疗效，我在家人的监护下亲自试药。服用生半夏后，食道及胃部出现刀割般疼痛，半夏水走到哪里，哪里就像灌了辣椒水，热辣辣地刺痛。体验了半夏的药效后，我紧跟着嚼食生姜片，结果生姜经嚼食后的液体走到的地方，疼痛感很快就消失了。中药的神奇，让我深信不疑。通过试药，我可以准确地给患者用药，也让患者对中药的神奇做到了深信不疑。

医生要想获得成功，不但要付出艰苦的努力，更要为之献身甚至累及家庭。

与患者共患难

做一名合格的医生难，做一名优秀的中医师更难。医生不是一个简单的职业，更是一项至高无上的事业。我从 17 岁正式学医就立下誓言，为中医药事业奋斗终生。

宋代大诗人陆游曾有一首诗：

> 古人学问无遗力，少壮工夫老始成。
> 纸上得来终觉浅，绝知此事要躬行。

古人做学问尚且如此，何况是做医生呢？尤其是做中医，更是一门实践性很强的学问，要做到精通，就必须亲身体验。在刚刚学医的时候，我曾在自己身上体验针灸之痛，亲口体验中药之苦。我从小患有哮喘和胃痛，在初中的时候就对照书本开方自己服用，有时候还真有效果。在高中的时候买了一根针灸针，另外买了一本《新针疗法》，对着镜子针刺印堂穴、太阳穴。

创办医院之后，我在治疗常见病的基础上，从 1992 年开始对血液病和恶性肿瘤进行研究和治疗，取得了较好的效果，患者遍布全国各地。然而，1997 年 9 月底，我们经常使用的僵蚕这味中药出了问题，很多医院的患者在使用这味药之后出现不同程度的副作用，这引起了我的高度警惕。

僵蚕，又名白僵蚕，是家蚕幼虫在吐丝前因感染白僵菌而发病致死的干涸硬化虫体，主要用于惊风抽搐、咽喉肿痛、颌下淋巴结炎、面神经麻痹、皮肤瘙痒等病症。僵蚕是一味常用中药，味辛、咸，性平，具有祛风解痉、化痰散结、清热解毒燥湿的功效，临床多用于治疗热咳、痰喘、吐血、崩漏、带下、跌打损伤、风湿痛、疮毒等。近年来其应用范围和领域不断扩大，我们用于肿瘤治疗，作为用来散结攻毒的药物之一。

然而，有些药农在加工僵蚕的过程中违反加工规程，为了加快僵蚕的制作而擅自使用农药，致使很多医院的患者在使用这味药之后出现不同程度的副作用。为了清楚地鉴别僵蚕的质量，弄清僵蚕的毒性有多大，精准地掌握用量，我曾将其磨成细粉，准备亲自服用验证。同在医院的妻子路秀会见状，坚决阻止了我。但为了对患者负责，我执意要亲自验证药效。看到我的执着劲头，妻子决定代我服药。于是，令人痛心的一幕发生了，我爱人在服用5克僵蚕粉几个小时后，出现了喷射性呕吐，人失去了知觉，瞳孔出现放大，马上住进了淄川区人民医院。我冒雨请到淄博市中心医院的专家，看过之后说不是过敏而是中毒，于是按照敌敌畏中毒的救治方案24小时滴注药物，这样持续了两天一夜，终于把她从危险中抢救了过来。

事后我才知道，那批僵蚕是养蚕户用药物把僵蚕药死，这样僵蚕就有了毒性。以后我们再购买僵蚕，格外小心谨慎，形成了一套完整准确的鉴定办法。幸运的是，现在国家指定药材公司进药，质量有了保证，为我们医生解决了后顾之忧。

感谢我爱人在危难之际的挺身而出，当时如果是我服药，其后果不可想象。医生是挽救生命的职业，为了准确研究处方用药，同样需要付出心血甚至生命。这让我又想起宋代黄庭坚所作《寄黄几复》中的诗句："持家但有四立壁，治病不蕲三折肱。"要做良医，就必须与患者共患难。

同"甘"共"苦"

每周二的晚上，我们医院都会举行病例讨论会。在一次例会上，大家讨论了门诊中遇到的疑难问题，并讨论和亲自尝试了多种中草药的味道。

这次尝药是我提议的，主要是为了让各位医师品尝一下中药的味道，提醒大家把患者服药视为自己的亲人服药，了解患者服药时的口感，以便自己在开方时更好地把握中药的计量。我把自己已经品尝过的几种药物让各位医师品尝。经过安排，药房准备好了多种中草药，其中有生半夏、龙胆草、生姜、黄连、生姜、甘草、麻黄等十几味中药，这些药材大家都认识和了解，但都还没怎么尝试过。

虽然这些药物我以前都试尝过，但还是和大家一起再次尝了一遍。龙胆草、黄连的苦味十足，甘草口感甘甜，而服用生半夏会产生很强烈的辣痛感，需要食用生姜来化解这样的反应。各位医师感到很新鲜，在服用生半夏时都很小心，慢慢咀嚼寻找感觉，果不其然，没过几分钟，很多医师的辣痛感就出现了，喉咙、食道如同冒烟，随后大家赶紧食用准备好的生姜。很多医生说，食用生姜后这种辣痛的感觉果然减轻了许多。

在这次会议上，我还询问了各位医师有无针灸自己，对针灸的感受如何。我跟大家强调，针灸的皮肉之苦与中药的苦感都是患者经常遇到的，我们医生只有自己亲自了解，才能体会患者生病的感受，更好地体会患者的病苦。

通过这一做法，使大家充分认识了几种中药的口感，也在品尝中充分体会到患者服药的口感，对日后的工作有了充分的认识。

医患之交

2020 年 7 月 6 日，一位 90 岁高龄的老人找我看病。看病之前，他郑重地递给我一张信纸。仔细一看，像是一封信，但因为有题目，所以又像是一段手写的话。因为语言半文言半白话，有些字也不好认，我便随手将这张信纸放在了一边。

这位老人叫丁德珍，是我的一位老患者。

等我给他看完病，再认真拜读这位老人在信纸上写的这段话，才发现老人在文中与我称兄道弟，可见老人是如何珍惜与我这位医生的情缘。丁德珍老人是当地人，很多年以前就经常找我看病，一来二去，和我成了一种"君子之交"。就像这封信的第一句话："吾友，我赠非物，是友谊。"下面，不妨细细品读老人这段话。

赠忠谊：
吾友，我赠非物，是友谊。吾俩友谊一如蜜样浓甜！
吾赠友言：医者——仁也，仁者——礼也，礼者——爱也。
老，吾老，以及人之老；爱，吾爱，以及人之爱；幼，吾幼，以及人之幼。
三音声回山，吾坚信老友定登病高山，再难病如癌，吾友乃捏粉团——粉碎，好健。

友兄，丁德珍敬书

2002 年 7 月 2 日

尽管他将 2020 年写成了 2002 年，但这并不影响这段话的分量。试想，一位疾病缠身的 90 岁老人，能够拿起笔来为自己的医生赠言，已经不易。由此可见，他非常重视与我的医患情缘。

写到这里，我感觉即使再写什么都是多余的。最后，总结了一句话："君子之交淡如水，医患之交可忘年！"

杏林飘香
内训篇

好 思 想

"人之初，性本善。"这是《三字经》开篇的一句话。这句话开明宗义，说明人生下来其本性就是善良的。

无论大家从事什么职业，有一个好的思想至关重要。毛主席曾经讲过，思想上、路线上的正确与否是决定一切的，没有人可以有人，没有什么可以得到什么。中国共产党以为人民服务为宗旨，从无到有，从小到大，从弱到强，应验了"得民心者得天下"这句古训。

只有有了好的思想，才能带来好的行动。自己身心愉悦，总想着助人为乐，自得其乐，自然一生快乐。在家庭中容易成为父母的好孩子，在婚姻中成为好夫妻，在下一代中成为好父母，在朋友中特别受人们的尊重和爱戴，在单位成为优秀员工或领导。我曾经留心观察，具有好思想的人，为公家干事的时候，经常成为劳动模范，退休后自己干事同样干得出色。可见好的思想非常重要，不论在什么地方都能干出好业绩。人活着不仅仅为了物质，精神的充实同样重要。在物欲横流的年代，强调二者的统一，人心才会舒坦。

好的思想是有家传的，我们在日常生活中经常会看到，有的一个家族几十口人人缘都好。他们不但和人说话时语言热情，而且经常主动关心人、帮助人。这样的大家庭非常团结，一代接一代地传承着，无论家境如何，开心快乐地生活，令人仰慕。因为工作的原因，我经常到国外开会或应患者邀请到外地出诊，看到现在无论是高层领导或大企业家、中层事业成功人士以及底层平民百姓，普遍表现出幸福感和满足感，具体表现就是感恩身边的一切。

好的思想除了受家庭影响，也与后天所受教育和接触的人有关。正所谓近朱者赤、近墨者黑。一个人的思想好与不好，看一下他身边经常来往的人就能知道个大概。

为了身心健康，幸福一生，我们应该互相勉励，做个思想好的人。当我们到天年的时候，就会告慰自己这辈子没有白活。

好 脾 气

好脾气有天生的，也有后天养成的，但后天的学习非常重要。

好脾气可以带给人好运气，使人感觉心情愉悦。人活着需要两样东西，一个是物质的，另一个是精神的，它们应该各占 50%。如果人的精神不愉快，首先就输掉了一半。按照 60 分及格的话，自我打分也不及格。

那么，如何做到脾气好呢？感恩与惜缘就显得格外重要。感恩的内容比较多，按从内向外的顺序，首先感谢父母生养了自己，感恩家人的呵护，然后要感恩亲朋好友的帮助，感恩社会环境，感恩大自然恩赐我们阳光、水、空气。总之，我们感恩多多。感恩的形式也是多样的，主要是语言和行动。与人交流要抱着一颗虔诚的心，身体前倾，用心倾听，不时地表示赞许和肯定，让人感觉你很舒服。其次是行重于言，是指通过自己的行动，让人感到你的温暖。如对父母问长问短，嘘寒问暖，随手倒上一杯热水，包括肢体接触等。这样亲近、亲切、亲密就实现了。推而广之，用这样的方法对待天下人，试想谁不为你的行动说好呢？

惜缘，是指珍惜缘分。大千世界，芸芸众生，但是属于自己的不多。首先要珍惜家人，其次要珍惜朋友。常言道朋友千千万，知己几个人。我们要像爱护自己的眼睛一样，爱护关心我们的家人和朋友。

在精神愉悦的前提下，我们还要奋发努力，积极从事自己的事业。这样物质丰收，精神充实，自我打分100分。

知足不满足，争取再进步。如此一生，足矣。

好 习 惯

好习惯一旦养成，可以受益一生。

好习惯的内容包含很多，包括好读书，读好书；好书法，书法美；好帮人，帮人乐；好干事，事业兴；好干净，讲卫生；好锻炼，身心健康；好棋牌，增强智慧等。

一、好读书，读好书

我从什么时候开始喜欢读书，已经记不清楚了。在我成年之后，有一次春节拜年到了一位长辈家中，临走的时候，婶子把我送出家门，她一边走一边对我说："在你很小的时候，你们几个同龄的孩子经常来我们家玩耍，我就发给每个人一本小人书，可是没过多长时间，其他孩子在两腿之间夹着一棵玉米秸秆，学着骑马的样子，在地上划起一些尘土扬长而去，唯独你一个人在看书，而且一看就是很长时间。

可能是从小迷看书的缘故，我在小学时就担任班长，到了初中又担任语文课代表，高中时担任物理课代表。步入社会后，经历了全国高等教育中医专业自学考试，先后获得山东中医学院专科毕业证、北京中医药大学本科毕业证。1975—1978 年担任赤脚医生时，被评为淄博市卫生先进个人；1978—1981 年在福州军区担任卫生员时，荣立三等功。1981 年创办淄博延强医院至今，先后晋升为中医师、主治中医师、副主任中医师、主任中医师，被山东理工大学聘为兼职教授。被我治疗康复的患者遍布全国各地及海外。

二、好书法，书法美

不管是钢笔字还是毛笔字，笔下生花可以给人一种好印象，自己看着也会赏心悦目。我们是中国人，写好汉字是基本功，特别是从事教师和医生职业，写一手好字更为重要。同时，长期练书法还能修身养性，促进身心健康，延年益寿，这样一举两得的事情我们何乐而不为呢？

三、好帮人，帮人乐

从小受家庭影响，我很喜欢帮助别人，在帮助别人时心情会特别好。记得做赤脚医生的时候，有一位大娘的颈部生了一个对口疮，我用自行车推着她到几里外的中医外科专家家中专门进行请教，后来经过我两个月的精心治疗后痊愈。我还经常到烈军属、五保户老人家中问长问短，问寒问暖，及时解决他们的各种病痛。在部队 3 年多时间，我每天早上在战士们起床前、晚上睡觉前定时巡诊。不管在农村还是部队，以及创办医院后，我都是急病人之所急，想病人之所想，上午坐诊经常到下午 1 点吃午餐，有时候下午 3~4 点才吃午饭。

四、好干事，事业兴

因为生长在农村，从上学开始，除了上学，在寒假和暑假还要参加劳动，我养成了好干事的习惯，没有事的时候也会主动找事做。上小学的时候，打猪草，拾柴火。为了给家中省钱，利用早晚的时间割青草，送饲养处卖钱。每斤草 4.5 厘钱，20 多斤可以卖一毛钱。那时候一张油光纸 4.5 分钱，买回之后割成 32 张，自己订本子。因为是自己劳动挣的钱，亲自动手制作的本子用起来特别开心。到了上初中的时候，我就开始帮着家人给家中猪圈出栏了，也就是把家中养猪积的粪从粪池中挖出来。干这样的活要两个人一起，首先把猪赶到上栏，然后把泥浆样的猪粪小心翼翼地用盆子盛好端到地面上。再继续向下挖的时候，经常遇到丝丝缕缕不易铲除的东西，清理起来很困难。当把这些东西搞好之后，再向下挖就比较容易了，但离地面越来越远。两个 10 多岁的孩子用了两天的时间才清理完一个猪圈。到了上高中的时候，我开始干接近成年人的活儿，虽然备受体力之苦，但我从小养成了爱劳动的习惯。

五、好干净，讲卫生

讲卫生，不生病，这样的习惯贵在从小养成，不然到了成年很难再养成。我经常接触到不讲卫生的人，和这样的人坐在一起的时候脚臭味太大，碍于情面不能作声，只好将身体稍微后移。客观上说，有可能此人是汗脚，但是主观上一定没有做好。如果这个人养成了讲卫生的好习惯，经常刷鞋，每天换一双洗过的袜子，并在晚上烫脚，放入食醋和盐，既能达到杀菌消毒的作用，也不至于脚那么臭。

平时干净卫生对自己是一种面子，对别人则是一种尊重。还有的人肩膀上总有很多头屑，面部不注重修饰，鼻毛露在外面很长，让人看后实在不敢恭维。现在有少数年轻人虽然经过了大学阶段的培养，但从衣着到居室环境卫生太差，令人十分不解，几乎让人到了无奈无语的地步。为此，我们医院制定了"卫生四光"，即脸面光、桌面光、地面光、床面光。无论是个人穿戴、办公环境还是宿舍环境都要求干净卫生。

六、好锻炼，身心健康

从上小学开始，在班主任的带教下，我开始学打乒乓球并一直坚持，这么多年来一直受益匪浅。特别是成年之后，工作压力大，每天面对几十位患者的门诊量，作为中年人，家中上有老下有小，又先后参加了全国高等教育中医专业的考试，20 多门课程，需要背诵的东西很多，我能顺利拿到毕业证书，与平时的锻炼和运动是分不开的。每当脑子劳累的时候，打上一个小时的乒乓球，身心愉悦，劳累全无，再拿起书本学习，速度快，记得牢。我从中体验到了劳逸结合的重要性。

七、好棋牌，增强智慧

从小受我父亲的影响，家中经常有棋局，特别是春节的时候，成年人在下棋，我们在一旁观看，慢慢地喜欢上这项活动。现在工作头绪众多，但有好友相聚，对弈几局也别有一番情趣。

从小养成好的习惯，不但对事业有利，而且有益于身心健康。

好 本 领

无论在任何行业，有一手好本领才能吃得开。在我们医疗行业，这显得更为突出。人命大于天，医生只有练就过硬的医疗技术，才能救病人于水火之中。因此不论中医、西医学同道，都应尽职尽责；如能互相学习，互相渗透，取长补短，救治成功更多的人，那真是医学之幸、患者之幸。然而医道难，人的一生精力有限，在知识广博的基础上如果能够做到专业，每位医生选择一种或几种疾病作为主攻方向，提高治疗的有效率和治愈率，更是患者的企盼。

以我的临床经历，深刻地感受到医学不但是科学，还是哲学，作为医生，来不得半点儿虚伪和骄傲，需要诚实和谦虚的态度。中医学来源于日常生活之中，经过千百年来不断完善，从而上升到高深的理论。以我之见，医生不一定先学好了理论再去实践，而是要干起来再学习，从干中学。一个好的医生，需要具备记性、悟性和仁慈心，三者缺一不可。试想《中药学》《汤头歌》《脉诀》《黄帝内经》《伤寒论》《金匮要略》和《温病条辨》等数十本中医理论书籍需要背诵，仅靠单纯学习还不够，还要靠悟性。许多疑难疾病书中并没有先例，需要医生悟出独到的治疗方法。有了以上两点，还需要的有一颗仁慈心。我为医生制定了三"视"，即视年长者为父母，视同龄人为兄弟姐妹，视年幼者为自己的孩子。

我在1975—1978年期间担任村里的赤脚医生，1977年那年我19岁，遇到村里30多岁的董传俊因患肺心病而心力衰竭，医院采取抢救措施后告知已经无能为力，让家人抓紧回家准备后事。我凭着"初生牛犊不怕虎"的精神，为这位已经有三个孩子的母亲认真号脉，发现其脉搏细弱无力，其舌质淡红，舌苔白润，触诊手足冰凉；这不就是中医常讲的脾肾阳虚、外寒内饮吗？病人表现气息微弱，奄奄一息，咳喘痰白如沫。我按照张仲景"伤寒表不解，心下有水气，小青龙汤主之"的治疗原则，加了党参、云苓、白术等药物；每天根据患者病情的变化调整处方，经过两个月的中药调理，患者逐渐康复，至今 40 多年过去，她如同正常人一样活得很好。

现在想想，这位患者身体虚寒，应该用热性的药物治疗，而西医不分寒热辨证，而用抗生素这些寒凉的药物，如同雪上加霜，致使患者病危。如今从常见的感冒到血液病及各种癌症患者，这样的治疗情况非常多，往往会把小病治大，大病把人治没了，实在令人痛惜。其实中医治疗的道理很简单，如果人的体质是热性的，就是老百姓讲容易上火，这样的人可以用凉性的药物；如果患者的体质是虚寒的，越打抗生素及化疗药物身体就会越差，最后不是死于病而是死于过度治疗。

北京有位患者说过一段很经典的话，她说我们生病是不幸的，但因为生长在中国又是有幸的。因为我们除了西医，还有中医，中西医结合可以治愈更多的疾病。

1981 年底，我从福州军区返回家乡创办医院。在 1984 年遇到一位肝癌女性患者，56 岁，在我们本市一家三级医院治疗三个月宣布失败，家属抱着死马当作活马医的心情，要求我给她用中医药治疗。我分析病情后，从患者情绪入手，选用了逍遥丸，根据患者肝脏肿大硬化的情况，选用了张仲景的鳖甲煎丸，这让患者慢慢有了食欲。两个月后能够下地，生活开始自理；调理一年后，患者已经能够从事简单的家务劳动。后来患者又生存了两年多。虽然没有治愈，但是延长了生命，从此我们医院也吸引了众多癌症患者前来诊治。

2008 年 9 月份，我在上海举办肿瘤中医药知识讲座，然后看望新老患者。到了中午 1 点多，会诊结束之后，有一位 30 多岁的女士找到我，说她母亲 75 岁了，患慢淋白血病出现急变，在上海一家大医院治疗，医生告知她母亲的生存期不超过半年，要求我到这家医院给她母亲看病。也正是因为中医的介入，她母亲的命运出现了转机，经过我为她两年多的中药调理，患者身体基本康复。其中一次血常规化验，几十个指标全部正常。后来患者身体如有任何不适，都会找我给她调理，如今 11 年过去了，这位老人已经 86 岁。我现在才知道她是华东师范大学的一位生物学教授，比她大 6 岁的丈夫是上海戏剧学院的教授。从 1997 年上海石化公司两位白血病孩子邀请我到上海出诊，至今 20 多年了，我们医院每个月派医生前往上海，这两位老年人都是风雨无阻，每次都会找我们的医生面诊，成了我们医院的忠实粉丝。

以上这些举例，就是要说明好本领的重要性。只要大家尽职尽责，把我们的潜能充分发挥出来，一定就能治愈更多的患者。

亲 和 力

亲和力最早是属于化学领域的一个概念，是特指一种原子与另外一种原子之间的关联特性，但现在越来越多地被用于人际关系领域。亲和力源于人对人的认同和尊重，很多时候，亲和力所表达的不是人与人之间的物理距离的远近，而是心灵上的通达与投合，是一种基于平等待人的相互利益转换的基础。真实的亲和力，以善良的情怀和博爱的心胸为依托，是一种发自内心的特殊禀赋和素养。

亲和力在医疗工作中非常重要。一个医生是否具有亲和力，直接关系到与患者的信任关系。如果在这方面做得好，可以吸引更多的患者就诊，从而帮助到更多的人。如何才能增加医患之间的亲和力呢？我认为首先需要对这三个字有所理解。

首先说"亲"字。亲的繁体字，为"親"右面有一个见字；其寓意，亲要见，见了才亲。由亲衍生出"亲爱、亲密、亲近"。"亲爱"一词常用在对父母、夫妻间的称呼。爱的繁体字为"愛"，中间有心，是指用心去爱人，不是表面形式上的去爱。"亲密"是表示频率，要经常地用心关心。"亲近"是距离，不是远距离的关心，而是近距离的问候。

再说"和"字。"和"字衍生出和蔼、和气、平和等词语。和蔼的人没有架子，微笑待人。让人感觉容易接触，从而放下戒心，与你心与心交流。和气，是脾气好。好的脾气可以助人成功；好的脾气可以化解许多难题；好的脾气可以让病人喜欢；好的脾气可以让父母开心；好的脾气可以传承到孩子；好的脾气可以使家和万事兴。平和，是心平气和。心是指思想，我们把思想放平，放端正，就容易倾听患者的诉说，和风细雨地为病人解说。

第三是"力"字。力的词汇很多，有影响力、穿透力、魅力等。当有了亲与和的时候，就可以做到润物细无声，时间久了在人群中就有了影响力，病人就会找你求诊。

有了亲和力，最终可以形成自己的良好口碑，最终形成医生个人的人格魅力。三国时期的诸葛亮，当代的开国总理周恩来在这方面都是我们的楷模。

做事先做人。如果每位医生及每位员工都有了亲和力，医生水平会越来越高，工作人员的服务质量会越来越好，医院的发展自然会更加美好。

慈心和磁力

做人有"慈心"，就会有"磁力"。对人要有仁慈之心，像亲人般地关心与帮助，让人感觉你的人格魅力如同有磁力一样，愿意接近。作为医务工作者，更要发自内心地帮助患者和身边的人，真正做到为患者解困，助人为乐。

如何才能做到为人处事既有慈心又有磁力呢？我认为主要表现在我们的言行，而且行重于言。过去我们从一些伟大的人物身上听到及看到很多他们的事迹，他们在演讲的时候路过的人都停止脚步，说明他们讲话具有磁铁一样的吸引力。很多伟人虽然身处高位，但总是设身处地为人着想，解决人们的急需。这个社会就是一杆大秤，老百姓的心就是秤砣，好与不好自有评说。

我们做人做事都要"十分用心"，但真正做到很不容易；有人做到了，等待他的是一片喝彩声。假以时日，这样的人一定会很成功。有的人做到了"十二分用心"，比人们的满意度超了两分，这样的人会得到意外的收获。有的人用心做了五分，准确地说是不及格，努力再提高一分就是六分，才能及格。仔细观察日常生活中，成功与不成功之间并没有多大的鸿沟，只要用心对待身边的每一个人，长年坚持，功到自然成。

舒，有人解释为"舍得给予，自得舒服"。我们在基层做中医，就要主动对患者嘘寒问暖，问长问短，如果有时间还要走村串户，将医疗工作做到老百姓的心中。

空姐的一项基本功训练是微笑，我们做医生的也要训练微笑。面带佛容，微笑对待我们的每一位患者，认真倾听他们的诉说；当我们看到患者的面部也带微笑的时候，说明我们的工作已经到位。这样对患者的治疗已经成功了一半，再加上配合得当的中药，对患者的治疗就有了把握。

特别聪明和特别笨的人相对来说都比较少，大多数人都是中等智商。成功的人不一定都是非常聪明的人，大多数都是认准目标坚持去做的人。

说 孝 顺

父母都希望自己的孩子孝顺，但真正孝顺的孩子又有多少？所以《红楼梦》中的《好了歌》中有一句"痴心父母古来多，孝顺儿女谁见了"的诘问。

在语序上，"孝顺"是一个倒装词，是指晚辈对长者以顺为孝。

父母对于孩子的付出是尽心尽力的，有十分力不会出九分。相对于孩子来讲，父母的社会经历丰富，都能够影响和指导自己的孩子少走弯路。因此，父母以及长辈做自己孩子的指导员，当之无愧。

作为孩子，许多事情认为长辈管得太多，对一些问题的看法与父母截然不同。于是现在出现一个名词叫"代沟"，不少人为此困惑。

我认为要做到孝顺，晚辈首先从语言上要顺从长辈，在行动中再根据实际情况照顾父母，这样父母那颗时时绷紧的心才会得到安慰。大家以推理的方式预测自己行为的得失，这样既可以把和父母的关系处的融洽，又可以避免不应有的失误。

有句话叫"树欲静而风不止，子欲养而亲不待"。子女在想到要赡养父母的时候，如果父母却已离去，再后悔也没用了。当父母年事已高时，最能体现孩子是否真正的孝顺。我们从"老"字的组合来看，上面一个"耂"字头，下面一个匕首的"匕"，可见人老了是何等的痛苦，四肢腰胸疼痛就像匕首刺入骨中一般。而"孝"字也是一个"耂"字头，但下面换了一个孩子的"子"。上面老人给孩子遮风挡雨，就像老母鸡保护小鸡一样；下面的孩子扛扶着老人怕跌倒，引申为就怕吃不下睡不好。

一个孩子的长成，要经历母亲从怀孕恶心呕吐的妊娠反应，再到出生时的痛苦；从孩子生活完全不能自理，需要精心守护，关怀备至，一口奶一口饭地细心喂养；再到上幼儿园、小学、初中、高中、大学，直到孩子就业、婚姻等各个方面，父母真是操尽了心。而当父母年龄大了，难免会出现这样那样的身体不适；对待疾病最好的方法是"精神激素"，这时候最需要孩子对父母的孝顺。只有心情舒畅，经络气血才能畅通，这样不吃药就能够起到一定的作用，正所谓"子孝父心宽"。

现在大家的物质生活基本都好了，而精神状态却显得相对不足，因此孩子对父母的孝顺更要表现在"言"与"行"上。多和父母交流，努力做到语言贴心，行动到位。尤其是在生活中，我们最先要想到自己的父母。在对父母的孝顺方面，我和我爱人是这样做的。当我们买了第一台黑白电视机，首先给父母去看；当有了彩电之后，先给父母买上，我们夫妻换回黑白电视机自己看。当有了带坐便器的商品房后，我们先请父母居住，过了许多年以后我们才住上这样的房子。当第一个戒指买来之后，我爱人给了我老母亲。每当回忆起这件事，我们总有一种愉快的感觉。

"祭奉厚不如供时薄"。这句话是说，老人去世之后祭奠的东西再多，也不如在他们活着的时候经常不断地哪怕是少量给予和照顾他们。我老母亲已经去世 20 多年，我经常在梦中和她相见，可是这又有什么用呢？她老人家对我的关爱太深、影响极大。我从小患有气管炎，并时常发病，除了高热就是哮喘。小时候家里穷，家里有一点儿好吃的老母亲都会给我留着。她老人家虽然没有文化，但却懂得许多做人的道理，每晚入睡之前，都会不厌其烦地给我们讲授这些道理。受她的影响，我从小养成做善事的习惯，每天一点一滴，凡事总先想着别人。几十年过去了，当有人对我表达感激之情时，我总感到莫名其妙，我忘记了对人家做过什么。也许这就是滴水之恩，人们却总会以涌泉相报吧。

听父母的话

《红楼梦》中有一首《好了歌》："世人都晓神仙好，唯有功名忘不了！古今将相在何方？荒冢一堆草没了，世人都晓神仙好，只有金银忘不了！终朝只恨聚无多，及到多时眼闭了，世人都晓神仙好，只有娇妻忘不了！君生日日说恩情，君死又随人去了，世人都晓神仙好，只有儿孙忘不了！痴心父母古来多，孝顺儿孙谁见了？"

这首《好了歌》是跛足道人给封建社会写的一首挽歌。它揭示了地主阶级的全部生活理想的彻底破灭，预告了整个封建社会末日的即将来临，这是它的积极意义。但歌中流露了浓厚的消极厌世的虚无主义思想和宗教色彩，是应该批判的。现在，这些都成为过去式，大多数子女都孝敬自己的父母及长辈，这是社会的现代式，也是主旋律。从生理规律上讲，人都会老的，为了我们的老一代，为了我们自己，为了给孩子做出好的榜样，我们应一代一代传承孝顺思想，使家庭和睦，社会和谐。

说到孝顺，我想到两句俗语。一句是：不听老人言，吃亏在眼前；另一句是：常听父母话，做事不会差。40多年前，我刚当上赤脚医生的时候，父亲对我说的一番话至今让我受益匪浅。父亲对我说，当医生，咱就要给人家当儿子，像对待自己的父母一样对待病人。我深深地记住了父亲的这句话。在当赤脚医生的时候，每天都在村里来回巡视，其中有几户人家每天必到。村里的五保户、孤寡老人、烈军属等都在我的巡诊之列。有一次，村里的一户军属拉着我的手说："衍强呀，你比我那些不孝顺的儿子对我还好！"我对她说，我就是您的儿子，有什么事您就像支使儿子一样告诉我就行。

那时候的人特别纯朴，我是这么说的，也是这么想和这么做的。后来，我开了诊所、建起了医院，患者多了，不能像以前一样走村串户为患者服务，但自己的内心却一直把患者当成上帝，当成自己的衣食父母，用心与患者交流，用真情为患者治病。

从我正式做赤腿医生到现在，治愈了许多人的疾病。有一位乡亲，不到40岁因"肺心病"出现心力衰竭，当时医院告诉她的家人已经无能为力，让他们回家等死。初生牛犊不怕虎，我自告奋勇接下了以后的治疗，每天给患者开一服中药，治疗了两个月，使这位濒临死亡的患者转危为安，至今已经40多年过去，该患者仍然幸福地活着。还有一位70多岁的老人，颈部长了一个大疖子，我每隔一天用自行车推着她到邻村，请一位中医外科大夫治疗。可能是我的精神感动了这位好心的外科大夫，他毫不保留地把如何换药及具体的配方告诉了我，这样我在老人的家中就可以给她换药。经过两个多月的治疗，伤口愈合。不但给老人解除了痛苦，我自己也学会了一项技能。

我今天的成功，与我父母的言传身教和细心教导是分不开的。人生一世，最难得的是先见之明，最可怕的是后悔。父母现在都不在了，但他们在世时只要我们能让他们该享受到的生活都享受到了，更重要的是我听了他们的话，对得起患者，对得起社会，我不后悔。

细心、耐心、恒心和爱心

在对患者的治疗中，我提出了治疗中的"四心"，即信心、决心、恒心和细心。患者只有做到了这些，才能坚持治疗下去，才能逐渐地培养起战胜疾病的勇气，才能更好地做好医患沟通，使治疗达到事半功倍的效果。

在我对患者提出"四心"要求的时候，对自己也有着更为苛刻的"四心"要求，那就是：细心、耐心、恒心和爱心。正是凭着这样的"四心"，风风雨雨四十年，我院从一所名不见经传的小卫生室发展壮大，一步一个脚印，发展成为一所享誉海内外的中医名院，我也由一名默默无闻的小医生成长为一名知名的血液病、肿瘤等疑难病中医专家，我和我的中医团队走西域、闯海南、奔东亚、赴欧美，传播中医文化、撒播中医仁术，用爱心铸就了今日的辉煌。

首先说细心。来延强医院就诊的患者都能体会到，来到延强医院，免费发放的资料特别多，大到厚厚的图书、小到一个偏方、一种利于患者康复的方法，只要是我们能想到的，都会不惜纸墨，打印成文，发放给患者。

其次是耐心。无论是一百个病号还是只有一个病号，我们都会耐心细致地与患者交流沟通，增强患者战胜疾病的信心和决心，用最大的诚意和最好的医术使患者清楚自己所患的疾病，以及正确的治疗方法和疗养方式。

再说恒心。我院医务人员坚守着以中医为主、西医为辅，中西医结合的行医理念，坚守传统的望、闻、问、切，以自己的坚守和病人的坚守筑起治病防病的长城，使我院对血液病的治愈率走在行业的前列，在坚守中让病人看到了希望。

最后是爱心。作为一所红十字会医院，我坚持公益办院理念，最大限度地让利于患者，让每一位患者在这里都能得到最好的治疗。同时，在每一个细节为病人着想，坚持用大爱回报社会和患者。

菜园老黄家

我出生的菜园村，现在隶属于淄川区松龄路街道办事处。据老人们讲，在明代以前，我们村处于淄川城内的西北角，是一片菜园，因此也被称为菜园角子。到了明朝末年，因为建了石城，菜园角子被隔在了城外，但仍为菜园，并逐渐成为村落。因为这里的居民多以种菜为业，所以就叫菜园村。现在已经改称菜园社区。

值得一提的是，菜园大花皂曾是淄川著名的土特产，其制作工艺为区级非物质文化遗产。菜园大花皂，又名黑肥皂、猪胰子，为淄川著名土特产。菜园猪胰子具有消肿止痛、消炎灭菌、去油除污的功效，因而旧时淄川地区每到冬天，几乎家家都用猪胰子洗手。外地人来淄川，也要买几块猪胰子带回家。旧时淄川人叫肥皂为胰子，原因也来自猪胰子。

淄川猪胰子的制作历史悠久，据老人们说，至少在清代已开始制作。当时，人们利用猪的胰脏加上碱，制成最原始的肥皂。其中，碱粉又分为黑碱和白碱。加黑碱制作的花皂就是黑皂，加白碱制作的花皂就是白皂。

淄川民间土法制作猪胰子很简单：把猪的胰脏切碎，放在案板上用锤子砸。砸成糊状以后，放进一个大铁盆里，把四五根筷子攒在一起用力搅动，边搅动边把锅里融化的碱水倒进去。这样越搅越黏，越黏越搅，等把碱水水分都搅干了就可以停下来了。用手抠出一块，再用两只手揉成球状或方块等形状，一块猪胰子便做成了。一头猪的胰脏大约可做 20 块猪胰子。做完后，均匀地摆放在一块木板上，置于通风干燥处慢慢晾干。10 多天后就可以使用了。

在我爷爷辈上，一共兄弟四人。大爷爷叫黄泽田，聪明睿智，多年在部队从事文职工作，40 多岁英年早逝；我二爷爷黄泽水，早年在洪山煤矿下苦力，1910 年 19 岁时，因为脚被砸伤，不能干活，就想法找别的出路谋生。他请教一个外地来淄川赶集卖猪胰子的师傅怎么做猪胰子，得到指点后自己买了一两个猪的胰脏，兑上白碱、大油、樟脑、硼砂，砸碎后自己试着做。这样一天也就做一二十块。时间长了就有经验了，后来我爷爷黄泽鸿也跟着学习做猪胰子。在 1920 年左右，淄川做猪胰子的只有二爷爷黄泽水和我爷爷黄泽鸿两家。我二爷爷起商号"桂香楼"，爷爷起商号"恒香楼"。他们手摇铜制拨浪鼓，在淄川赶集卖。我爷爷排行老四，三爷爷叫黄泽润。三爷爷因为没有孩子，后来将我父亲过继给了三爷爷。

这时期淄川都知道菜园黄家猪胰子。1938 年 7 月，我二爷爷黄泽水年仅 47 岁便病故了，我的大伯黄德庆继承父业，继续做猪胰子。1949 年解放初期，大伯考虑到白碱性烈、黑碱性温，他想，如果能将白猪胰子和黑猪胰子合在一起的话，两性兼有，可能会更好，就开始试验着做，结果质量更好，而且好销，不再黑、白分做，而是做混合皂，就是我们现在说的大花皂。

1958 年，黄家大花皂生意归菜园村顺利合作社集体经营，规模扩大。此间，黄家大花皂由专人采购原料、专人制作，并且有一支十几人的专业推销队伍。当时有个顺口溜："菜园大花皂，人人都知道。支上一毛钱，拿着就走道。"从此以后，淄川大花皂的制作工艺才传到慕王村、山头村等地。

淄川大花皂能治疗皮肤干燥起皱、手脚皲裂，去干燥细纹：用40℃左右的热水烫手 3 分钟后，像使用香皂一样抹上大花皂，搓洗手上干燥起皱的地方，特别是手背和各手指关节背面；然后在温水中洗净，抹上护手霜。使用一次就可看到手变得细润光滑，效果颇佳。除此之外还可以治皲裂：热水烫洗手脚 20 分钟左右，用法同上。搓洗 5 分钟后洗净，每天一两次。一般 3 天即可治愈，严重者约需 5 天。

我父亲黄怀庆虽然没有加入制作大花皂这一行，但也属于心灵手巧的人，不但会手工制作笊篱，还善于经商。为了锻炼我的经商能力，在我很小的时候就让我赶集去卖笊篱。那时候，我一个人背着十几把父亲编的笊篱独自到淄川大集摆摊，要价一毛，八分就卖，半晌下来，笊篱卖完了，别提多高兴了。

在 13 岁读初中的时候，父亲就安排我独自一人到天津为我们菜园村买"天津绿"白菜种。随身要携带 70 元人民币，这在当时是一笔相当大的数字。为了安全，我母亲在我内裤上加缝了一个小口袋，并小心翼翼地把钱放在里面，然后再用针缝住。

那是在 1971 年国庆节前后，到天津没有直达火车，要从张店到济南再换乘别的车次。我从张店到了济南，下车时遇到倾盆大雨，街道上的积水很快到了膝盖。我按照父亲给我提供的地址，找到了新华旅馆的林大爷住处，据说这是桓台县物资局在济南设立的办事处，林大爷热情地接待了我。那天晚上他把黄瓜洗干净切片，撒上蒜末，加上芝麻酱和酱油，整个房间充满了清香的味道。在那个物资匮乏的年代，这样的美食与馒头搭配饱餐一顿，真是幸福之极。

次日早上我踏上了去天津的火车，车上传出列车广播员的声音：

"在橘红的朝霞里，列车开出了济南站"，这是我第一次出远门，这清脆的声音让我记一辈子。在列车的运行中，我总觉得别人知道我身上藏着巨款，每隔一段时间就小心翼翼地摸一下自己的内裤，实在不放心的时候再到卫生间看一下，无暇顾及车窗外的风景。

火车总算到了天津站，一下火车，就像刘姥姥进了大观园，我看到有的楼房是尖的，有的楼房是圆的，天津真的好大、很美。我找到24路公共汽车，到了位于天津北马路235号的向阳大院，这是父亲朋友的家，他们家有兄弟三人，都在天津打火机厂上班。我到天津第二天，最小的那位叔叔带我到天津种子公司买好"天津绿"菜种，没住几天就返回家中。

现在回想起这段往事，方知这是父亲有意识地锻炼我的胆量，让我知道外面的世界很精彩。而最终我走上中医之路，更是承载了黄家几辈人的重托！

初涉医坛

我自幼体弱多病，哮喘胃痛时常发作。天资不聪，智力中等，因此学习不敢稍有放松。小学时任班长，成绩总在十几名；初中任语文课代表，成绩无增，好在还能保持在前列位置；高中任物理课代表，总的感觉有些吃力，但总成绩仍能在前二十名。

1975年高中毕业，我正式从事医疗卫生工作。为了熟记中医《汤头歌诀》及中药药性，我经常蹚过孝妇河，到村对过的树林中避开人群静心"念经"。为了预防瞌睡，多是站立读书，或倚在大树旁；夏天有时扫蚕毛（又叫羊辣子，学名褐边绿刺蛾）掉在脖子上，感到火辣辣地又痒又痛，但执着的进取精神使我并没把这些放在心中。冬天学习预防打盹的方法有两种，一是到房子外面冷冻处理，二是干吃辣椒，那种滋味现在想想都感觉辣。几经努力，有许多方药反复琢磨用于临床，许多患者效果显著，时而投来感激的目光。

在 20 岁时我获得淄川区先进青年荣誉，出席了区青年积极分子大，第一次戴上大红花，站在主席台上，心中扑通扑通直发慌；同年被评为淄博市卫生先进个人，出席全市卫生系统大会并受到表彰。

1978 年 3 月 12 日，我应征入伍，踏上了前往福建部队的列车，于 3 月 16 日到达福州军区，开始履行为时三年多的部队卫生员工作。实际上，这份工作非常清闲，因为部队年轻人多，患病的人很少；但我不甘寂寞，虚心向认识当地中草药的军医和老百姓学习。除了刮风下雨，每天带着军用镐上山采药；采药的工作非常辛苦，但这是我自找苦吃而自觉、自愿。采药时还会遇到毒蛇，不时会心惊肉跳。苦是吃了，但带来了巨大的收获，我用采挖的中药为官兵防病治病，节省了大量的药费。我利用连队一些闲置的木板自己动手做了简易的中药厨，深得首长及战友们的喜爱。在全团后勤工作会议上，与会人员集体到我所在的卫生所参观学习，推广了我的做法。

在我同年入伍的战友中我第一批入党，第二年便荣立三等功一次。在主席台上，当首长给自己戴上军功章的时候，我的心里充满憧憬。

自学之路

我出生在大跃进时期，成长在动乱的年代，可谓生不逢时。从上小学到高中毕业，正值"文化大革命"时期，学业基本荒废。1975 年高中毕业后，我回村当上了赤脚医生。

当时农村缺医少药，经济条件差，老百姓生了病，大都依靠赤腿医生的"一根银针，一把草药"进行治疗。有些疑难病症，用中医中药治疗效果反而较好。看到这些，我对中医有了新的认识，暗下决心学好中医，造福乡里。从那以后，我便喜欢上了中医这一职业。

那时候的学习条件很差，中医方面的书籍很少，只能靠到处借书来补充知识；很多问题都难以弄懂，经常是把这些问题积累起来，再找机会虚心向中医前辈学习。书到用时方恨少，由于学识浅薄，知识面窄，在临床上应用起来很难得心应手。上大学深造，接受正规教育，系统地掌握知识，开阔视野，成了我多年的夙愿。

1988 年，全国高等教育自学考试设中医专业，得知这一消息，我异常兴奋，就如久旱的禾苗遇到了雨露，我决心抓住这一有利时机，系统学习中医学院所设的各门课程，完成自己多年的愿望。

人到中年，要想自学成才谈何容易。白天要应付几十个的门诊量，晚上又要挑灯夜读。六七十岁的父母年老多病，上学的孩子需要辅导，在人到中年万事忙的情况下，时间是最宝贵的。没有时间怎么办？只能靠"挤"。这使我想起爱因斯坦所说："人的差异在于业余时间。"一个人的业余时间总是处在多和少，有和无的交错之中，如果能够努力挤出并充分利用，那自然就会超出一般人。我白天像是上了发条的钟表争分夺秒地工作，每天挤出 2~3 小时自学；晚上读书经常至深夜，有时还会通宵达旦。

1988 年 10 月，我首次报考了《中医基本理论》《中医诊断学》两门课程的考试。由于自身专业的需要，我在学习中医妇儿科方面有所侧重，治好了很多这方面的病人，前来就诊的病人经常是络绎不绝。为了更好地提高儿科方面的技能，在这之前我还报考了"全国中医儿科提高班"，10月中旬要在杭州进行面授，这与自考时间非常接近，时间上产生了冲突。如果放弃杭州儿科面授的机会，就失去了一次向全国中医儿科专家学习的宝贵机会；如果前去面授，又怕影响自考功课的成绩。经过反复权衡利弊，最后决定只有自己紧自己，两项学习的机会都不能放过。

在杭州一个多月的面授学习时间里，我白天去听全国著名教授何任的《经方在儿科的应用》和全国著名儿科专家马莲湘、俞景茂等老师的经验介绍，晚上抓紧时间学习自考课程。怕在宿舍学习影响别人休息，每晚12点以前，我都是在走廊和路灯下度过的。人说西湖美景赛天堂，我却夜读杭州路灯下。为了抓紧时间学习，即使是星期天休息时间，我也没有去大街上走走看看，而是争分夺秒地与时间赛跑。就这样，在我的努力下，我不仅圆满完成了赴杭州面授学习的任务，提前两天赶回淄博，还按时参加了《中医基础理论》和《中医诊断学》两门课程的考试，并取得了合格的成绩。

首战告捷！1989年4月，我又报名参加了第二次考试。这次报考的是《中药学》和《方剂学》。之所以报考这两门课程，是因为自己感觉从事中医多年，中药方剂不离手，所以考试过关不成问题；因此在思想上有所放松，复习不到位，结果《中药学》没有过关。这一考试结果犹如当头一棒，把我敲醒了。为此我做了深刻反思，总结失败的教训。我深深地认识到，医学是门科学，来不得半点儿虚伪和骄傲，需要的是诚实和谦虚的态度。

端正思想之后，我重新振作起来，参加了第三次考试，重新报考了《中药学》，以及《正常人体解剖学》《生理学》等三门功课。

三门课一起报考，难度相当大。特别是两门西医课程对我来说非常陌生，都得从零学起。很多名词术语让我望而生畏，何况还必须理解消化，融会贯通。在理解的情况下牢牢记住，只有这样考场上才能立于不败之地。

自学考试难就难在自学上，我只有死啃书本，自己理解，遇上难度大的问题真是百思不得其解。在学习上，每前进一步都非常困难。为了加快学习进度和成效，我们参加自考的几名同学自发地组织了七人学习小组，同学们在一起各抒己见，取长补短，互相鼓励，携手共进。对于难以理解的问题，我们通过画草图、编歌诀和打比方等多种方法理解和记忆，从而做到了理解准确，记忆牢固的目的。

自学小组的七名同学都是邻村卫生室的骨干人员，肩负数职，既要做好计划免疫、妇幼保健，又要为群众防病治病。我们之中年龄最大的已近半百，最小的20多岁，是坚定的自学成才信念促使我们走到了一起。不论是刮风下雨、酷暑严寒，我们持之以恒地坚持了下来。那次，我报考的三门功课《中药学》《正常人体解剖学》和《生理学》全部过关。

"攻城不怕坚，攻书莫畏难，科学有险阻，苦战能过关"，这是叶剑英元帅对科技工作者的谆谆教诲。自学考试犹如一场马拉松式的赛跑，我们自学小组扎扎实实地坚持了下来。1990年4月份，我参加了第四次考试，《医古文》《中医内科学》顺利通过。当年10月，我又报考了《哲学》《中医内科学》两门考试。然而，当时正值家中盖房，家里的每个人都很忙，可是我报考的《哲学》和《西医内科学》又是两门新课，对于我来说以前从没接触过，可谓是一窍不通，得从头学，难度相当大。在这种情况下，学习的时间一定得保证。如果丢下房子不盖，苦心操持这么多年难以割舍。后来我牙一咬，考试要进行，房子也要盖。我只能找哥哥和姐姐求援，他们对我说："你就安心考试吧，盖房子事情我们来管；只要你考出好成绩，我们都不怕苦不怕黑。"

这次盖房从设计、施工到最后完工，家里人没让我推一车土、搬一块砖。亲友们的鼓励和支持使我非常感动，我没有任何理由不坚持下去，没有任何理由不考试过关。我又一次顺利完成了《哲学》和《西医内科学》两门课程的考试。

1991 年 4 月，我报考了《中医妇科》和《中医儿科》两门课程，这也是最后两门课程的考试，这是对我自学考试的最后考验。妇科和儿科是我的专长，我自然更是信心满满。然而，天有不测风云，人有旦夕祸福，正当我准备勇往直前的时候，意想不到的事情发生了。一直鼓励我学习，帮我承担业务重担、身体健壮的老父亲因半身不遂住进了医院。

在家中的兄弟姐妹中，只有我一个人是干医的，照顾老人成为我义不容辞的责任。在医院里，我既要照顾老人，又要坚持学习。在这种情况下，我采取了化整为零的分段记忆法，把要背诵的内容抄在卡片上随身携带，抽空就看，连上厕所的机会也不放过，利用一切可以利用的时间去学。就这样，我一边照顾父亲，一边参加了最后两门课程的自学考试。在父亲病情大有好转的同时，我也收到了《中医妇科》和《中医儿科》两门课程的成绩合格证书。

我圆满完成了三年六次十二门课程的考试，并顺利晋升为主治中医师。

通过自学考试，我开阔了视野，增长了知识。以前在临床上往往着眼于一病一方的治疗，自学考试过后，我可以以中医中药为主，中西医结合治疗疾病。比如像支气管炎、哮喘等呼吸系统疾病，以前出现干性啰音往往均按验证治疗，而中医很少和听诊器结合；通过系统学习之后，我领悟到西医所说的干性啰音大多像中医所说的阴虚证候，而湿性啰音大多像中医所说的痰饮证候。这样就可以以中医理论为指导，让听诊器成为中医辨证论治的辅助工具；除此之外，再结合脉、舌症状开方用药，治疗效果非常显著。

通过多年的临床观察，我深感利用西医诊断和中医辨证分型论治的治疗方法比较好。我曾遇到这样两例病人。他们都是因为腹泻，西医诊为"慢性结肠炎"，但治疗后都不见效果。其中龙泉矿43岁的孙某某经过各种抗生素治疗没有疗效，找到我时面色消瘦，腹痛即泻，黎明尤甚；脉沉弦，舌淡苔白，纯系寒证。以前用药不对症，自不奏效。我给予四神丸，痛泻要方化裁，三剂腹痛减半，十剂基本痊愈，后配药丸巩固治疗。由此足见对症下药之重要性。另一例是我的一位老师，当时淄川东街小学任教，也是43岁，病情和治疗经历大致和孙某某相同，我为他调理月余，后来也已经康复。

古人云："欲穷千里目，更上一层楼。"医学同其他科学一样，博大精深，学无止境。

结缘文学

我从小就喜欢文学，只可惜学生时代遇到了那场不堪回首的大运动，以至于荒废了学业，语文基础薄弱。尽管如此，还是喜欢编写一些小诗或者顺口溜，一来增加生活的情趣，二来有利于工作，方便与患者沟通。为了勉励自己和医生团队，我曾写了一首小诗：

身在闹市中，心静不染尘。

仲景书苦读，造福更多人。

在我遇到临床难题时，一直用我改写的另一首诗鼓励自己：

攻关不怕坚，学医莫畏难。

医路有险阻，苦战能过关。

这首诗后来成了我们医院的座右铭。

在长期的医疗实践中，我经常用文学的手段总结自己的认识。如：西医讲科技，以实验为基础，注重微观，治疗人的病。中医重哲学，以实践为基础，注重宏观，调理病的人。华夏气功学，激发人体潜能，调动中观，提升正能量。医气相结合，优势能够互补，共同努力，拯救更多人。还有写给患者的：知识决定命运，患病急需知识。病重急则治标，首先选择西医。病情稳定固本，一定不忘中医。佛家能够度人，贵在早投缘机。生理病理心理，科学哲学佛学。诸多方法结合，共创生命奇迹。

每年我会编辑一些保健养生信息发给我的亲朋好友。比如：天气转寒，注意保暖。冬季闭藏，早起早眠。运动健身，免伤风寒。不慎感冒，首选通宣。寒冬之季，情谊温暖。发此短信，祝您体健。

闲暇时，我会及时把自己的一些临床感悟和经验体会整理保存，整理的手段也从最早的纸张到电脑，再到现在，智能手机成了我最得力的助手。为了不断提高自己的文学水平，我曾与我治疗的一位白血病患者（现在已经康复 10 年）——江苏省语文教学专家、语文教材的编写者张庆教授探讨文学的写作方法，得到他不少的指导。

我的五叔黄玉庆，人称"黄快板"，在板话艺术方面造诣颇高，在日常交往中使我受益匪浅。在他的大作《黄快板板话》问世后，我为他写了这样几句话：五叔大作，光宗耀祖。爱憎分明，褒贬有度。激励后辈，勤奋读书。立志创业，誉越齐鲁。

在我的文学生涯中，还要提到一个人，他是在我们医院做文宣工作的李延伦主任，他不但是一位作家，还是一位资深编辑，很多文章经他整理加工，马上就会提一个层次。我们之间经常交流，互相学习。不知不觉，40年过去，我所写下的文字竟然积累了200多万字，有的已经结集成册，由多家出版社出版发行。我对文学的爱好也逐渐被亲朋好友所熟知，在朋友的联系下，我也开始与文学界的朋友们结缘。

2014年7月6日，淄博市诗词学会会员一行20余人，在李奎封会长的带领下来到淄博延强医院进行采风活动。我向会员们汇报了自己的行医经历和事业发展的历程。在听完汇报后，会员们对我在医院管理当中总结的医院文化深表赞同。其中我总结的："医者，易也；医者，艺也；医者，意也。"引起大家的浓厚兴趣。李奎封会长认为，能把看病开方当成艺术实属创新，这也是一种境界。通过畅谈交流，大家更好地找到了诗词文化和医院文化的切入点，会员们对中医药有了进一步认识，激发了大家的创作激情，有些会员当场赋诗撰联。李奎封会长在采风后写下了《咏延强医院》一诗：

誉满杏林人气和，延强大爱暖心窝。
医兼标本克顽症，疾辨阴阳降恶魔。
博学从来谋略远，病除自会口碑多。
真情化转正能量，海右山南听赞歌。

学贯中西世共传，医龄四十值华年。

甘霖遍洒山披绿，硕果丰盈枝斗妍。

一片冰心屏陋俗，三分清气续良缘。

玫瑰馈矣余香绕，枯木新生大德牵。

最大的成功

中医几千年，生生不息，不断发展，关键在于有传承。中医的师徒传承，最早见于扁鹊师徒，后来成书于汉代的《黄帝内经》，也是一部师徒问答，此后，更有几千年的师徒传承历史。

2020 年 7 月 18 日下午 6 时，当大家结束了一天的工作，送走最后一个病人，我们在医院的门诊楼一楼大厅张仲景雕塑像前，在全体员工的见证下，我们举办了"淄博市名中医黄衍强团队传承拜师仪式"。这次拜师仪式由韩克敏副院长精心策划并亲自主持，我的学术继承人黄飞、王永瑞、袁栋、孙崇林和袁梁等行拜师礼。

在仪式开始前，首先由我为传承拜师大会致辞。我简单回顾了自己的求医历程，并通过自己的经历，给大家求证了"大医精诚"的行医道理。拜师仪式正式开始后，我和妻子路秀会入座，我的学术继承人黄飞、王永瑞、袁栋、孙崇林和袁梁共同诵读拜师帖；在仪式上，他们先后向我行拜师礼，呈《拜师帖》，给我和他们的师母路秀会敬茶。一拜感谢恩师领进门；再拜传道授业不忘恩师；三拜一曰为师终身为父，感谢父母养育恩。我们夫妇也向弟子们回赠了我们亲手挑选的精装本四大名著作为回礼。

　　拜师礼结束后，我为弟子宣布《师训》，他们的师母路秀会发表了热情洋溢的讲话。她说："今天是你们的拜师仪式，作为师母，我既是母亲，也是老师，我以一个长辈的身份提两点希望。其一，一日为师，终身为父。虽然这是封建社会的提法，但这也是中国人尊师重道的好传统。现在你们都能独当一面了，但大家应该永远记住，你们的恩师是黄衍强。在你们青出于蓝而胜于蓝的时候，他为你们高兴，在你们生活不顺的时候，他为你们担忧！其二，尊师重道，以院为家。我们医院是传统的家族式医院，在你们不能独立谋生的时候，是医院培养了你们，使你们成为一名让人尊敬的中医师。现在你们成名成家了，也应该明白自己肩负的责任，成为医院的栋梁之材，给更多的师弟师妹撑起这个家。"

　　妻子的讲话说出了举办这次拜师仪式的意义和重要性，也道出了这些年来我们的心愿。我在《师训》中说："人之所贵者，仁也；情之所寄者，慈也；道之所存者，精也；医之所善者，诚也。大医治病，无欲无求，不问贫富，无论长幼，时存恻隐之心，常思救苦之志，视患者如至亲。汝辈当记，每方每药，皆系性命，一针一剂，全关生死，故医者业不可不精。然艺无止境，汝等当潜心尽力，俱得真传，青出于蓝胜于蓝。所谓大医精诚，乃吾医万事当存之本也，未敢一日或忘。谨以此训，与之共勉。"

　　当然，这样庄重的"师训"并非我自己所写，而是参考了很多资料，但作为拜师仪式用语，我感觉很贴切，希望大家能理解其中的精髓。我最关注的还是带领五位徒弟面对医圣张仲景雕塑的宣誓，我要和他们一起，立志以"大医精诚"的先圣教诲为准线，踏踏实实做人，恭恭敬敬行医，为广大患者服务。

　　在这次拜师仪式上，我的学术继承人黄飞、王永瑞、袁栋、孙崇林和袁梁等共同诵读了他们的《拜师帖》。《拜师帖》内容言简意赅，道出了中医传承中的真谛："古之学者必有师，师者传道授业解惑也。医乃仁术，天人之学，唯拜名师，聆教诲、承技艺，广学博览，兼容并蓄，方可悟中医之真谛，担承中医文化之魂脉。先生为当地名医，弟子久慕先生医德、医理、医术、医功。今弟子自愿投身先生门下，愿执弟子之礼，得承薪传。愿敬先生终身，兴我中医传承之大业。"

过去，我一直认为拜师仪式举不举行并不重要，重要的是作为一院之长，我要把自己的队伍带好。然而，在韩克敏副院长的精心安排下，通过这样隆重的拜师仪式，我深刻地认识到，它能使中医的传承更加强化，师重师德，徒知徒责，而最终还是要归结于使师徒学业精进，医术精湛，更好地为广大患者服务。

当很多中医医院有名无实，无论检查还是治疗都在西医化的时候，我们始终坚守传统，坚持传统的望、闻、问、切辨证施治原则，坚守传统中药治病救人。尤其是在中医传承方面，更是返璞归真，坚守传统"师带徒"人才培养模式，先后培养出以王永瑞、黄飞、黄帅等为代表的高校系高端中医人才；以袁栋、孙崇林、袁梁、尚科等为代表的传统精英中医人才；以及湖南修竹、何晋宇、吴惜群，西安郝缠巾，甘肃石开红，河北韦田等院外中医爱好者。

中医与西医不同，西医学的基础模式是实验医学，其理论是一对一的，而中医药学的核心理论是整体观念和辨证论治，又是整体之中注重个体的理论医学。中医讲的是辨证论治，其学术由临床产生，反过来也只有通过临床才能真正将其理解和运用。因此，我在中医传承的过程中，坚持师带徒的传统培养模式，即使像王永瑞、黄飞、黄帅这样经过正规院校培养的研究生，也坚持在临床中带教，使他们迅速成长为中医方面的高端人才。

徒弟的成才，是我最大的成功。

徒弟和老师

在举办了"淄博市名中医黄衍强团队传承拜师仪式"后，我时时想到我的弟子，也每每想到我的老师。

我的大弟子，也是我的女儿黄飞，硕士研究生，毕业于上海中医药大学，从小受我的耳濡目染，用她自己的话说，是闻着书香和中药的香味长大。大学期间，她如饥似渴地汲取书本上的知识，在《中医基础理论》《中医诊断学》《内经》《伤寒论》《温病条辨》等课程及中医经典著作之间尽情地学习、浏览，打下了坚实的中医理论基础；先后发表学术论文6篇，编写《中医与健康》专著一部，与人合著出版《扶正祛邪抗癌瘤》《黄衍强血液病证治集验》等医学专著5部。优越的学习条件和工作环境使她得到了比我们这一辈人更大的成长空间。学习上的系统、实践上的开阔，让她很快成长起来。女中医得天独厚的自然条件使她更容易与女病人沟通。痛经、带下、虚劳、乳腺、亚健康及子宫肌瘤、宫颈囊肿、卵巢肿瘤、乳腺癌、子宫癌等妇科疑难杂症成为她主攻的方向及长项。不断地追求和努力，使她的医术得到了广大患者和社会的认可，她不但成为九三学社社员，还当选为淄川区第12届政协委员。这位在中药香里走出来的中医新秀，向人们展示了我们医院青年女中医的独特魅力。

我的第二位弟子王永瑞，在中医这行可谓是初露峥嵘。他自幼受其父亲影响酷爱中医药，立志成为一名能为病人解除病痛的中医医生；2000 年，他以优秀的成绩考入山东中医药大学。经历了"八年抗战"，取得中医硕士学位。但他并没有像其他同学一样，或者从此脱离临床实践，留校去搞教学研究；或者走进国有大型医院，从事中不中、西不西的医疗工作。为了实现自己年轻时的中医梦，他毅然选择了走传统中医之路，从基础医疗做起，来到在中医药治疗血液病和肿瘤方面声名鹊起的淄博延强医院。进入医院后，他怀着一颗虔诚好学的心，再拜我为师，从传统的望、闻、问、切做起，逐渐将所学的专业知识与临床实践结合起来，成为中医治疗血液病、肿瘤方面的骨干，在前来就诊的病人和驻地群众中闯出了自己的名气。我也将自己在辨证施治、防治结合，药疗、食疗、心疗、体疗四位一体全方位抗癌，扶正全面提高免疫力，祛邪抑制坏细胞的增殖，以及在治疗过程中的"四防""四心"等方法全部相传。充分发挥他在研究生期间专攻中药方剂的专长，让其侧重于中医药抗肿瘤中成药的研究。在我院中医团队的共同努力下，他很快发现清热解毒、活血化瘀类中药在促进肿瘤细胞凋亡方面有显著效果，我们据此研制出的散结通胶囊、清热散结扶正丸等一系列中成药，经省药监局鉴定并批准为抗癌的良药。

　　30 年前，我的弟子袁栋还是一个稚气未脱的毛头小伙子。如今30 年过去了，已经成长为神情稳重、谈吐儒雅、体态健硕的成年男子；业务上更是从当年的"小学徒"成长为独当一面的业务骨干。按传统中医"师带徒"的传承方式，他从抄写中医处方，拉中药匣子，认中药、称中药、炮制中药等这些最基本的中医技法学起；丰富的中医理论就在这一抄、一拉、一认、一称之中潜移默化地演变成丰富的临床经验，使他的医术日益提高，治愈的病人也越来越多。他还以顽强的毅力，完成了北京中医药大学课程的学习。

我的弟子孙崇林，儿时就与我结下了不解之缘。在他六七岁的时候因为脾胃不好，面黄肌瘦，母亲带着他来找我看病。10年后，他又成了我的学生，从药房抓药开始，记药斗、认药材、做药剂，每天面对来自全国各地的患者，用精致的小药秤称几百服中药，每天忙得"不亦乐乎"，尽管常常累得腿疼胳膊酸，当看到患者们拿到药后满意的表情，他与同事们都感到很快乐。最让他高兴是，我在有空闲时给他们传授看病小常识，比如如何测血压，如何使用听诊器，还教他们背方歌。在我的带领和鼓励下，他和几位同事积极利用业余时间学习中医药专业知识，跟随我专门聘请来为他们上课的中医同道学习中医中药经典。他先后完成北京中医药大学专科学历，山东中医药大学本科学历的深造。20多年来，他跟随我侍诊抄方，得到言传身教，诊疗水平不断提高。

我的弟子袁梁是医院的后起之秀。他出身于中医世家，其祖父、父亲均为中医外科医生，其祖父于20世纪五六十年代为当地百姓治疗疖、痈、疽等外科疾病，其父亲在20世纪八九十年代是当地小有名气的"土"郎中。受家庭中医气氛的熏陶，他自幼立志成为一名优秀的中医工作者，在完成了山东中医药大学中医本科的学习后也参加到这个团队，跟随我临床学习，脚踏实地，一步一个脚印，在临床实践中学到了丰富的临床经验。

在注重院内中医师培养的同时，我也非常关心那些被治愈患者的生活和爱好，倾尽所学，不厌其烦，为他们谋出路。河北韦田，在治愈后喜欢上了中医，专程找到我，我安排他跟我坐诊，在给病人看病时给他讲解医学知识。现在，他已经在北京的一个诊所就业。

水有源，树有根。在我被徒弟奉为老师的时候，让我想到了我的老师。

　　我的第一位中医老师叫王凤池。

　　1975 年 6 月 24 日，我在淄博第四中学高中毕业，同年 11 月 13 日到淄川医院学医。非常幸运拜淄川医院中医科主任王凤池先生为师，他是新中国成立前淄博市八大名医之一栾明刚的学生。1976 年 6 月份，我参加了他主持的中医学习班。那期学习班历时 8 个月，我先后学习了中医基础理论、中药学、方剂学、中医内科学、妇科学、儿科学。王老师讲课声情并茂，把抽象的中医理论用日常生活中的一些现象说得非常形象，让我记忆深刻。如脾主运化，胃主受纳，这是中医的一个基本概念，也是中医基础理论课的开篇。他没有照本宣读，而是讲了一个故事。他说，他有一次到一个水库钓鱼，晚上 11 点多的时候，附近的一位居民找他看病，说晚上吃多了腹胀腹痛。他当时没有带针灸的工具，再加上时间太晚也没有什么药品，这可怎么办呢？这让他想到了胃主受纳，也就是说胃是盛食物的一个工具，而脾则需要通过运化把精微物质变化成血液送到人体全身。本来胃的容量是有限的，当超出它的极限之后就不能正常运行了。脾主运化，关键就在这个"运"字上。于是他让这位患者的家人架着他在房前房后来回转 20 圈，当这位患者转到 10 多圈的时候，感觉肚子不涨也不痛了。

　　就这么一个故事，他有声有色地把问题说得清清楚楚。

　　在第二天上课之前，王老师提问脾主运化的两个内容是什么？那时候我 18 岁，在学习班中我的年龄最小，加上自己胆小，因此把头低得很低，就怕老师点名让我起来回答问题。结果老师偏偏点了我的名字，并让我起来讲。当我回答脾主运化水谷之后，怎么也回答不出第二个问题。王老师见我答不出来，不急不躁，缓缓讲出第二个运化水湿的问题，并详细告诉我们，运化水谷是把精微物质变化成气血输送到全身，运化水湿是把人体的代谢物排出体外。

在理论上讲，脾虚湿困有两种，就是脾虚和湿邪内蕴。单纯的脾虚用四君子汤，单纯的湿邪内蕴用平胃散。但在临床上还有第三种，就是既有脾虚又有湿邪内蕴，可用七味白术散。在这里的湿邪要分清楚是外湿还是内湿，外湿以藿香正气散为主加四君子汤，内湿用参苓白术散就可以。

有一次，我们同班同学邀请王凤池老师给他父亲看病，我跟王老师一起出诊，当到了这位同学家里之后，王老师详细做了问诊，号脉并看舌苔，然后开了以逍遥散为主加减的方子。王老师把他看病的思想以及用药的原理给这位患者写在了纸上。我们出门之后，王老师跟我讲，这位患者主要是情志的病变，我给他写在纸上的内容他会反复地看，主要是为了打开他的心结。一般情志方面的病，只要方法得当，和患者沟通到位，在没有服药的时候病情就能改善一半。在兵法上讲，攻城者为下，攻心者为上。我们作为医生要二者并用，既要治病又要攻心。老师的这番话在让我深受其益，并传承给我的徒弟们。

王凤池老师写得一手好字，至今在我写的字里边还有他的影子；他还做的一手好菜，色、香、味俱全，咸淡适中，看后让人非常有食欲，吃起来非常有滋味。有一年春节，他把年菜全部做好了，结果家中有事，他要外出，让我给他看家，当他们回来的时候，他做的年菜让我吃了一半。

总之，我的第一个老师王凤池不但人长得精神，看病效果好，讲课水平高，而且字写得潇洒漂亮，菜做得有滋有味，整个人特别阳光帅气。

我的第二位中医老师名叫孙君义。

1978 年 3 月 12 日，我参军到了福州军区 86 师 257 团担任一名卫生员。新兵连军训三个月后，我参加了团医院组织的中药采集培训班。在这期培训班上，孙君义军医带领我们到了深山老林中，经过一个月的时间采集中药材，让我学到了很多书本上学不到的东西。

因为部队驻扎在山区，中草药资源非常丰富，中草药培训班的学员在孙君义军医的带领下，每天都在山中采药，我逐渐认识了丹参、天南星、半夏、香附、算盘子、石仙桃、苏叶、益母草等多种中草药。有一天，在刨一棵灌木一样的植物时，我问老师这种药物的名字叫什么，孙君义老师说："你刨出来我再告诉你！"当我费了九牛二虎之力将药刨出后，他对我说："这种植物叫算盘子，有清热利湿、行气活血、解毒消肿的作用。"他接着对我说，他之所以让我刨完之后才告诉我，主要是为了让我付出一定的劳动，他认为只有这样才能记得牢，只有经过努力得到的知识大家才会珍惜。

采药，不但需要体力，吃得了苦，有时还会遇到意想不到的危险。有一次，我看见一棵斜立的竹子上有一片特别大的叶子，走近一看，才发现是一条竹叶青蛇，随着风吹来回飘动，当时我吓得出了一身冷汗。一位家是南方的战友立即取了一节竹竿，走到蛇跟前，轻轻一抽就把蛇打了下来，并用左手捏住蛇的头部，右手顺着蛇的头部向下捋到尾部，刚刚还咄咄逼人的竹叶青蛇就像泄了气的皮球一般，没了声息。还有一次，一条蛇正在吞吃青蛙。说时迟，那时快，一位战友挺身而出将其逮住，用绳子拴住头部并吊在晒衣架上，然后用刀片在蛇的颈部做环状切割，随手就像脱衣服一样从头到尾将蛇皮剥掉，并对大家说："今晚就看我的烹调手艺了！"到了晚上，一锅香喷喷的蛇肉呈现在大伙面前。另外一组采药的战友则在山谷中发现了两只小豹子，过了眼瘾之后把它们送到了福州动物园。每当提起这件事，战友们都心有余悸——如果当时遇到老豹子，那后果将不堪设想。

在以后当兵的日子里，我都以孙军医为榜样，每当感冒流行之前，我都采集大量苏叶、大青叶等解表清热的药物，用大锅熬好让部队官兵集中饮用。每当夏日来临，我采集马齿苋等中药材，用同样的方法煮好，让大家喝了预防，部队里的流行病发病率明显下降，节省了大量的医药费开支。在为官兵服务方面，我坚持每天早、晚两次巡诊，细心体贴每一位官兵，特别是对患病的人员，除了及时服药，另安排病号饭送到床前，使大家感受到部队大家庭的温暖。

我对孙君义军医的印象是他文化水平不是很高，但是临床实践能力很强。有不懂的问题就及时向当地老百姓和战士中认识中药的南方士兵请教，然后再亲自传授给我们每一位新入伍的卫生员。在他这里，我深刻感受到"不忘初心，方得始终"这句话蕴含的深刻道理。

在部队中药采集培训班一个月时间不长，但在我的人生中却深深烙下了印记。当时我整理了厚厚的两本中药标本，非常遗憾的是在以后多次搬家中遗失了，但孙君义老师却深深印在我的脑海里。

我的第三位中医老师叫高纯汉。

1983年到1986年，我参加了从北京返回家乡的高纯汉老先生举办的中医夜校。他新中国成立前就读于北京四大名医之一施今墨先生创办的华北国医学院，他的针灸水平非常高，张仲景的方运用得非常好。他给我们讲课的第一个晚上，就非常严肃地对我们说，你们当下最急切的就是要把张仲景的医术学好，只有这样才有可能救治成功很多人。

我们一共11个同学，每当夜幕降临的时候，大家汇集在老师的住处，首先把房间的卫生打扫干净，然后把桌子擦好，最后恭恭敬敬地把一杯水放在老师的跟前。不过这杯水有点儿特殊，冬天用红参片浸泡，夏天则用西洋参片浸泡。当时我的白天的门诊量在 50 人左右，每天晚上都是带着疲惫的身体前去听课的，有时候在课间竟然睡着了，那时候实在是太累了。

在这三年中，高老师带领我们学习了《内经》《伤寒论》《金匮要略》《温病条辨》四大经典著作，使我的临床水平有了明显的提高。在这期间，有一位牛皮癣患者，老师给她开的方子是张仲景的大青龙汤，另外在处方中加了乌梢蛇，效果非常好，这使我们更增加了学习经典医学著作的信心。

我的第四位中医老师是刘持年。

1988 年 10 月，我参加了高等教育自学考试中医专业的考试，首先开考的《中医基础理论》和《中医诊断学》，我顺利通过。第二年第二次考试的科目是《中药学》和《方剂学》，因为自己从事临床多年，自我感觉良好，忽略了复习，结果《方剂学》没有过关。后来从同学中知道出考题的是山东中医学院方剂教研室的刘持年教授，他是淄博市博山区人，我当时就想，我要把坏事变好事，再多学习几遍《方剂学》，在第三次补考中我顺利通过。随着 3 年 6 次 12 门课程的严格考试，我于 1992 年拿到山东中医学院专科毕业证书。在此期间，非常有幸认识了刘持年教授，从此我们成为忘年交，特别是我在从事血液病及肿瘤的方剂研究中，得到了刘老师极大的关心和帮助，我们申请的 10 个中药制剂，都顺利通过了山东省药监局的正式审批注册。

刘持年老师给我的印象是，他严谨认真，对待学问一丝不苟。他的穿戴非常得体，总是给人非常板正的感觉。在他身上充分体现出学者的大家风范，值得我们从事中医的晚辈认真学习。

韩愈在他的《师说》中说："生乎吾前，其闻道也固先乎吾，吾从而师之；生乎吾后，其闻道也亦先乎吾，吾从而师之。吾师道也，夫庸知其年之先后生于吾乎？是故无贵无贱，无长无少，道之所存，师之所存也。"正如孔子所说："三人行，必有我师焉。"虽然弟子们以我为师，但在某些方面他们也是我的老师。为师为徒，大家都是为了一个"道"字；具体到医学上，就是要学好本事，更好地为患者服务。

砥砺奋进 40 年

1981 年 9 月 27 日，我踏上自福州返回山东淄博的绿皮火车，结束了在福州军区三年多的部队生活，返乡寻找适合自己的工作。按照当时国家的政策，到国营或集体单位就业没有希望。因为我当兵之前做过三年的赤脚医生，加上在部队当了三年多的卫生员，因此决定自己创业，继续从医。非常幸运的是，在我人生最艰难的时候，找到一位志同道合、愿意与我同甘共苦，而且还有正式工作的好妻子；同时遇到了国家改革开放的好政策，政府重视军地两用人才，允许个人开业。因此，我第一个在淄川卫生局申请注册了中医门诊部，最终发展为现在的淄博延强医院。

在准备的过程中，需要找房子、制作中药橱、购买桌椅板凳、锅碗瓢盆等，而我的复员费只有区区几百元钱，用起来真是捉襟见肘。比如需要买一个水缸，好的水缸需要几块钱，为了节省开支，我只能买回一个带裂纹的残品，花了不到一块钱；然后找来水泥和沙子把裂纹的地方抹平。那时候，一分钱掰成两半花，所幸的是，亲人和好友给了我很大支持，我在年底结了婚并顺利地开了业。

刚开业时，诊所里只有我们几个人，当天就有乡亲们陆陆续续前来找我看病。常言道，凡事预则立，不预则废。我在部队从事卫生员期间，因为部队年轻人多，患病的少，因此有充足的时间看书学习。那个年代实行计划生育，要求每个家庭只生育一个孩子，每个家庭都把孩子视为小太阳。我在经过认真思考后，集中精力研究小儿常见病。当时一个月只有6元钱的津贴费，我全部用来购买了中医儿科方面的书籍。经过反复研读发现，感冒发烧、腹泻、厌食、咳喘等病的发病率最高。针对儿童患者服用中药困难的情况，我在研究中药内服的同时，还研制了外用药物小儿一贴灵系列。如小儿厌食一贴灵、小儿腹泻一贴灵，甚至妇女痛经一贴灵外贴肚脐等药物，收到了非常好的治疗效果。

为了使门诊有序，我制作了50块挂号的牌子，基本上天天都能把牌子用个遍，有时候还要挂两遍，病人超过100人。到了下午，开方时手指都出现抽筋现象，就用左手把右手的手指拉直了再写，每天辛苦并快乐着。

那年月，家庭有洗澡设施的人家很少，大家都是到澡堂子中洗澡，我经常会遇到肚脐上贴着黑膏药的孩子，就知道这孩子是我的病号。小孩子肚脐上贴膏药，成为一道亮丽的风景线，这样的治疗方法在淄博地区我是第一个。十几年后，我将这些外用贴申请了国家专利；但遗憾的是，虽然申请了专利，却不懂得保护专利，后来并没有专业地做下去。以后市场上逐渐有了这样的产品，而且发展成了很大的产业。

在每天看病人的同时，我的另外一项工作是购买中药。现在回想起来，五味杂陈。

给患者看病，我要绞尽脑汁，做到辨证准确，提高患者的治愈率。找我看病的病人越来越多，有的中药很快就用完了，需要再次进药。刚刚开始创业，除了药房有几个人相助，其他一切事情都需要我一个人去做。购买中药，以我们淄川区药材公司为主。因为经常会有一些中药那里没有，就要到邻近的博山区和张店区采购。我购药的交通工具是一辆摩托车，冬天为了防御寒冷的侵袭，妻子路秀会把我当兵时穿的军棉裤下半截剪了下来，加工成套袖套在摩托车的车把上，给我挡风用。有一次到博山进药，突然天降大雨，摩托车被雨水淋后熄火了，怎么也发动不起来。前不着村，后不着店，我被困在白塔镇的半路上。当时正值秋末冬初，真是又冷又饿，再加上心里着急，只能蹚着泥水推着满载中药的摩托车往回赶。所幸爱人所在的昆仑标准件厂就在淄川与博山之间，赶到她厂里的时候天已经很黑了。妻子马上给我倒上热水，在我简单的洗刷之后，一碗热腾腾的荷包鸡蛋面端到我的面前，那碗面让我至今难忘。第二天早上，当我赶到门诊部的时候，那里早已经等满了病人。

到张店药材公司进药，摩托车经常在半路上的王母山附近出现故障。有一次到张店进药，我把摩托车放在药材公司的外面，一边买药，一边用眼睛的余光看着外面的车子，发现有几个十几岁的孩子围着车子转，当时我也没有在意。当我把药材买好之后装车的时候，发现摩托车的大灯被盗了。这时候夜幕已经降临，张店到淄川有20公里的车程，这可怎么办？我把车发动起来，小心翼翼地在人行道上慢慢骑行，半路却又因为下雨，摩托车熄火了。无奈之下，我只好给哥哥打电话。当他骑摩托车找我的时候，因为天黑，在我说给他的大概位置来回折返了几次都没有看到我，后来还是我的喊声提醒了哥哥。他用一根绳子拴在我的摩托车上，把车拖回家的时候已经很晚了。

20 世纪 80 年代，虽然说已经开放，但是还有计划经济的影子。像当归、黄连、山萸肉等药物每次只能进 300 克，托关系最多也只能给 500 克，在临床上根本不够用，怎么办？父亲新中国成立前曾在天津做事，想办法帮我从那里的零售药店把药买回来，补充我用药的缺口；加上全国各地的战友帮忙，勉强能够维持用药。在整个淄博市，可以说我这里的中药最全。包括麝香、牛黄等紧缺的知名药材也没有间断过。很多患者在别的地方包不全的中药处方，就到我的门诊部来抓药。

值得一提的是，妻子为了支持我的工作，先后报考了淄博卫生专业学校和山东中医学院（现山东省中医药大学）专科班，获得中医执业资格证书。1987 年后和我并肩作战，全身心地投入到中医中药事业中。

为了使中药材尽量齐全和确保质量，我们夫妻俩还历尽艰辛到外地进药。那时候交通非常不方便，经常需要住旅馆歇息，为此还闹出了个笑话。因为出门没有带结婚证，旅馆不让我和妻子住在一个房间，经过反复的解释后，服务员勉强给我们安排在一个房间。一位 20 多岁的女服务员每隔一个小时就到我们房间查看一次烧炭的火炉，实际上是来监视我们的，倒让我们两口子感觉好像是在做贼似的，一个晚上都没有睡好觉。

到外地购药，更需要时刻睁大眼睛，对照《中国中药鉴别大辞典》，认真鉴别购买的每一种药物，把住药材质量关。直到现在我还记得，我们选的第一种中药是青黛，这是治疗白血病的一种关键药物。鉴别的方法，是用香烟盒里的锡纸，把青黛放在上面，然后用火在下面烧，不用几秒钟时间，上面的药物就会燃烧殆尽，在锡纸上留下浅红的印记，这是质量上乘的青黛。有些不诚实的卖家会把水泥混入其中，以增加药物的重量。如果用这种方法鉴定，燃烧之后留在锡纸上的会是重重的水泥。我们购买的第二种药是金银花。正常的金银花花蕾似开未开，没开的花蕾是金色的，已开的花蕊是银色的，所以叫金银花。用嘴品尝会有淡淡的清香甜味；如果甜度过大，一定是用白糖水浸泡增过重的。红花不能太甜，太甜就是红糖水泡制过的；黄连应该是苦的，如果味咸，一定是用盐水泡制过；正常的全蝎会有淡淡的咸味，如果咸味太重，就是用高浓度盐水泡制过的；也有一些不良商人会用注射器把水泥浆打到全蝎肚子里以增加重量。

因为到门诊部看病的患者很多，我看起病来很繁忙，以后到外地进药大多都是我妻子一个人前往。一个女性来回坐车奔波，身上又带着购药的现金，不但旅途疲劳、辛苦、不能按时吃饭，而且非常不安全。然而，这对我妻子来说，竟然成了家常便饭。

1988年，是我人生中重要的一年。全国高等教育自学考试中医专业开始考试。那个年代，真正考上大学的人非常少。有了这样的机会，怎么能不抓住！经过3年6次12门课程的严格考试，我于1992年拿到了山东中医学院的大专毕业证书。1996年，我又报考了北京中医药大学专科升本科的科目，其中有《黄帝内经》《伤寒论》《金匮要略》《温病条辨》《医古文》《中医外科学》《针灸学》和《组织学与胚胎学》等，经过2年8门课程的严格考试，获得北京中医药大学的本科证书。

高等教育自学中医考试，对我的理论水平提高很多，使我深刻地体会到，没有理论的实践是盲目的，没有实践的理论是空洞的。只有二者完美结合，才能在临床上出现更好的效果。在不断理论进步的同时，带动了我向更高专业目标的提升。后来我发现，随着社会的发展，房屋装修、化肥农药及染发剂使用得越来越多，血液病及癌症患者逐渐增多；在治疗常见病的基础上，我开始将关注的重点放在这些疑难病症上。在以后的几十年，来自全国各地及部分海外地区的血液病患者越来越多，我也创造了许多奇迹。

一个人事业的成功，只能算是成功了一半；家庭的和睦则是成功的另一半；两者加起来，才算真正的成功。妻子曾经做过学校教师，因此我们有一段时间曾经分工，我以中医事业为主，她则以培养孩子为主。女儿黄飞，从高中毕业到上海中医药大学本硕连读，都是在上海度过；儿子黄帅，从读小学、初中以至报考北京中医药大学都是在北京生活。妻子几乎每个月都要乘飞机到上海或乘汽车到北京操心他们的生活，疏导青春期的心理，还要给予功课上的指导。历尽千辛万苦，终于把女儿培养成为中医硕士研究生，把儿子培养成为中西医结合专业本科生。

还需要说明的是，每当到了月底，她还要及时赶回医院为员工发放工资。她心里时刻想着病人、装着员工，可谓是为医院的发展操碎了心。军功章有我的一半，也有她的一半。

回眸 40 年的历程，可谓是一路艰辛一路歌。这一切都记录在我写的《中医人生》这部书中。40 年，我先后获得山东中医学院专科毕业证书、北京中医药大学本科毕业证书；完成了从中医师、主治中医师、副主任中医师到主任医师的跨越；荣获淄博市名中医称号，被山东理工大学聘为客座教授；先后研制中药制剂 10 个并获山东省药监局审批注册，成为延强医院的镇院之宝；编著书籍 10 余部，撰写文章上百篇，总计 200 多万字，对推广中医做出了自己的贡献。

最好的礼物

2019 年 1 月 11 日，我收到一位女性白血病康复患者母亲的微信："黄院长您好，给您报喜，给延强医院报喜啦。我女儿于昨天凌晨 1 点 10 分顺产，生了一个男婴，体重 7 斤 6 两，母子平安，一切都好。感谢黄院长，感恩遇到您。"

类似这样的信息我每年都要收到很多。白血病康复患者考上大学、白血病康复患者结婚生子，这在我们医院已经不算什么稀罕事。然而，这一次却让我格外欣喜。因为这是农历戊戌年的最后一个月，公历 2019 年的一元之始。这个时间点，对我具有特殊的意义。

1958 年 3 月 9 日，农历戊戌年二月初九，一个初生的男婴带着一脸的朦胧来到了这个世界，这个世界无声无息地接纳了他，却没有给予他一个健康的身体。这个孩子就是我。

1968 年，正值"文化大革命"，国家物资匮乏，我也因为营养不良等原因患上哮喘，几经求医但疗效不佳，这让 10 岁的我想到了学医自救。1970 年，我为自己开出了第一个处方，而那时的我才 13 岁。从那之后，我便与中医结下了不解之缘，于 1975 年 11 月 23 日被送入淄川区医院正式学医，后以一名赤脚医生的身份出现在大家的视线里。

1978 年 3 月，步入弱冠之年的我参军入伍，到了福州军区继续从事卫生工作。1981 年 9 月 27 日退伍返回家乡，创办了改革开放初期淄川首家真正意义上的民营诊所，成了第一个敢吃螃蟹的人，从那之后，一直发展到今天的淄博延强医院。

1988 年，而立之年的我参加了为期三年的全国高等教育自学考试，取得山东中医学院颁发的毕业证书；1996 年至 1998 年，我又参加了北京中医药大学举办的专升本科的自学考试，取得该校本科毕业证书。

1998 年，步入不惑之年的我和妻子路秀会在一年前登上从北京飞往吉隆坡的航班，参加为期三天的世界中西医结合学术研讨会；1998 年，我与马来西亚吉隆坡当地人合作，成立了国际疑难病医疗中心，开展对血液病、肿瘤、颈肩腰腿痛的治疗工作。1998 年 4 月，一位叫姚桂琴的患者因急性单核细胞白血病（M5 型），在北京医院化疗了三次，1998 年 10 月服用我的中药后未再化疗。当时被医生诊断仅有三四个月寿命的她，现在已经活了 18 年。

2008 年 6 月 8 日，五十而知天命的我在上海市宏福堂中医门诊部举办了题为"扶正祛邪与癌症防治"的讲座。早在 1997 年，上海石化公司就邀请我为两名身患白血病的孩子诊治，均获痊愈。其中一名时年 10 岁的男孩儿现在已经结婚并生有一女，时年 6 岁的女孩儿于 2016 年毕业于宁波大学。从此我在上海打出了自己的名气。2008 年 9 月，获得中医硕士学位的青年才俊王永瑞在山东中医药大学毕业后经导师刘持年教授、韩涛教授的推荐，慕名来到淄博延强医院；2010 年，女儿黄飞在上海中医药大学研究生毕业后也回到了我身边。后来这两位青年才俊喜结连理，经历了临床实践的精心打磨，历练成了延强医院的顶梁柱。2016 年，儿子黄帅在北京中医药大学毕业后赴新西兰留学深造，并获得新西兰政府 ACC 医师执业证书，创办了延强医院新西兰分院。

50 岁，对我来说是具有里程碑意义的岁数。50 岁以后，我亲手创建的淄博延强医院迎来了历史上最好的时期。2009 年，设施先进的新院址即现在的淄博延强医院建成并投入使用，医院承担的科研项目通过验收，医院被评为首届诚信民营医院。淄博延强医院从1981年开诊时的几名员工，两间房子的诊所，发展到今天建筑面积1万平方米，员工近百人，床位60张的综合型中医医院；为医院做精、做强奠定了良好的基础。

2018年3月19日，步入耳顺之年的我晋升为主任医师。这是医学界的最高职称，也是成千上万从医者都在追求的荣誉桂冠，这不但代表着一个医生得到患者和社会的认可，同时也被国家所承认。这在全国民营医院的中医队伍里更是凤毛麟角。

按着我国的传统纪年，六十年一甲子，六十年一轮回。我就这样一路走过，一步一个脚印，一步一个台阶，可谓是山一程、水一程。经过我的手挽救的危重病人难以计数，得到重生的白血病、恶性肿瘤患者难以计数。

这一个男婴的出生，对我来说，是给我最好的礼物。

以医为媒

说起同病相怜这个词，大家非常熟悉，但如果不是患过大病的人，则难以体会真正的同病相怜是怎么样的。唐朝大诗人白居易写过一首叫《病中对病鹤》的诗，第一句话就点名了同病相怜的主题：

> 同病病夫怜病鹤，
> 精神不损翅翎伤。
> 未堪再举摩霄汉，

> 只合相随觅稻粱。
> 但作悲吟和嘹唳，
> 难将俗貌对昂藏。
> 唯应一事宜为伴，
> 我发君毛俱似霜。

写这首诗的时候，白老爷子因为腿伤在家养病，当他看到因为翅膀受伤而难以冲天而飞的孤鹤时，顿生怜悯之心，想到了自己壮志未酬，最后并感叹他的头发和鹤的毛一样都已白似霜雪。

人与鸟类尚且如此，人与人之间的怜悯之心更是如此。

2013 年 3 月 27 日，一场特殊的约会，让我真正见识了什么是同病相怜。那天，来自四川的三名白血病患者、来自江苏的两名白血病患者和来自西南大学的两位不愿意透露姓名的青年教授，他们相约来到我们医院。他们正值青春年华，年龄在 16~25 岁，但他们先后患上了白血病，同样经历了生理上的生死考验和心理上的巨大落差，以及社会上的人情冷暖、家庭上的巨大变故，承受了同龄人难以承受的磨难。然而，相比起身边更多的白血病患者，他们又是幸运的，他们以他们的聪明和自信，在大剂量的化学治疗将身体摧残得难以忍受、巨额的住院费用使家庭一夜返贫的情况下，毅然将命运掌握到自己手里，选择了中医治疗。也正是因为这一抉择，使他们有幸生存下来，在经历了与同期住院病友的一次次生死离别，身心一次次浴火重生之后，他们一个个像变了一个人，自立、自强、自信。

小刘是四川大学的一名优秀学生，毕业后刚刚工作 6 个月便被突如其来的白血病打倒了。一次次化疗，让他的家庭再也难以继续给他治病。过去的亲朋好友因为怕他伸手借钱纷纷离开了他；普通朋友因为怕沾染"晦气"，躲开了他。2012 年 8 月，他带着父母给他凑的几千块钱四处求医，抱着最后的希望来到我们医院。他说，他像见到了真"佛"，在这里重新建立起了生存下去的信心。他一个人租住在医院附近的一家小旅馆里，一边治疗，一边修身。三个月后，他的体质得以恢复。回到四川，他在家乡的青峰山租了一套小屋，一个人静心疗养，按照在延强医院学到的食疗、体疗、心疗方法，并在延强医院医生的远程指导下进行药物治疗。

小杨，曾经是小刘一起化疗时的病友。化疗期间，他亲眼看到比小刘病情还轻的白血病患者一个个离开人世，而小刘却坚强地生存下来，而且身体越来越好，便毅然决然选择走小刘走过的治疗之路。春节过后，只身一人从四川来到淄博，一边服用中药，一边学习气功，病情逐渐稳定。

小吉是在网上结识了小杨的。因为同样的病情，同样的治疗经历让他们同病相怜。得知小吉化疗时出现感染，小杨立即将自己出现感染时得到的偏方告诉了她，使她避免了更大的身体伤害。同时他还将自己在延强医院服用中药的感受告诉她，使她也走上了中医治疗白血病的正确道路。

网友，是个特殊的群体，沾上网友称呼的人常常怀有各种交友心态。然而，这群年轻人的心态却极为单纯，他们通过网络结识了更多的白血病患者，通过网上交流寻求更好的治疗办法，他们形成了一个特殊的抗癌群体。2013 年 3 月 27 日在延强医院的"约会"，不过是他们求医经历中的一次统一行动，更是患者间以医为媒，建立起来的纯洁友谊。

他们的行动感动了我，我顾不上看病的疲劳，下班后为他们举行了招待会。在招待会上，他们交流的话题却都是关于自己的治疗经验和在化疗期间经历的"人间炼狱"。他们为选择了中医治疗而感到幸运，在中医治疗期间，又为能够选择了名副其实的中医而激动万分。他们是网友，他们是病友，他们是战友，他们更是同病相怜的生死朋友。他们同样经历着疾病的煎熬，他们同样品味着人间苦乐。他们把这次聚会看成了人生的又一次起点，他们相约在共同的抗癌道路上一天一天地走下去。

难忘三年军旅生涯

我于 1978 年 3 月 12 日应征入伍，在部队三年多的时间里，除去三个月新兵训练，一直担任卫生员，从事医疗卫生工作。

难忘在部队参加采集中草药培训班的经历。因为我们部队位于福建山区，那里中草药资源很丰富，在军医的带领下我们每天都在山中搜寻，逐渐认识了丹参、胆南星、香附、算盘子、石仙桃、苏叶、益母草等近 100 种中草药。

有一天在刨一棵橡树一样的植物时，我问这种植物的名字叫什么？孙军医说，你刨出来我再告诉你。我费了九牛二虎之力才将该植物刨了出来，这时他对我讲，这种植物叫算盘子，有清热利湿、行气活血、解毒消肿的作用。他还告诉我，之所以让我这么做，主要是让我付出一定的劳动，才能彻底记住它。孙军医说，只有经过努力得到的知识，大家才会珍惜。

在培训班的时候，我们不但身体上吃苦，有时还会遇到意想不到的风险。有一次采药时，我看见竹林中一棵斜立的竹子上有一片特别大的叶子，可是走近一看，原来是一条竹叶青蛇，随风来回飘动，当时吓得我一身冷汗。因我们队伍中有南方的战友，只见他们取了一节竹竿，走到蛇的跟前，轻轻一抽就把蛇打了下来。战友左手捏住蛇的头部，右手顺着蛇的头部向下将到尾部，刚才还咄咄逼人的竹叶青蛇瞬间就像泄了气的皮球。还有一次，一条蛇正在吞吃青蛙，从蛇身体上看出青蛙已经被蛇吞到肚子的前三分之一位置，并且还在肚子里不断下降。说时迟，那时快，一位战友将其捉住，用绳子拴住蛇的头部，吊在晾衣架上，然后用刀片在蛇的颈部做环状切割，随后就像脱衣服一样从头到尾将蛇皮剥光，并且高兴地说晚饭就看我的烹调手艺了。到了晚上，一锅香喷喷的蛇肉呈现在大伙的面前。另外一组采药的战友则在山谷中发现了两只小豹子，过足了眼瘾之后就送到了福州动物园。

一个多月的学习结束后，我被分配到团直机关卫生所工作。利用在家时学到的木工技术自己制作了中药厨。那时候只要不刮风下雨我每天都会上山采药。后来给文书看病，给连长看病，给团里的家属看病，都取得很好的疗效。在我所服务的区域内，大家都会首选中医来防治疾病。每当感冒流行之前，我都采集大量苏叶、大青叶等解表清热的药物，用大锅熬好让部队官兵集中饮用。几年下来，部队的发病率明显下降，而且节省了大量的医药费。

入伍第二年，我便被团里评为先进工作者，全团卫生员到我所在的卫生所参观我创办的中药房。后来我又荣立三等功一次，并在同期入伍的战友中第一批入党。

战友汪河辉

1980 年，我所在的福州军区 86 师 257 团通讯连到关板农场抢收水稻，我作为该连的卫生员随队做卫生保障工作。不知什么原因，那天连里安排去抢收水稻的人特别少，时间紧、任务重，而天公又不作美，不知道什么时候大雨就会倾盆而至，战友们是在和老天抢时间。有时他们哪个一不小心割伤了手脚，就来地头找我包扎。

当我闲下来往稻田地看的时候，发现有一个身体比较瘦小的战士有些体力不支，只见他双膝跪地，右手拿着镰刀，左手抓住水稻，拼命地在抢收。我被这一场景感动了，更被他的那种精神所震撼，这种感动一直被我铭记了 30 多年，但这位战友的名字却已经忘记了。

2016 年 5 月 13 日，福建的战友金钟利约我在江西玉山聚会。到达目的地之后，方知组织者是老战友汪河辉、王镯、刘松青和李春高等。这时我才突然想起来，激励了我这么多年的战友就是汪河辉呀！我们的手又一次紧紧握在了一起。在交流中，我知道他后来当了我们通讯连的连长。当我向他讲起那时在农场我看到的他抢收的那一幕时，他却怎么也记不起来。后来戎指导员来到我所住的房间，他对我说，来聚会的战友都休息了，现在只有汪河辉还在一楼大厅为大家忙碌着。

第二天，当我们参加聚会的战友在大街上散步时，汪河辉正骑着摩托车从河边回宾馆，我看到他骑的摩托车上带的全是我们聚会用的物品。

这就是汪河辉！

看一个人的品行，不用看这个人有多大本事、有多么聪明、给大家做了多大贡献，而是要从一点一滴的小事去看。在我心目中，王河辉就是我们战友的楷模。

在这次联谊会上，我们的老连长宿连长做了热情洋溢的讲话，戎指导员动情的演讲更是把我们带回了那激情燃烧的岁月，谭参谋总结了 2005 年第一次与 2009 年第二次聚会的盛况。原来，这已经是第三次聚会了，大家都很感慨。刘忠珍股长最后做了总结发言。来自全国各地的 50 多位战友各自讲述了退伍后的经历。大家都有一种共同的感受，那就是在部队的历练为大家以后的进步起到了非常大的作用。

在大家开怀畅饮，促膝交谈的时候，大家都发自内心地感谢这次聚会的组织者汪河辉。这次聚会让我感悟很深，人活得是一份感情。从军三年半，弹指一挥间，战友的情义却是一辈子。

战友重逢

时光荏苒，流年似水。人的一生就是这么简单，简单到用"成功"和"失败"两个词就可以归纳；人的一生又是这么复杂，复杂到不是一句话两句话就可以说清楚的。

2018 年 6 月 6 日，对于我来说算得上是一个"六六大顺"的日子。这一天，40 年未曾谋面的战友突然来到我的面前，让我吃了一惊，可谓是"有朋自远方来，不亦乐乎"，何况一同前来的，是我在部队时连队的卫生员。那时候，我们有着同样的职业，同样的梦想。

而今年又恰逢我刚刚举办过 60 岁庆生晚宴，对于已过"耳顺"之年的我来说，本来已经是心如止水，难为情动，然而战友的重逢还是唤起了我对 20 岁青春岁月的向往。40 年，如白驹过隙，就是人生的一个小小驿站！

人生是一把琴，岁月是一首歌。再回首，怀揣青春和梦想参军入伍的那一刻距今已经过了 40 个春秋，而我尝百草、试银针，为救治自己童年疾病开始的行医之路已历半辈子。人生一路走过，一路选择，一路遗失，一路收获，一路长叹，一路辉煌，正像李延伦主任在一篇文章中说的那样，以至于我也变成了一首老歌，只待今日在和战友的对视中去领悟、去聆听。

这让我又想到了 1978 年我应征入伍的那一刻。那年的 3 月 11 日，当年入伍的新兵到淄川区人民武装部集合，我们经过四天四夜的长途跋涉，于 3 月 16 日的晚上到达福州火车站，然后又换乘汽车，经过三个多小时的颠簸到达驻扎在连江县的军营。

到了第二天，我们就开始了新兵训练。军训之余，曾经做过赤脚医生的我利用休息时间，在自己身上的曲池、内关、合谷等穴位体验针刺的感觉，战友们一看，都惊奇地围观过来。连长见我有中医功底，便伸出自己的手臂让我给他号脉。我开始并不大好意思，但一摸连长的脉搏，便知道连长患有"慢性胃炎"。没想到连长说我的脉号得很准，还要我再给他开个药方，我很认真地又结合连长腹部喜暖喜按的症状，辨证为他是脾胃虚寒，给予张仲景的小建中汤加味，连长服用后效果很好，以后对我也是刮目相看。

在新兵连没过多长时间，因为部队需要医务人员，我被调入团医院组织的采集中草药培训班。在这个培训班结束后，我被分配到团直机关卫生所工作，成了一名部队的卫生员。

到现在我还记得，连里的一位文书患了膈肌痉挛症，整夜嗝声不断，没有办法睡觉，白天无精打采不能正常工作。看到他这种情况，我试着给他把脉观舌，又结合他的具体症状，辨证为肝气郁结，选用了疏肝理气的方法为他治疗。用的药物也很简单，就是在我们营房前的橘子树上面打下一些叶子，再到附近农田挖来一些香附。把汤药煎好后让这位文书一遍遍地喝，再配合用针刺他的内关、中脘、足三里，经过两天多的治疗，他的病情得到明显改善，过了七天之后就痊愈了。

说到在军营给大家治病的事情，我曾在前面的文章里写过，在这里就不再做过多叙述。总之，入伍第二年我便被评为先进工作者，荣立三等功一次，全团卫生人员到我所在的卫生所参观我创办的中药房，我还是同年入伍的战友中第一批入党的人。而这次陪同战友一起前来看望我的高明星，就是当年参观过我中药房的卫生员之一。他经过部队的锻炼，回到家乡后继续从事卫生工作，据大家说他工作兢兢业业，任劳任怨，得到当地群众的一致好评，也算得上是一方水土上一位小有名气的医生；而这次来的主角周兴龙不和我们一个团，而是另外一个团的卫生员，当年他和高明星在潍坊一同入伍到了福州，他是以病人的身份前来找我治病的。

据这位战友说，大概在4年前，周兴龙因为身体乏力、面色发黄等原因就诊于潍坊市人民医院，确诊为再生障碍性贫血，后来到处寻访名医，虽然经过各方面治疗，病情却没能得到有效改善。周兴龙患病治病的情况传到了战友高明星的耳朵里，退伍后偶尔还和我有联系的高明星一听这种情况，当即决定带着他来找我。在高明星看来，我的医术一定能治疗好这位战友的病，因此才有了6月6日我们失散了40多年的战友重逢的一幕。

如今的我已经不是那个为了展现中医魅力而寻找病人的部队卫生员了，经历了 40 多年风风雨雨的历练，接触过成千上万的患者，也算是一位当地名中医了，而我用中医治疗血液病、恶性肿瘤等疑难杂症的事迹更是名播海内外。但在我的战友面前，我不能不谦虚，一边给他开药，一边对战友说："不着急，试试看……"

可喜的是，这位战友服了我开的中药后，脸上再也没有愁容，他的病一天天好了起来。

如何择医

谁都会得病，关键是得了病找谁看，这是个大问题。

平时大家谈起医院，说起医疗，都是一套一套的；而真到自己得了病，即使是医生患了病，面对择医，也常常陷入困境。尤其是疑难病病人，更是在多种难以明确疗效的选择面前无所适从。公说公有理，婆说婆有理，哪个医生的话似乎都有道理，哪个医生说的话似乎又都是含含糊糊。

看病是一门大学问。得了病要"找对门，选对人"。然而病不等人，病人不能因为医生的话含混不清而不去就医，病人又要选择正确的治疗办法，病人及其家人又不能在短时间内成为内行而果断地进行决断。如何才能"找对门，选对人"，这就需要大家平时下好功夫，留意就医信息，做好健康维护。

医生最怕这类咨询者，平时从不关注就医信息，日常不保健，胡喝乱吃，从不锻炼，得病了乱投医。托门子，找熟人，求"大师"，拜"神医"，乱了分寸，坏了心态，迷了心窍。

有没有正确快捷地选择就医的途径呢？答案是肯定的。

我给白血病及肿瘤患者总结的正确就医办法是："急则西医，缓则中医，中西医结合，能中不西。"这十七字口诀看似简单，实则是我在数十年治疗数万名白血病及肿瘤患者的基础上总结出来的至理名言。这十七字口诀也适用于普通病患者，是一种普遍规律。

西医的特点是攻城略地，直击病灶，见效快而直观；而其缺点是"在不放过一个病灶的情况下，宁可错杀三千。"适当适量治疗，在疗效明确的情况下对人体危害不大，而如果过量过失，不能在疗效和对人体的伤害之间择其利避其弊，则容易对健康的细胞产生不好的影响。

中医的特点是"和为贵"，注重整体治疗，以调节身体阴阳平衡为己任，在"调节全身机理的前提下，以'和'促变，让坏细胞为我所用，成为正常细胞"，显效的过程相对缓慢，但对健康肌体的损害小，因为是整体施治，往往还能起到"治未病"的效果，在治疗一种病的情况下，诸病皆治。

中西医之间的治疗理念及其理论虽然不同，但殊途同归，都是为了治疗疾病而存在。中西医结合治疗，两者之间可以相互取长补短，往往能起到事半功倍的效果。目前，肿瘤治疗遵循的是"以人为本，整合治疗"的原则。中医对人体的完整性、统一性有一定的认识，善于把局部治疗与整体治疗结合起来，这就是中医药及中西医结合治疗肿瘤的整体观。从中西医结合的角度看，手术、放化疗以及某些以毒攻毒中草药，均属祛邪范畴；而中医的扶正培本治疗，以及现代医学某些免疫、生物治疗均属扶正范畴。

如果一个病人的病情已经到了岌岌可危的程度，你还在考虑"三素一汤"的危害而不是先考虑救命那肯定不行；而如果一个病人病起微末，完全可以通过自然疗法或不治便可自愈，你却考虑对人体杀伤力极大的放化疗甚至手术，同样是大错特错。身体发肤，受之父母，我们没有权力不去珍惜。

"急则西医，缓则中医，中西医结合，能中不西。"患者择医的大原则明确了，选择医院和医生就成为轻松的事情。

有钱也不能任性

"有钱就是任性"，是近年最新流行起来的网络用语。用来调侃有钱人令网友大跌眼镜的做事风格，并被衍生出类似用语，如"成绩好就是任性""年轻就是任性"等。有钱就是任性，来源于一个真实的事件，一位中年人被人骗了几十万元，在最初被骗了几万元的时候他就发现了，但是他没有报警，因为他想看看对方还能使用什么手段骗他。因此，被广大网友调侃为：有钱就是这么任性！

然而，仔细研究这词的流行环境，是因为在我们的现实生活中确实存在着"任性"这么一种风尚。有钱就任性只是其中之一，也不仅仅只有那位被骗的中年人一个。在很多家庭中，如果有人突然发现重大疾病，"有钱就任性"这个词似乎代表了周围人的心态，也害了一个个患者。

为什么会出现这种现象呢？其一，在很多人的观念里，钱能摆平一切事情，治病也一样，认为"重赏之下，必有名医"；其二，在重大疾病面前，亲人和朋友都会表现一下"康慨"，摆出一副"舍财救君子"的样子；其三，现在的医院，住院贵、治病贵已经成了大家的共识，尤其是得了像白血病这样的疾病，人们第一个想到的是钱，第二个想到的是死。在这种情况下，如果没钱，别说任性，恐怕连让人看得起的份儿都没有。

然而，看病却并不是有钱就能任性的事儿。

最新的中国癌症发病情况调查中，透露了一个很奇怪的现象：

在癌症的发病率和死亡率都在升高的同时，中国癌症的死亡率，城市高于农村。农村的经济条件、医疗条件都不及城市，这种情况下癌症的死亡率却低于城市，这首先让人想到的是，城市人的污染、压力和不健康的生活方式诱发了更为严重的、死亡率更高的癌症，但这个调查并没有显示城市和农村的癌症种类有什么区别。这个结果意味着两点：一个是城市人不健康的生活方式肯定是罪魁祸首之一，另一个更值得关注的原因就是，被城市人占有的医疗资源和经济条件，或者说金钱和最先进的癌症治疗其实没起什么大作用。

对于这样的结论，作为医生的我感受更深。我接诊过很多家庭条件好，能接受最先进的、最彻底治疗癌症的病人，反倒没能活到他们的预期；相反，那些或者因为没钱吃药，或者因为无法手术也不愿忍受化疗之苦的人，在具备了"豁出去""爱谁谁"的心态后，转求价格低廉的中医治疗，反倒健康地活了下来。这就说明一个问题，现代医学在癌症的治疗中不是唯一的办法，甚至可能是错误的办法。比如乳腺癌，十几年前一直是大面积切除胸肌以保全生命，后来发现，这种根治并没有使患者寿命延长。

美国医学家有一句名言："医学就是偶尔去治愈，常常去帮助，总是去安慰。"这句话说明，心态是最重要的，医疗手段其次，偶尔的治疗除了给机体一个自愈的机会外，也能避免错误治疗的后患。

看病，绝不是一个有钱就能任性的问题。

看病不能一条道走到黑

近日，听说一位朋友病逝了。生老病死，人之常情，所以也并没感到奇怪。然而，当得知其病逝的原因时，顿感扼腕叹息——大家都说他是拉屎拉死的。原来，半年前他患上了慢性肠炎，去了很多医院，吃了很多抗菌消炎药但还是久治不愈。有一次见到他，我告诉他可以考虑看看中医，他却一脸不屑，认为西医都治不好的病，中医更不可能治好。

虽然我很清楚中医看病的道理，也知道很多像他这种情况的人吃几服中药一般能够治好，但自己的观点总不能强加于人。无论多近的关系，事关人命，只能善意提醒，却不能强拉硬拽。

朋友的病逝令我惋惜，惋惜的不是他不懂医疗知识，而是为什么就不能换一下思路，哪怕只是试一试，拉肚子的毛病也不至于要了人命。据说，这位朋友去世前受了很多罪，几乎是大半时间蹲在厕所上。家人也劝他看中医，但他直到临死都不相信中医能够治病。

对于胃及肠道方面的疾病，都是可以通过中医的方法来治疗的，中医有治疗胃肠疾病最好的方法，对于肠炎也是这样的。像拉肚子去世的朋友的这种情况，过去我治过很多。调理时间长的不过月余，时间短的也就几服药。有的人患了这种病之所以用抗菌消炎药治不好，主要是病人的脾胃功能跟不上，久而久之也有可能产生抗药。而中医上是没有慢性肠炎病名称的，根据此病的临床特点，它属于中医学的慢性腹痛、慢性腹泻范畴。其发病原因可见脾胃虚弱、肾阳虚衰和肝气乘脾、瘀阻肠络等。

按中医的说法，人生了病很久却不能痊愈，会使得脾胃变得衰弱。其中脾是中土，喜欢燥却不喜欢湿；胃就是腑脏，喜欢润不喜欢燥。这两者相辅相成，共同完成吸收转运水谷功用。如果脾胃衰弱，就会使这种气机逆乱了，于是就成了这种疾病。

西医难以治好的病到了中医这里，未必就是疑难的病。因为中医讲的是辨证治疗。中医治疗慢性肠炎，不是就菌杀菌，而是调理根本。脾胃强大了，人体自身的抗菌抗病能力加强了，肠炎也就自然消失了。

对待疾病，无论你是否相信中医，在西医治疗无果的情况下，我都建议患者改变一下治疗思路。哪怕只是试一试，也不要因为一己之见拿生命作赌注，一条道走到黑。

学会换"频道"

慢性病尤其是白血病、肿瘤患者，在治疗过程中经常要在中、西医之间来回转换。坏细胞快速繁殖期，要进行必要的西医化疗；而在化疗的同时，为了保护正常细胞和免疫力，要用中医药进行扶正。现在很多患者都明白这种道理，在慢性病治疗中选择中西医结合治疗。然而，很多患者在进行中西医结合治疗的同时，在思维上却跟不上这种转换，或用西医的观点看中医，或用中医的观点要求西医。

面对这种病人，我会用通俗的语言提醒患者和家属，要学会在中西医之间换"频道"。

前几年有一次门诊，我连续接待了多名第一次来看中医的白血病患者。由于是第一次看中医，这些患者和家属对中医很少借助仪器设备检查，多半是依靠望、闻、问、切诊断疾病心存疑虑，对中草药效果也要求和放、化疗一样力求速效；有的患者甚至问中药能起到化疗的作用吗？

我对第一次就诊的患者说，中医看病和西医不同，讲的是辨证治疗，强调的是患者的自身感觉："感觉最重要，数字做参考。"中药有其速效的一面，患者在服用后大多都会在体力、饮食、睡眠等方面有所改善，因此建立起治疗的信心和看到生存下去的希望；而如果仅看数字，即各种仪器的检查指标，中药肯定不像化疗、放疗那样速效。虽然中药也有抑制坏细胞的作用，但却是在扶正的基础上祛除病邪，强调的是保护和培育病人身上的好细胞，用病人自身的抵抗力抗击坏细胞。而西医则正好相反，西医强调的是迅速杀死坏细胞，而在这一过程中同时杀死了很多好细胞，因此，很多患者的身体状况往往是越治越差，甚至出现抗药反应。

我认为，患者只有明白了这些道理，在看中医时用中医思维，在看西医时用西医思维，在中西医治疗中及时更换思维"频道"，才能掌握治疗的主动权，更有效地配合治疗，以早日康复。

等等看看

谈癌色变，是绝大多数患癌者及其家属们的普遍表现。一旦发现自己或家人患上了癌症，人们的第一反应是马上找大医院、找名医，争分夺秒地给患者手术、化疗、放疗。医生、病人和家属都巴不得把好药、猛药、进口药全用上，狠狠地杀死癌细胞。

在不理智的治疗面前，多年的积蓄如同开了闸的河水流走不说，患者还要忍受这些治疗带来的巨大痛苦，精神上、身体上都得不到安宁。有很大一部分癌症患者经历了几乎所有的治疗，承受了几乎所有的痛苦，最后的治疗结果却并不令人满意。甚至治疗前原本看起来很好的身体，很快变得判若两人，最后一命呜呼。

这种来势凶猛的肿瘤治疗方式，实则是肿瘤治疗上的一个误区。很多人只知道手术可以切除肿瘤，却不知道大手术对人体免疫系统也是一个沉重打击。很多人知道放疗、化疗会杀死癌细胞，却不知道它们在杀死癌细胞的同时也杀死了人们机体内的正常细胞。人体内具有正常功能的细胞被大量杀死，机体免疫功能将大大受损，最后是邪气占了上风，肿瘤反而会疯狂生长。这里切了那里长，肝上切了胃上长，杀也杀不掉，灭也灭不完。人们只知道杀死肿瘤细胞，却没有考虑人为什么会长肿瘤。

其实，人们大可不必谈癌色变。根据我多年的临床经验，不是所有的肿瘤都凶险得马上就要了病人的性命。比如一些慢性白血病、淋巴瘤患者，不用去过度治疗，而是采用中西医结合的治疗方式却活了几十年的患者大有人在。

在国外，对待癌症，有一种理念叫"等一等，看一看"。就是对有些不太凶险的癌症，在治疗上不要太积极，不去碰它，不去惹它，而是用温和的辅助方法与它达到稳定的"和平共处"状态，让患者在不遭受痛苦的状态下带瘤生存，提高生存质量，尽可能延长肿瘤患者的生存时间。

这句话还有另外一层含义，就是动态观察。视肿瘤患者身体情况和肿瘤生长情况动态决定治疗方案。能不手术的，就不要勉强手术；能不用化疗放疗的，就不要勉强化疗放疗；能用一种治疗方法解决问题的，千万不要抱着大包围大消灭的思想用上所有的肿瘤治疗方法。试想，一个血肉之躯，怎么能在很短的时间内经受住大手术、强化疗、大放疗的同时折磨？

在我国，中医中药在肿瘤治疗方面有着独特的优势，其整体治疗观及在肿瘤治疗中"扶正祛邪"的治疗方法，是在保护患者的免疫的基础上实施的自然疗法，暗合了对待癌症"等一等，看一看"及"带瘤生存"的最新理念。

事实上，有一些因惧怕而拒绝治疗，或是因经济原因没能得到"大动干戈"治疗的肿瘤患者，在服用中药后很好地生存了下来。而一些经济条件好的、一发现肿瘤就第一时间进行积极过度治疗的肿瘤患者却早早逝去。这样的例子举不胜举。所以，在查出癌症后，切莫要谈癌色变。不如"等一等，看一看"，尽量让肿瘤的治疗趋于科学合理，以达到以良好生存为目的的肿瘤治疗结果。

患者要对自己负责

2022年1月3日，我收到一位内蒙古患者的求助，因为白细胞升高，加之年前面临快递停运，所以要求我为其开药。患者是在微信上找我的。我虽然诸事繁忙，但还是答应了他的要求，在询问了患者的真实姓名后，给服务部打电话调来这位患者的病案。

在等待这位患者病案的时候，我连续接听了几个其他患者打来的电话，并处理了一些本院的杂事，等拿到病案回头再找这位患者询问他的身体症状时，却忘记了他的微信网名，在手机上翻来翻去，怎么也找不到这位患者。大概过了十几分钟，终于找到这位患者，再看他发过来的资料，只有一份简单的化验单，却没有任何个人症状表述和舌苔照片，于是我不得不从头问起。

原来，这是一位白血病患者，去年正月发病化疗，在化疗期间，服用我们医院的中药辅助治疗，虽然化疗多次，但血象保持良好，这令给他化疗的医生都感到惊奇；尤其是在停打化疗之后，不但身体各种不适逐渐改善，血象检查指标也很稳定，这让他更加坚定了服用中药的信心。

在他各种症状叙述完毕后，我再次追问他身体还有什么症状，他又想起了尿酸较高；再追问，他又想起肺部还有毛玻璃结节。等我开完药，不得不嘱咐他要养成记日记的习惯，每天将自己的身体症状记录下来，在给医生叙述症状前归纳整理好。通过这件事，我感悟颇多。

首先，患者一定要对自己负责，随时记录自己的身体变化，以便在找医生开药时能够详细叙述自己的身体症状，让医生能够全面了解患者身体情况，精准开方。千万不要想到一点儿说一点儿，一天给服务人员或医生打数次电话，让别人为你去记录。

其次，无论是患者还是患者家属，加入患者群或单独加医生微信一定要使用真实姓名。无论是什么医生，面对的患者都不会是一个或几个，往往是全国各地成千上万的患者，不可能记住每一个人的网名，通过微信咨询和问诊往往会造成像今天我所遇到的这种情况，不但耽误医生的时间，甚至会耽误自己的治疗。如果想更加方便，最好使用患者群普遍推广的署名方式"真实姓名+所患疾病+患者所在地+联系电话"，让医生一看名字就对患者的情况大致有了了解。

尤其是在疫情期间，多数患者都是通过微信和医生交流和看诊，患者要为自己负责，就要多为医务人员着想，尽可能减少不必要的交流环节，通过简单交流，就让医生清晰地了解患者的身体状况，提高诊断的时效。

从相似血液病家庭谈起

黑龙江省尚志市 41 岁的金英玉女士在韩国打工多年，攒下了几十万元人民币的积蓄，在感到养老没有问题的情况下，于 2000 年返回家乡，以期从此过上安稳的生活。

然而，天有不测风云，人有旦夕祸福。回到家乡不久，金英玉在一次查体时不幸检测出急性粒细胞白血病，在经过三个疗程化疗后花完了所有的存款而病情却没有得到缓解。继续化疗，经济不能支持，而如果放弃，更是心有不甘。左右为难之际，同一病房住院的急性单核型白血病患者陆桂兰告诉她，山东淄博延强医院中药治疗白血病非常有效，而且费用不高。

不久，她就带着一线希望来到我院求诊。谁知，服用我院的中药蜜丸后药物入腹口即吐，当时她感觉自己命已该绝，但求生的欲望迫使她强迫自己服用中药。开始，她尝试着啃一点儿蜜丸，吃一口馒头，药随食物到了胃里，没有呕吐出来，这让她又一次看到了希望；下一次再吃，她尝试蜜丸啃得多一些，馒头吃得少一点儿，药物还是没有吐出来。经过一段时间训练，只服蜜丸不再吃馒头也可以了。

中药吃下去了，血象、骨髓象和各种症状越来越好，很快 5 年过去了，经中药治疗后达到完全康复。

2008 年 4 月，金英玉的大姑姐蔡玉子患上了恶性淋巴瘤，在当地化疗 5 个疗程后，金英玉介绍她来到延强医院。经过 3 年的中药治疗，效果显著。在 2011 年我院组织的全国血液病、肿瘤患者康复座谈会上，蔡玉子讲述了自己的康复经历。据她所讲，在服用我院的药物一年之后，她所患的淋巴瘤越来越小，以至于彻底的消失了，这在来自全国各地的与会患者中引起不小轰动。据不完全统计，仅黑龙江就有我院治愈的 30 余位血液病患者。

1996 年，湖南株洲的 4 岁男孩儿旭日升患急粒单白血病，化疗 7 个疗程，其父母不愿再继续化疗下去，当打听到我们治疗白血病有效的信息后，不远千里带孩子前来求诊，后彻底治愈，并于 2012 年考入北京青年政治学院。旭日升的伯父 2004 年 6 月患上多发性骨髓瘤，在其家人的推荐下也来到我院就诊。在服用中药的过程中，他的妻子因担心病情复发，总是不停地安排他进行化疗，致使他的身体得不到修复，过多频繁的化疗使得中药的作用微乎其微，最终不幸故去。

据有关资料统计，恶性血液病的发病率在十万分之三到十万分之五，也就是说发病概率非常低，30 年以前患白血病、恶性淋巴瘤、骨髓增生异常综合征等恶性血液病的患者非常少，一个县级医院的医生一辈子也见不到几个这样的病人。在一个大家庭中同时出现两人患血液系统的恶性肿瘤简直不可思议。为什么我们的生活水平提高了，而恶性血液病却越来越多？有没有预防的办法呢？经过我近 30 年的研究与临床发现，做好以下几个方面尤为重要：

一是保持乐观的情绪。临床中我们发现，压抑情绪和经常发脾气、泄气愤的人容易患恶性疾病，因此，常参加有益于身心健康的集体活动，学会在紧张的生活节奏中放松自己、在压抑精神刺激下解脱自己，在任何情况下，都要保持平衡、良好的精神状态。

二是注意饮食安全。俗话说"病从口入"，我们每天都要进食以维持人体的正常生命活动，特别是一日三餐，水果、蔬菜一定要反复清洗，尽量将残留的各种农药洗净。能去皮的蔬菜和水果一定要尽量去皮，最大限度地去除残留农药和化肥的污染，因为含有化肥、农药的蔬菜、水果等食物食用后经消化吸收进入血液，容易破坏骨髓的正常造血功能，从而引发疾病。饮食上要避免高脂高糖食品，少食油炸肥腻食物，多吃新鲜水果及蔬菜，少吃腌菜、熏烤的肉、鱼等。不抽烟，少喝酒。

三是避免房屋装修毒害。房子装修中化学涂料苯、二甲苯等毒害严重，且短期内不容易消失，加上密封阳台及使用空调，通风不良，极易破坏血液系统，造成血液病频发，因此，房子装修后半年再入住为好。入住前最好请室内环境监测部门进行监测，合格后再入住，一旦出现不明原因的出血、低烧、关节痛、头晕等症状就要到医院进行检查。

四是避免药源性伤害。研究发现，一些药物会造成血液病。建议服用这类药物时经常检测血常规，以免顾此失彼，因小失大。如使用氯霉素、细胞毒类抗癌药、免疫抑制剂等药物时要小心谨慎，必须有医生指导，切勿长期使用或滥用。此外，尽量少用或不用染发剂。美国研究人员发现使用染发剂（尤其是大量使用）的女性，患白血病的危险是普通人的 3.8 倍。经常接触染发剂的理发师、美容师、整容师也有潜在危害。

五是适当运动，增强体质。有的人因工作过分繁忙，长时间持续工作或过度疲劳等都会造成人体的免疫功能降低，导致疾病的发生。中国古代医书《黄帝内经》中有"正气存内，邪不可干"的说法。中医用"正气"代表人体抗病能力，用"邪气"代表致病因素。意思是说，只要体内抵抗力强，外邪就难以侵入，人就不至于发病了。所以增强人体正气，提高自身的抗病能力尤为重要。因此，建议大家每天坚持进行户外锻炼，以增强身体对疾病的抵抗能力。比如慢跑、散步、太极拳等，都是增强免疫力的有效方法。

从延强医院 2009 年统计的五年以上治疗成功的患者中，发现有这样的规律，越是经济条件差的患者效果反而好，安全度过五年期的多。因为这部分人特别虔诚，我们怎么说，他们就怎么做，可谓"精诚所至，金石为开"；而经济条件特别好的患者，舍得花钱用进口药物，过多的化疗导致自身抗病能力减弱，出现并发症而不幸故去。由此可知，经济条件与治疗效果不成正比，也就是说有钱不一定治疗成功，选准正确的治疗方法最重要。

写给癌症患者家属的话

家里有人被查出癌症，家人往往是手忙脚乱，没了主张。不是想放弃治疗，就是要倾尽财力遍寻名医；对癌症患者，更是关怀备至，生怕第二天就再也见不到。在这种情况下，患者家属应该做到以下几点。

其一，不能让亲情扰乱了病人的心情。过度的爱护会给病人增加压力，越是绝症病人越不愿意承认现实，病人的心上是想让别人把自己当成健康人，而不是一个个地都去嘘寒问暖。病人都知道自己得了什么病，但一时半会儿在心理上不承认、不接受。

其二，既来之，则安之。既然得了病，就要承认病，但又不要把它当成天要塌下来的事情，像一般的疾病对待就行了。在疾病面前，人们再害怕再恐惧都无济于事，重要的要想方设法进行治疗。

其三，听天命，尽人事。得了癌症，是不以人的意志为转移的事情，病人及家人只能认命。面对癌症，大家要做的是积极治疗，无论最后结果怎么样，不给病人和亲人留下遗憾。

其四，治疗的弯路走不起。癌症病人的生存时间本来有限，但在求医时如果还走弯路，那根本就是绝路。这时候病人和家人最容易犯的错误是听信别人、听信偏方，因此而走弯路。

其五，看病的路子要走对。要想在治疗上不走弯路，就要接受现实，明白西医治疗癌症的现状，在接受手术及化疗、放疗的同时积极考虑中医治疗。我总结为："急则西医、缓则中医，中西结合，能中不西。"这是被大家都认可的治疗路子。

其六，避免过度治疗。过度检查，过度用药，过度护理，是现代癌症治疗在大多数医院存在的通病，其治疗结果是让患者家人在失去亲人的同时家庭败落，最后人财两空。在病人难以左右医生的情况下，避免过度治疗的关键是正确认识疾病，选对治疗路子。

给血液病、肿瘤患者的忠告

很多肿瘤患者在手术、化疗、放疗、中药等治疗后都能取得良好效果，但也有一些人在治疗中突然病情恶化，恶性肿瘤扩展迅速，往往难以控制，而有些却是可控的。以下是我给血液病、肿瘤患者的几点忠告。

忠告一：调整心态，勇敢面对。凡事要想得开些，人只有一辈子，要有坦然面对、正视疾病的心态。俗话说"人活一天，就要开心一天"，对于血液病、肿瘤患者更是如此。既然已经患病，一切更要看得淡些，家人的事也少操点儿心，自己过好才是对家人的负责。

拥有良好的心态是疾病康复的重要基础。

忠告二：感冒虽小，不可忽视。对于健康人群来说，感冒是常见病，按时吃药，注意休息，多饮水，很快就会痊愈。但对肿瘤患者来说，一旦感冒，机体的免疫系统就会出现问题。因发热是对人体的一种消耗，所以肿瘤患者常常在感冒发热后病情发生反复。临床实践证明，血液病及肿瘤患者在出现感冒后，要尽量避免使用西药治疗，应在医生的指导下服用中成药治疗，以保护本已脆弱的免疫系统。

忠告三：饮食清淡，切忌乱补。对于血液病、肿瘤患者而言，有些食物要尽量少吃，如羊肉、狗肉、猪头肉、鹅肉、鸽子肉、生蒜、桃子、火锅、大闸蟹和香菜等，这些都属于中医范畴里的"发物"。还有所谓的"补药"，如西洋参、冬虫夏草、海参等也要少吃。补药是"补"在平时，在癌症急性期，癌细胞对补药的吸收要远远大于人体正常细胞的吸收。因此，癌症患者应当保持饮食清淡，等疾病稳定后再考虑进食补药。值得注意的是，灵芝并不适用于所有肿瘤。

忠告四：规范治疗，因人而异。一是不要相信偏方、秘方，更不要轻信江湖郎中，治疗一定要到正规医院；二是治疗肿瘤有手术、化疗、放疗、中药治疗等多种方式可供选择，但没有任何一种治疗手段适用于所有肿瘤患者。患者应根据自身状况决定选用何种方式。譬如，身体不能耐受化疗，则不要再坚持"做完疗程"，应考虑是否应改变现有的治疗方式。中医治疗可与其他治疗手段一起进行。在配合其他治疗手段进行治疗时，中医起辅助治疗作用，以"扶正"——保持病人的免疫力为主；病人完全采用中医治疗时，中医起主导作用，在"扶正"的同时，给予"祛邪"治疗。

肿瘤治疗存在的误区

随着生活方式和生存环境的巨大变化，防治肿瘤已成为每个人都要认真面对的问题。中医药在肿瘤的治疗上一直发挥着重要作用。然而，对于中医治肿瘤，人们却普遍存在很多误区：

误区一：中医治不了癌。在癌症早期和进展期，绝大多数患者首选西医是正确的。但很多患者认为中医不能治癌，即使能够治癌，中医药也只能调节和减轻症状，所以放弃了中医治疗。实践证明，中医药不但能减轻症状，还能在控制病灶、抑制肿瘤发展、降低肿瘤标志物等方面发挥作用。对于恶性程度偏低、病灶发展不快、肿瘤标志物上升势头不强的肿瘤，中医药具有控制疾病进展的作用，且毒副作用不大，病人能维持较高的生活质量。

治疗癌症的正确做法是，患者在西医治疗的同时，进行中医辅助治疗，在病情稳定下来之后则以中医为主，西医为辅。

误区二：无计可施再找中医。到中医院就诊的不少患者往往已到癌症晚期，无法手术、放疗或化疗，病人身体很虚弱，而之前并未经过中医治疗，这时再吃中药效果也大打折扣。如果已经到了疾病的最后阶段，把中医当成"救命稻草"，希望通过中医起死回生是不现实的。

在肿瘤的治疗中，中医药应全程参与。一旦确诊肿瘤，患者应该在西医规范化治疗的基础上应用中药，以减轻抗癌治疗对身体的损伤。在康复期，也应持续用中药进行调理来维持机体的阴阳平衡，防止肿瘤复发、转移。

误区三：补药能抗癌。肿瘤病人在手术后、放化疗后身体虚弱，需要补养，于是很多人误以为补品能治疗肿瘤。有的保健品广告甚至把没有实际疗效的保健食物吹嘘成抗癌的灵丹妙药，误导病人长期食用，谋财害命。其实，补药的使用也需要遵循医生的指导，针对气、血、阴、阳的虚损，分别采取补气、养血、滋阴、温阳的方法进行调理。

我提醒患者，不要轻易相信保健品。药不对症，反而对身体不利。

误区四：指望偏方、验方治癌。癌症是复杂的疾病，需要综合治疗，对于绝大多数癌症患者，单纯的手术、放疗、化疗尚不足以彻底解决问题；同样，中医药单打独斗也不行。但部分病人迷信偏方、验方，长期用含有蜈蚣、全虫、斑蝥、独角莲、马钱子等毒性较大的偏方来抗癌，结果不仅起不到治疗作用，反而损害身体。

清热解毒、以毒攻毒的中医治疗方法，在病人正气充足，肿瘤病灶存在，放、化疗不宜的情况下可以有选择地使用，但一定要密切观察病人的肝、肾、心等脏器功能。

误区五：忌口发物。一些患者认为，得了肿瘤或做了手术后，无鳞鱼、牛羊肉、海鲜、葱姜蒜等食物都不能吃，因为这些都是"发物"，会加速病情发展，导致肿瘤复发，这种说法并没有科学依据。患者生病和做完手术后体质虚弱，营养不良，更需要及时补充蛋白质、维生素、微量元素等营养成分，否则会妨碍身体康复，为进一步治疗带来困难。

癌症病人应尽量恢复正常的饮食，不应过分忌口。

误区六：中药无毒，长期用没问题。癌症是慢性病，需要长期观察、长期中药调理。与化学药物相比，中药的毒副作用相对较小，但并不等于无毒。有些常用于肿瘤治疗的中草药虽然不属于有毒中药，但长期使用也会有毒副作用。例如，含马兜铃酸的药材马兜铃、关木通、青木香、汉防己、细辛等有肾毒性，天花粉有肾毒性和肝毒性，附子对心脏有毒性。

长期用中药调理的肿瘤病人应遵医嘱，定期复查心、肝、肾功能，以便及时发现问题，调整治疗。

如何用中药进补

大家都知道，在身体虚弱或生病时需要补养；而在补养的药品中，大家通常将人参、西洋参、鹿茸、冬虫夏草等名贵药材作为首选。有人用了以后确实见效明显，有的人却适得其反，徒增许多不适。用中药进补也要讲科学，不能随便滥用。中医根据不同的情况将补药分为以下几类：

1. **补气药**：此类药物性味多甘温或甘平，能补益脏腑之气。主要适用于脾气虚引起的神疲乏力、食欲不振、脘腹虚胀、大便溏薄、浮肿和脱肛等，肺气虚引起的少气懒言、语音低微、喘促、易出虚汗等症。这类药有人参、西洋参、黄芪、白术、山药等。

此类药如应用不当，有时也会引起胸闷腹胀、食欲减退等症。

2. **补阳药**：此类药物性味多甘温、咸温或辛热，能温补人体之阳气。主要适用于肾阳不足的畏寒肢冷、腰膝酸软、阳痿早泄、宫冷不孕、尿频遗尿等证。这类药有鹿茸、冬虫夏草、胎盘、肉苁蓉、巴戟天等。

助阳药性多温燥，凡有阴虚火旺等症状应该慎用，以免发生助火劫阴的弊害。

3. **补血药**：此类药物性味多甘温或甘平，质地滋润，能补肝养心或益脾。主要适用于心肝血虚所致的面色萎黄、唇爪苍白、眩晕耳鸣、失眠健忘等证。此类药有阿胶、当归、制何首乌、熟地黄等。

补血滋阴药性多滋腻，因滋腻碍胃、导致气滞，宜与理气健脾药同用。

4. **补阴药**：此类药物药性多甘寒质润，能补阴、滋液、润燥，用以治疗阴虚液亏之证。阴虚证多见热病后期及若干慢性疾病。此类药有龟板、鳖甲、枸杞、桑葚子和百合等。

补阴药大都甘寒滋腻，故凡脾胃虚弱、痰湿内阻、腹胀便溏者均不宜用。

中药鉴别的重要性

鉴于市场上中药材质量混乱的现象，自 1985 年开始，我特别关注中药材的质量鉴别，因为这关系到病人用药的效果。就像战场上的战士，弹药的真假优劣关系到打出去的子弹能否能够消灭敌人，更关系到是否伤及自己。

有一位供药商把当时比较紧俏的山萸肉送到我跟前，我拿出一个透明的玻璃杯，先把药物放上少许，然后倒入开水，过了几分钟后药材慢慢膨胀起来，药材表面出现星点，可以清楚地看出是山楂片，而真正的山萸肉表面没有星点。就这么简单的开水冲泡的物理方法，成为帮助我鉴别真、假山萸肉的一种方法。一看我如此认真专业，这位药商慌了手脚，赶紧把我拉到里面的房间，说在全国这么多医疗单位从来没有人看得出来，不断求情要求我千万不要举报他。我严肃地说："人命贵于金，药物掺杂，以假乱真，你们欺骗医生和患者，轻则影响治疗效果，严重了可能会危及患者生命。如果你不懂就应该学习，千万不能做这种违背良心的事情。"另一位供药商提供的元胡包装外面粉末特别多，我通过一看二闻三尝，发现是元胡粉。为什么外面的粉子这么多呢？于是我用锤子把药材砸开，发现里面竟然是山药豆，外面的粉子是用来遮人耳目的。内行人知道，当时的元胡与山药豆价格相差几十倍。

我们都知道黄连是苦的，但我在实际药材鉴别中发现竟然有咸的。这是因为药材中盐的比重大，每千克掺个一二两，其增加的利润非常可观。其他的还有红花用红糖水浸泡；金银花则用白糖水喷洒，然后在太阳下晒干，以增加药材重量的行为。鉴别的方法也不麻烦，拿起来放在口中，如果过甜就是掺糖的结果。

青黛是治疗癌症、白血病的一种关键药材，有的不法商贩竟加入水泥以增加重量。鉴别的方法很简单，取一张香烟盒中的锡纸，把青黛放在上面，下面用打火机点燃烘烤，几秒钟后青黛瞬间燃烧殆尽，剩下少许红印。如果掺有水泥则会显现原形。半夏有水半夏、旱半夏之分，《中华人民共和国药典》明示的药材为旱半夏，有的资料则说水半夏是伪品。旱半夏与水半夏如何区分呢？其实，它们的外形就不同，旱半夏中间有一个肚脐样凹陷，水半夏中间大两头小。无论它们原来的样子还是切开的断面，旱半夏带肚脐，水半夏两头尖。

可惜有的医生不认识中药材，即使假的摆在面前也不懂，这样就使不法商贩有可乘之机。

其他的药材如全蝎、蜈蚣、壁虎，不法商贩则向这些药材中注入水泥，塞入木屑甚至钢珠以增加重量。对于名贵的麝香、牛黄、羚羊角粉，单纯地依靠传统的经验已经不能够清楚地鉴别，我在以后事业的发展中，引进药剂专业的大学生，投资购买相应的设备，实现传统经验与现代检验技术相结合，不仅能从宏观上把握药材质量，还做到了微观上准确到位。最典型的是羚羊角粉，现在市场上的羚羊角粉含量达到30%就算是好货了，而有的羚羊角粉经过检验羚羊角成分是零，这样一来怎么会有效果呢？而我用的药材羚羊角纯度保证在90%以上，达到最佳的质量。烟台市的一位血癌患者每次发热都依靠激素退热，在用了羚羊角粉和小柴胡颗粒之后，完全代替了西医疗法，患者高兴地说早一点儿认识中医药的作用就好了。

自我1981年创办医院以来，医院就以中药质量好、品种全吸引了方圆几十里甚至省内外患者就诊取药。有的患者因为报销的原因，要求把处方带回当地取药，服用后发现同样的处方效果却不如在延强医院取的药效果好，怎么同一张处方效果大不相同呢？细心的患者认真对比中药材，发现院外所取药材的质量和医院的不一样。因此不管距离多远，一些老病号要求让延强医院寄药，由此可见质量的重要性。

"有医无药药不灵，有药无医胡闹腾。"这是我在临床中的感悟。意思是有了高明的医生，但是没有优良的中药材，那么这位医生开的方子再好也不会有好的效果；有了好的中药材，而医生的德术太差，同样不会有好的效果。一个好的医院，不但医生的医德要高、医术要精，而且药材要好，这样才会达到最佳治疗效果。

杏林飘香
医缘篇

医　缘

大凡从事传统中医的人，行医时间越长，唯心论的思想就越重。因为行医时间越长，遇到的病就越多，搞不定的病也越多，所以有人感慨：学医三年，天下无不治之病；行医三年，天下无可治之病。

医生能否治好病，不仅是医术是否精湛的问题，还有医患之间的缘分因素。这种缘分，指的是善缘，也就是医患之间能否相处融洽，能否建立信任的基础。

行医时经常会遇到一种现象，有的患者来医院治疗，问他哪里痛，患者会说："我这里痛，可是很奇怪，在家都很痛，走到诊所就不痛了，莫非这里有什么法力啊？"这样的患者，最适合医生治疗，疗效也会奇佳奇快，远期疗效也非常好。这就是善缘，很长久的善缘，甚至是后面一生的缘分，患者会完全信任你，给你介绍很多患者。

有的患者进门来就东看西望，先看执照，再上下打量医生，张口先问你行医多少年、毕业于哪个医学院校、你是哪里人、你治愈过多少人等等，对医生有说不完的疑虑，就算很耐心地向他解释半天，由于患者心里始终疑信参半，医生就算费了九牛二虎之力，最后疗效也不会有多好。这种患者即使是治疗后很快痊愈了，他也未必相信就是治疗后产生的直接疗效，而且很快可能复发。

这也是缘分，不过是短暂的恶缘。

过去有行医者六不治：骄恣不论于理，一不治也；轻身重财，二不治也；衣食不能适，三不治也；阴阳并藏气不定，四不治也；形羸不能服药，五不治也；信巫不信医，六不治也。说的也是这个道理。

但说归说，哪个医生又想这样做呢。医者父母心！

很多患者是十几年的病，治疗后明明症状已经有明显好转了，但是再来的时候也不会说已经好些了，有意回避是否好转的问题，巴不得医生像神一样一下去除掉他的病痛，还不用付出或稍微付出；甚至有的患者经过治疗后，眼看症状明显改善却不再来继续治疗，等到症状加重的时候再找医生；还有的患者本来患病多年，可是只来治疗一次两次然后就再不来了。这样的看病方式，即使遇到再好的医生疗效也不会好，他却到处去说是医生不行。如果医患之间的缘分如此恶劣，医生医术再好又有什么用？

人与人打交道要讲缘分，医生与患者之间更讲缘分，这缘分有善恶、深浅、长短之分，善缘是注定的，没有的缘分是强求不来的。行医治病不但要靠精湛的医术，也要靠医患之间的缘分。

医患也要讲缘分

俗话说："有缘千里来相会，无缘对面不相逢。"人际关系是这样，医患关系也是这样，"有缘千里能治病，无缘对面不识医"。在我看过的病人中，江苏省徐州市的张庆教授，山东省淄博市的孙素清女士就是典型的病例。

张庆教授是国家课程标准苏教版小学语文教科书的主编，受聘于南京凤凰母语研究所。2006 年不幸患急性白血病 M4，当化疗到 5

个疗程的时候，医院告知他不能再继续化疗下去，他的生命好像走到了尽头。是命不该绝，还是缘分注定？就在这个危急时刻，他看到了由我主编的《白血病患者的新生之路》一书，于是非常虔诚地拨通了我院的电话，咨询如何找到我。当得知我正前往上海看望患者，并应南京十几位血液病人的要求在途经南京时给他们面诊时，他喜出望外，立刻赶往南京找我看诊。第二天，在我下榻的宾馆，张庆教授等候在最前面，第一个找我看诊。从我试脉的手搭到张庆教授的手上的那一刻起，我们就建立起了一种缘分，他的命运也从此彻底改变，再没有化疗一次，安全通过 5 年中医药调理。血象、骨髓象、人体的自身感觉逐步正常，达到完全康复。

在医务人员与张庆教授最近几次的电话沟通中，我们得知张庆教授参加了徐州老年大学，学唱京剧和太极拳，一家三代人其乐融融，我由衷地为他高兴。

49 岁的孙素青是淄川城里人，因为一次小手术出现发烧，检查诊断为急性血小板减少，先后采取输血、输血小板、输白蛋白等急救措施，并给予西医万古霉素、甲泼尼龙、伏立康唑、环孢素等药物治疗，患者同时使用集落因子、瑞白等贵重血液药物，3 个月花去 36 万元，病情非但没有好转，还出现了很多副作用。由于西医大量使用激素治疗，至使她身体虚胖、骨骼脆弱，一次步行时轻轻摔倒，就使她右下肢出现骨折，靠钢板定位，只能依靠轮椅行动。强烈的副作用使她情绪烦躁、痛苦不堪，难以继续维持西医治疗。

全家人正在绝望之际，孙素青儿媳的一位同事告诉她，全国最好的血液病中医大夫就在咱们淄川，"你们怎么没去找延强医院的黄衍强院长看看！"

我在接诊时，看到孙素青黄肿虚胖，眼神呆滞，面无表情，全身浮肿，下肢尤甚。脉象浮大中空，舌质淡红，苔黄厚腻。辨证为气虚血瘀，湿热下注。根据患者自述及面诊情况，我认为，对于孙素青这样的患者，血小板计数的多少已经不怎么重要，首先要解决病人的身体感觉问题，把患者使用的药物激素尽快降下来，把患者的"精神激素"尽快提上去。给予补气活血、清利湿热药物，并通过"话疗"解除了她精神上的负担。1 个月后血小板升到 46，2 个月达到 58，这时不用再坐轮椅，3 个月到了 94，接近正常，后来可以到其丈夫开办的工厂协助工作。

当有人问她为什么舍近求远，没有早点儿来家门口的医院用中药调理，她说以前总认为大医院好、西医好，没想到会出现这样的结局。

像上面两个病例并不是特例，在我们医院是一种很常见的情况。有时候，作为医务人员的我感到很无奈，眼看着一些活生生的人因为过度治疗，轻则病情加重，经济不堪重负、精神崩溃，重则人财两空。我直观感觉这不单纯是现代医学还不够成熟，同时还存在现代医院集体性的医德缺失。我在 1981 年创办医院时，就确立了"医德医风高尚，医术精益求精"的办院宗旨。我认为，医术不精可以不断学习，而如果医务人员的医德出了问题，则会给患者带来更大的危害。"学医先学德，有德才有术。"如果没有良好的医德，有点儿医术也发挥不好，甚至还会危害社会。

医生治病但不救命

"医生可以治病，但不能救命。"这是我给患者经常讲的一句话。

起初很多人对这句话的认识并不足，认为这可能是医生回避责任或者是为劝导患者用的一句术语。其实不然。有时候你明明知道一个病人的治疗方式是在加速死亡却不能去救，尤其是在有能力去施救的情况下，却因为各种原因只能眼睁睁地看着他去死。我就经常处在这样一种尴尬的地位。

几年前有一位朋友突然对我说，他妹妹的肺癌转移到脑子上去了，听到这句话的时候，我一点儿也没有感到吃惊，但却有一种深深的遗憾。我问："不是化疗后挺好的吗？"他说："肺里没事！"我说："转不转移跟肺里有没有病灶没啥关系。"

朋友的妹妹今年还不到 40 岁，去年因为肺癌到肿瘤医院进行化疗、放疗。就是在治疗的问题上让我无奈到了极限。因为天天与癌症患者打交道，我对中西医治疗都有一定了解，加之对血液病肿瘤了解更多一些，所以深知这种病不是简单的化疗和放疗所能解决的事情，一直建议她一方面进行放疗、化疗，一方面进行中医调理。然而，我的意见并没有被她接受和采纳，不用中医治疗的理由可笑又可气，嫌中药苦，说要喝中药宁愿不治。其实我知道，说来说去就是不接受中医。无奈之下，我劝她在西医治疗后进行气功锻炼，因为我知道抗癌气功对癌症病人身体恢复的重要性，这个意见不知道为什么也没有被她接受。

我并非一次提醒过我的这位朋友，化疗、放疗后的结果都是一种假象，癌症不是能检查出来肿块那么简单，更不是化疗、放疗后看不到病灶就说明治愈，癌细胞是通过血液运行于在全身的。长了癌症的身体就像生了病的土壤，不长庄稼光长杂草，你用化肥和除草剂治疗是没有用的，草杀完还会长，长期使用农药和化肥，最终会破坏土壤。要想从根本上解决问题，只有多用土杂肥并精心管理，重新修复土地的机能。

"医生可以治病，但不能救命。"这是我用40年行医经验得出的既深刻又无奈的一句话。医患关系是这样，人与人之间的关系也是这样。我们很多人都想用自己的知识和经验去改变别人，可现时生活中很多人却在感觉到自己无力和无奈改变朋友或家人时发出无限的感叹和不甘。

病人的命运不是掌握在医生手里，而是掌握在病人自己手里；在朋友和家人面前，我们只能尽我们的所能去劝导和帮助，但不能去强求。

看病与看人

张店一位中学老师天一热身上便痒了起来，一会儿这里起疙瘩，一会儿那里起疙瘩，她去了几家大医院做了一大堆检查，吃了不少抗过敏药，也涂了不少外用药但总不见好。2013年夏天，她在朋友的推荐下来到我们医院，我让她服用防风通圣丸，服后她感觉马上好多了；之所以如此见效，这是通过服用防风通圣丸排出了她体内的湿热。

西医看的是病，中医看的是人。在西医临床诊断上，只有符合病理指标才能诊断为某种疾病，如果只是感觉不舒服，在临床上还不能诊断为"病"。中医通过望、闻、问、切，根据患者症状辨证施治。等到体内出现明显病变，病象就彻底显露，正如《素问·四气调神大论》所言："夫病已成而后药之，乱已成而后治之，譬犹渴而穿井，斗而铸锥，不亦晚乎。"病入膏肓，扁鹊在世也回天无力。在医院经常听到这样一句玩笑话：西医让人明明白白地死，中医让人稀里糊涂地活。有时候病是诊断清楚了，但人却因为耽误治疗而没有了，这样的诊断又有什么意义？

中医药学是中国古代科学的瑰宝，但现在很多人却觉得中医不科学，不如西医精确，不愿意去看中医，无形中将中医边缘化。我认为中医药发展滞后的原因在于，当今社会西方医学占据主流，很多人习惯用西医的标准来评价中医。有些地方在出台有关政策时，有意或无意地忽略了中医药的特点和规律，人为地给中医药发展制造障碍，制约了中医药的发展。虽然中医药拥有坚实的群众基础，但由于中医人才匮乏，很多老百姓在家门口看不上中医。再加上针灸、拔罐、推拿等中医诊疗项目多数面临亏损，基层中医药机构萎缩，人才青黄不接。素以"简、便、验、廉"而著称的中医药却没有用武之地。

西方医学中的预测、预防和个体化治疗，与 2000 多年前《黄帝内经》提出来的"治未病"不谋而合。中医"治未病"，包括未病先防、已病防变、已变防渐等多方面内容，不让风起于青蘋之末，牢牢掌握防病治病的主动权。同病异治、辨证施治、个性化治疗更是中医所长。尽管各种高精尖设备和仪器在西医临床上使用，但临床医生还是经常用到"大概""可能""期望如此"这样的不确定术语，原因就在于临床上遇到的疾病太复杂多变，很难用一种检验技术来论定。目前临床上的检测方法和检测技术都只是诊断，预测的功用很小。而个体化方案是医疗之本，更为医疗之难。

我国近年来疾病谱发生明显变化，以前以传染性疾病为主，现在以慢性非传染性疾病为主。慢性病"井喷"，"癌症地图"不断扩大，中医在预防保健中的地位越发突出。2013 年，国家基本公共卫生服务项目首次将中医"治未病"纳入其中，中医药健康管理服务目标人群逐渐扩大。从"管病"到"管人"，从"治已病"到"治未病"，医学模式将发生深刻的变革。在这方面，中医药将大有作为。

不要在"走投无路"时才想到中医

在肿瘤病人中常见到一种误区，就是只有在放疗、化疗或手术都无济于事的时候才选择中医治疗；所以在中医肿瘤门诊大多见到的是晚期肿瘤病人。有很多病人会因为失去手术的机会而后悔，却很少有人会因为失去中医的治疗而惋惜。

生活质量的改善是中西医共同追求的目标。中医药对肿瘤病人生活质量的改善，贯串于肿瘤病人的整个诊治过程中。现代医学的"姑息治疗"，目的就是要改善肿瘤病人的生活质量。从肿瘤病人初始治疗时就应积极地关注生活质量，"活得好才能活得长"已被现代肿瘤学研究所证实。

中医药是一种针对证候的治疗医学，在改善生活质量方面具有其独特的疗效；因此，肿瘤患者不要只有在"走投无路"的时候才去选择中医、中药，而应该和手术、放疗、化疗一样，在治疗早期选择最合适的时机让中医药介入。同时要清楚地认识到，中医、中药和其他各种治疗手段都不能单打独斗战胜癌症，只有彼此相互结合才能发挥更好的作用。

明确诊断是中西医结合治疗肿瘤的前提。中医、中药的治疗虽然其根本上是基于辨证论治，但随着科学研究的不断进步，很多中医、中药治疗肿瘤的成果也离不开现代医学详细的、具体的诊断。因此，在有条件的情况下，应尽可能地将诊断特别是细胞学、病理学诊断彻底查清，之后对手术、化疗、放疗、靶向治疗和中医、中药治疗进行统筹规划，制定出最适合病人的个体化治疗方案。

很多肿瘤病人在进行肿瘤根治性手术以后，为了彻底地治愈，还需要进行辅助性的化疗和放疗，在这期间中医、中药的治疗非常关键，病人要在这期间尽快地恢复元气、增强体力，以良好的状态应对辅助放疗、化疗。中医、中药治疗不仅可以改善放疗、化疗引起的乏力、出汗、食欲下降等各种症状，而且还可以解决目前现代医学尚无法解决的并发症问题。很多肿瘤病人在中医药的支持下，最终完成了原本因为副作用而想要放弃的有效治疗。

可悲的是，不少医院为了自身的利益或个别医生对中医存在偏见，阻挠患者在放疗、化疗期间进行中医辅助治疗，使很多患者失去了第一时间进行中医治疗的条件。这也是造成患者只有在"走投无路"时进行中医治疗的原因之一。

现代医学提出了"肿瘤的维持治疗"这一概念。其含义是用1~2种毒副作用相对较轻的化疗药或靶向药物，在肿瘤稳定期间长期地、间断地给予治疗，维持体内肿瘤的稳定状态，达到延长生存期的目的，这一治疗方法和中医长期以来主张的"带瘤生存"理念是相一致的。中医自古即有"祛邪不伤正，扶正不留邪"的治疗原则，是指要将抗癌（祛邪）与扶正有机地结合起来，使人体与肿瘤保持一个相对长期的稳定状态，称为"与瘤共存"。

患者要按时反馈症状

血液病和肿瘤是当今世界公认的疑难重病，对于这类复杂的疾病，中西医结合无疑是最佳的治疗方法，配合中医治疗应该是患者的一种明智选择。

选择中医治疗后，如何提高治疗效果则是医生和患者共同的追求和目标。中医和西医毕竟属于不同的医学体系，有着完全不同的治病理念和方法。好多患者对西医很了解，对指标数字讲得头头是道；但对中医却知之甚少，影响了治疗效果，很是可惜！

患者治疗效果不理想其中很重要的一点儿，就是患者不知道就诊之后需要按时向主治医生反馈自己的症状。

首先要明白什么是症状。症状就是患者自我不舒服或不正常的一种感觉，中医有很多症状，例如怕冷、发热、头痛、胸闷、腹胀、恶心等等。如果能面诊，医生可以当面通过望、闻、问、切四诊获得所需要的症状信息；如果患者不能面诊，就需要自己发现并能全面准确地向医生描述自己的症状。患者在描述症状时可以分三部分，服药后改善的症状，没有改善的症状和新增加的症状。当然，如果能够及时找医生看病的，还是尽量让医生当面面诊。

患者为何要及时反馈症状？因为症状是医生辨证开方的关键，也是决定处方疗效的关键。症状反馈的准确全面，医生就会辨证准确，方药精当，疗效自然就好。因为疾病状态和症状都是变化的，血液肿瘤疾病都是病情复杂、病程长久，病情变化多端，更需要按时反馈。反馈的次数多了，患者渐渐地掌握的中医知识就多，知道该做什么不该做什么，医生对患者和病情更熟悉，疗效自然就会好。

如何反馈症状？我们采用中医治疗血液及肿瘤疾病已经有40多年的历史，有很多经验和心得，也有很多治疗方法和程序。每个医生要面对数千位患者，不可能准确记住每个患者的具体病情和所用方药，一对一或是面对面交流确实有困难。因此我们制定出详细完备的患者反馈症状的诊治程序：

患者每周将自己的全部症状完整详细地写下来，然后再用手机拍一张舌头的照片，通过传真和邮件发送到服务部，服务部工作人员会去病案室调取患者的病案，将患者反馈的所有信息连同病案本一同交到主治医生或是值班医生手里，医生会根据患者的反馈信息并结合病历内容前后对照，认真分析，然后制定完整的治疗方案，并一一回答患者的问题，然后再由服务部工作人员将治疗方案准确及时地发送到患者手中。

针对很多患者不知道什么是症状这一问题，医院还设计出一份人体信息采集表，里边有各种症状，有的话就打"√"，没有就不填，这样比较简单易行。反馈人体信息表也是可以的，当然最好还是自己写症状资料。

在老祖宗智慧中寻找灵感

诺贝尔奖获得者屠呦呦在回顾发现青蒿素的过程中，不断地提到中国中医学和相关古典书籍。她说在这个研究的过程中，关键文献的启示，才让她及其团队最终提取到了青蒿素。屠呦呦说，当年面临研究困境时，她又重新温习中医古籍，进一步思考东晋葛洪《肘后备急方》中有关"青蒿一握，以水二升渍，绞取汁，尽服之"的截疟记载。这启发了她改用低沸点溶剂的提取方法，由此才取得研究的关键性突破。

屠呦呦的成功就像一面镜子，让多少对中医妄自菲薄以及浅薄认知的人无地自容，也给国人好好地上了一堂传承老祖宗智慧的一课，这其实比获得诺贝尔奖和获得奖金还重要。

在给因哮喘发作导致心衰而被医院放弃治疗的村民董传俊治疗的过程中，我反复认真研究张仲景的《伤寒论》，发现书中所载的"小青龙汤"颇为对证，我根据病人情况，在药量上视病情酌量加减，每天让病人试服，几服药之后，病人的生命危机就解除了，再加上 30 多天的调理，病痊愈。现在总结起来，我认为董传俊在医院用的抗生素大多性质为凉性，对肺热的哮喘或许有很好的治疗效果，但对于本来身体虚寒的病人来讲，如同雪上加霜，出现病危是正常的。

作为一名中医中药研究人员，屠呦呦的成功一生也许只需要一次就足以留名青史，造福人类；而作为中医临床医生，我们需要每天与各种各样的病人打交道，要想成为一代名医，就要不断地从中国中医学和相关古典书籍中获得灵感和营养，用良好的治疗效果来树立在病人中的口碑。我研究中西医结合治疗白血病 40 余年，一项重要的工作就是寻找中西医结合的最佳切入点和结合点。在祖国医学文献中并无"白血病"这一称谓，但根据其临床表现及发病特点，本病当属祖国医学所言的"虚劳""热劳""温病""瘀积""痰核""血证"等范畴。我在《圣济总录》中发现，上面记载的"热劳之证"与今之急性白血病的某些临床表现类似；在《诸病源候论·虚劳骨蒸候》中对"内蒸"的描述与急性白血病导致代谢紊乱，消耗性低热，逐渐贫血，营养不良性水肿及恶病质类似；在《灵枢》描述的关于积聚的症状中，发现与慢性粒细胞白血病脾肿大贫血类似；在《金匮要略·虚劳病脉并治篇》中发现类似白血病之淋巴结肿大的描述；在《素问·评热病论篇》的描述中，发现与今之急性白血病的高热及败血症的临床表现相似。

按照祖国医学古籍辨证分型描述，对照现代医学关于白血病的临床症状，我将其作出综合归纳：虚劳是白血病所致的贫血；热劳是白血病所致的高热，癥积是慢粒白血病所致的脾大，血证是白血病、血小板低下所致的皮肤紫癜、便血、尿血、鼻衄齿衄。急痨是急性白血病、慢性白血病急变期，痰核瘰疬是急、慢性淋巴细胞白血病并发颈下、腋窝、腹股沟淋巴结肿大。

厘清了白血病的发病机理，也就为进一步辨证施治梳理了思路，为此，我先后总结出"黄氏四疗法"，倡导"四防"结合，制定出白血病患者五年康复计划，研制出"祛白胶囊""滋阴生血胶囊"等九种针对不同类型白血病的纯中药制剂等，在白血病中医治疗中占有一席之地。

中医如何突出特色

近年来，中医临床研究有了长足的进步，但也存在诸多乱象和误区，如：用西医之方法验证中医，或以中医研究之名做西医研究之实等，致使中医可信度大打折扣。在长期从事中医治疗血液病、肿瘤的研究和探索过程中，我深刻地体会到，中医和西医有着不同的理论体系，中医具有整体观念和辨证论治之特色和优势，中医治疗疾病必须突出特色，发挥其优势，做到"观其脉证，知犯何逆，随证治之"，才能取得较好的临床疗效。

一是突出整体观念。人是一个有机的整体，"一脏有病，诸脏皆摇"，各脏腑系统之间是相互联系、相互影响的，疾病的发生发展也是这样。中医治疗疾病和进行临床研究不能把眼光只盯在病人的某一种病上，要突出整体观念，从整体的"人"上下功夫，只有这样才能"站得高，看得远"，有助于找出新的诊疗路径，提高临床疗效。

二是辨病辨证结合。辨病辨证相结合是现代中医临床基本的思路和方法，辨病以明确诊断，把握疾病病情演变的轨迹，确定总体治疗方案，辨证则可依据疾病演变发展过程中某一阶段的特异性本质确立针对性的治疗方案。辨病辨证相结合，加深宏观与微观的结合，进一步阐明疾病的中医证型本质，可使治疗用药更具有针对性，为提高临床疗效开拓新的途径。

三是重视心理因素。心理因素在疾病的发生发展过程中占有十分重要的地位，据统计，人类疾病有 50%~80% 是由于不良心态、恶劣情绪引起的，不良心理不仅易诱发疾病、加重病情，也不利疾病的治疗和康复。重视心理调节是中医的优势之一，在中医临床研究中要重视心理因素对疾病的影响，在心理因素如何与药物治疗相配合等方面下功夫，以找出突破点。

四是配合食疗药膳。根据"药食同源"之理论用饮食药膳调治疾病是中医的一大特色，也是中医调治疾病的优势所在，在中医临床研究中，除研究各种治疗方法外，还应关注食疗药膳的作用，进一步开展这方面的研究，在药物治疗的同时注意配合以食疗药膳，根据病情的需要选用适宜的食物配合药物或药食两用之物制成药膳进行调养，有助于提高临床疗效。

五要发挥综合优势。中医具有多种有效的治疗调养疾病的手段，除药物治疗外，还有针灸、按摩、拔罐以及饮食调养、运动锻炼等调治方法，在重视药物治疗、不断提高单治之疗效的同时，如何将这些治疗调养方法有机地结合起来，以发挥综合治疗的优势，进一步提高临床疗效，也是需要进一步研究探索的问题。近年来，我院医务人员努力在这方面下功夫，取得了良好的效果。

中药也能降低癌细胞

很多人知道中药能抗癌，提升身体免疫力，在癌症治疗中对放疗、化疗等起到较好的辅助作用；但中药同样能抑制癌细胞，在一定的条件下取代放疗、化疗却鲜为人知。在我院进行中医治疗两年的 58 岁的结肠癌患者李春梅的治疗过程告诉我们，中药不但能够和化疗、放疗一样使癌细胞下降，而且能够提升患者的免疫力，治疗起来没有痛苦，让患者活得时间更长，生活质量更好。

时年 58 岁的李春梅是山西临汾人，2012 年查出结肠癌，并在当地医院行乙状结肠癌根治手术。手术后进行了五个疗程的化疗，后来出现骨髓抑制，白细胞、血小板等生理指标快速下降，遂寻求中医中药治疗。

2012 年 10 月，患者第一次来到我们医院，我在为她面诊时，症见免疫力低下，易感冒，全身疼痛，牙龈出血，手足浮肿，怕冷，大小便干燥，时有头痛，脉细无力，手足心热等症状。针对病人的病情，我给予益气养阴、补气养血、散结止痛等对症治疗，我给她开了以生黄芪、太子参、麦冬、生地、当归、桔梗等由 15 味中药组成的汤药，以及散结通胶囊和专为该病人配制的"龙马胶囊"，病人服用后各种症状改善明显。

在 2013 年 9 月的一次检查中，病人的肿瘤指标出现反复，病人家属考虑再行化疗。我看了检查结果后认为，虽然肿瘤检查指标升高，但仍在可控范围之内，且病人的免疫力正常，身体无各种不适，完全可以用中药加以控制，劝说病人不要单看指标而轻言化疗，并在中药汤剂中加强了能够抑制癌细胞生成的中药。三个月后，病人再次化验，肿瘤指标明显下降，最近一次化验结果表明，病人的各种化验指标和正常人一样。

随着肿瘤治疗模式的多样化趋势，单一一种模式治疗癌症已被逐渐取代。中医中药治疗在我国已经传承了几千年，有其独特的治疗优势。中药治疗是从整体观念和辨证施治的理论出发，在治疗中起着重要的作用，旨在提高患者生活质量，延长生存期。当传统的治疗方法无效时，大多数患者会选择服用中药来延长生命。中药治疗旨在提高患者自身免疫功能，从而遏制肿瘤发展。虽然目前还不能直接证明中医中药和化疗一样能够直接杀死癌细胞，但利用激活的自体细胞抑制肿瘤免疫逃逸，效果则很明确。

中药让他看到希望

"急则西医，缓则中医，中西结合，能中不西"是我在治疗血液病、肿瘤等疾病时的主要原则。众多患者在此原则指导下转危为安，走向康复。

纪向雷，男，35岁，山东滨州人，因发热、出血在当地医院确诊为急性白血病（M1），随后入院治疗。经化疗3次效果不理想，体质明显下降。万分着急之时，经病友介绍得知我院中药治疗白血病效果不错，于2013年4月29日由家人前来我院代诊，就诊中他妻子讲述，患者身体经过化疗非常虚弱，家里有两个孩子，上面还有两位老人需要照顾，可现在病情不见好转，家里的积蓄已经所剩无几，如果这样下去，有可能人财两空。此时她的脸上流下了悲伤的泪水。

由于病情没有缓解，还需要配合化疗。我综合患者的病情，制定了"西医为主，中医辅助"的治疗原则，给他开了中成药及7天的中草药，并叮嘱一周后及时复诊。

由于纪向雷正在化疗，无法亲自来诊，一周后由他的妻子前来代诊，但已见不到她上次来诊时脸上的忧愁，取而代之的是一脸喜悦的笑容，她的面容已经舒展开。原来，患者通过服用中药，在以前化疗中出现的头痛、口干、心慌、胸闷、口苦、周身沉重、活动后自汗等症状已经感觉不到了，来诊前一天就催促着让她来拿中药。从这几天患者妻子面容上看出患者是多么开心，我的心情也好了很多。虽然用药时间短，但是效果却很明显。中医让他们全家看到了希望，也更加坚定了找我治病的信心。

不可忽视的中医疗法

长期在医疗第一线工作，我深知癌症给患者带来的身体痛苦和精神折磨，更对现代医学在治疗癌症的过程中放疗、化疗给患者所带来的毒副作用感到忧心。癌症，不治疗痛苦，没有出路；治疗更加痛苦，但还有一线希望。所幸的是，在癌症及其放疗、化疗所带来的毒副作用面前，很多有良知的医务人员积极探索，以最大努力减少放疗、化疗所带来的副作用，并取得积极的成果。

癌症，又称恶性肿瘤，是当今世界上严重威胁人类生命的疾病，为"三大死神"之一。全球每年新发生的癌症患者达 1000 多万人次以上，我国每年发病人数约 160 万人。癌症的发生不仅给人民群众健康和生命带来了严重威胁，也给家庭、患者单位和国家带来巨大的经济损失。外科手术治疗、放射线治疗（放疗）、内科抗癌化学药物治疗（化疗）是西医治疗癌症的三大基本方法。

癌症放射线治疗（放疗），与手术治疗一样有很广的适应范围，在所有的癌症当中，大约有 70% 需要用到放射疗法。利用放射线直接或间接地杀死癌组织细胞，在没有转移的情况下，与其他措施相结合，能使人体组织和器官保持原有的形态和功能。因此，癌症患者通常更加容易接受放疗。但是，癌症放射线治疗的不良反应，包括全身反应，如乏力、食欲缺乏、恶心呕吐、白细胞减少，以及局部出现的放射损伤后遗症等给患者带来很多痛苦，因此，必须减少到最低限度。

癌症化学药物治疗（化疗）最大的特点，就在于它可以对癌症进行全身性治疗，随着化学药物在血液、淋巴系统中的运行，可对布散全身的癌细胞有杀灭、抑制的作用。所以，化疗对消灭转移的癌细胞，消灭手术和放疗以后残存的癌细胞有独到的功效。近几十年来，常用的抗癌化学药物已超过 50 多种。据估计，目前在全部癌症患者当中，50% 的患者在其病程的不同阶段需要用到化疗，有 10 多种恶性肿瘤主要依靠化疗的方法治愈，化疗与其他治疗方法相配合，大大提高了癌症的治疗效果。但是，化学药物对全身正常的细胞也有不同程度的明显毒性反应，涉及各个系统，化学疗法这些严重弊端已引起各国科学家们的高度关注。

大量的恶性肿瘤患者每天都在承受着癌症所带来的各种各样折磨，同时也承受着化学治疗、放射治疗等方法所带来的更大痛苦，减轻癌症放疗、化疗毒副反应，是广大临床医务工作者的责任。

中医辨证施治，合理选用中成药、运用食物疗法、药膳疗法以及针灸、推拿、拔罐、刮痧、指压、药浴、足疗、外敷、外贴、神疗、体疗等自然疗法，对减轻、消除放疗、化疗的毒副反应有良好的疗效。我所编写的《癌症放疗、化疗毒副反应中医特色疗法》一书，除介绍了癌症的基本知识之外，更着重介绍了我在长期从事中医临床和癌症治疗方面，尤其是治疗癌症放疗、化疗毒副反应方面的临床经验与中医独特疗法，对放射性皮肤损伤、放射性食管炎等18种放射性毒副反应，对化疗药物骨髓抑制、化疗药物性消化道反应等10多种毒副反应逐一介绍了治疗的具体措施与方法，突出了科学性与实用性，是对中医特色疗法治疗癌症放疗、化疗毒副反应的系统整理，是对中医中药理论与实践的一次有益总结，填补了相关学科的空白，其中不少治疗均经笔者反复验证，所以也是一次相关的临床经验大总结。

为什么强调扶正祛邪

我曾编过一本叫作《扶正祛邪抗肿瘤》的书。书中开宗明义地说，辨证施治和扶正祛邪是中医药治愈癌症的两大法宝，也是中医药治病的奥秘之所在。这本书就是运用通俗的语言，结合真实的案例，全面介绍了中医辨证施治和扶正祛邪的治病原理，让患者感受到中医药的魅力，明白中医药治病的道理，树立起战胜癌魔的信心，从而从中医药治疗中获益。同时我在书中还详细地介绍了常用食物的辨证食疗，让读者做到食疗不求人。

那么什么叫辨证施治呢？这要把这四个字分开来讲。辨，包括辨别与分析两方面内容；证，即是一组症状的综合与归类；辨证，是中医运用四诊法所获得的客观资料，即证候，用中医理论分析辨证，从而提高认识原因、病理、病机、病位，同时注意病情的发展趋势与邪正盛衰。施治，则是在辨证的基础上，根据不同证候而采用相应的治疗方法，组方用药。因此辨证是施治的依据；施治是治疗的目的。辨证施治既不同于对症治疗，也不同于西医的辨病治疗，它把人体内在联系和疾病发展变化规律联系起来。

什么是扶正祛邪？扶正，培补正气以愈病的治疗原则，就是使用扶助正气的药物或其他疗法，并配合适当的营养和功能锻炼等辅助方法，以增强体质，提高机体的抗病力，从而驱逐邪气，以达到战胜疾病，恢复健康的目的。祛邪是消除病邪以愈病的治疗原则，就是利用驱除邪气的药物或其他疗法，以祛除病邪，达到邪去正复，恢复健康的目的。所谓"实者泻之"就是这一原则的具体应用。

扶正和祛邪是相互联系的两个方面，扶正是为了祛邪，通过增强正气的方法，驱邪外出，从而恢复健康，即所谓"正盛邪自祛"。祛邪是为了扶正，消除致病因素的损害而达到保护正气，恢复健康的目的，即所谓："邪去正自安。"扶正与祛邪是相辅相成的两个方面。因此，运用扶正祛邪治疗时，要认真仔细分析正邪力量的对比情况，分清主次，以决定扶正或祛邪，或决定扶正祛邪的先后次序。一般情况下，扶正用于虚证；祛邪用于实证；若属虚实错杂证，则应扶正祛邪并用，但这种兼顾并不是扶正与祛邪各半，乃是要分清虚实的主次缓急，以决定扶正祛邪的主次、先后。总之，应以"扶正不致留邪，祛邪不致伤正"为度。

在临床过程中，经常遇到许多患者或家属询问：中医药到底能不能治疗癌症？我就是带着这种思考，在本书中介绍了一系列中医药治愈癌症的真实案例，以昭示中医药的神奇。中医药是中华民族传统文化的一朵奇葩，是世界医林中一颗璀璨夺目的明珠，是完全回归自然的绿色医学，她以独特的治病方式令许多癌症患者起死回生。同时，我还结合真实案例，全面介绍中医药治愈癌症的机制，让更多患者感受中医药的魅力，明白中医药治病的道理，树立起战胜癌魔的信心，从而从中医药治疗中获益。

坚持才能达到治疗效果

利用中医中药治疗白血病和恶性肿瘤，要想达到最好的治疗效果，我认为要有以下因素共同促成：

一是医生认真开方，辨证准确，药材质量保证优良；二是患者认真服药，最少坚持 3 个月时间服药，中药的真实效果才会发挥出来，一旦有效坚持 1~2 年的治疗，就可防止复发和转移；三是信心非常重要，医生与患者都要有信心，信心就是一种良药；四是患者要按时锻炼气功，每天 2~3 小时，如果 2~3 年之后，康复得非常好，也要坚持一辈子；五是饮食基本吃素，7~8 分素，2~3 分肉；六是患者要按正常人的标准作息，不要把自己时刻当成病人。

从临床实践来看，对中医治疗效果的评价应该分为两部分，首先是患者各种症状的好转，其二才是西医检测数据的改善。这一点儿广大患者必须明白，否则容易到处过多求医问药而达不到理想的效果。

我在多年前接诊了两位再生障碍性贫血的孩子，当时都是 13

岁。一位是山东省淄博市张店区的女孩，一位是桓台县的男孩。他们都是喝了一个月的中药，血象一点儿没有上升，当喝了两个月的时候，血象同样没有上升，但食欲、精神、睡眠等症状有了好转。当第三个月的时候，血象开始上升，经过三年的中药调理，达到彻底的治愈，至今这么多年过去了，两位孩子不但都读了大学，也已成家立业。每当与他们通电话或微信联系时，我的心情特别愉悦，真是一种幸福。目前在全国各地都有我治疗成功的白血病、再生障碍性贫血、血小板减少症、肺癌、胃癌、乳腺癌、胰腺癌、肝癌患者。

我在门诊过程中发现，有50%的患者治疗一个月就考虑换医生，换治疗方法，这实在是可惜。患者找中医看病，首先要相信医生，最少要给中医师三个月的考验时间，以便他们认真研究处方，达到应该有的治疗效果。患者千万不要经常更换医生，如果频繁更换医生，医生还没有摸到你疾病变化的规律，或者开的药方非常正确但还没有达到应该见效的时间，最终损失的是患者自己。选择医院或医生一定谨慎，一旦选择，坚持治疗非常重要。

肿瘤最忌过度治疗

很多病人并非死于癌症本身，而是死于过度治疗。

在肿瘤治疗方面，存在一种对抗思维模式。即治疗方案过于强调对肿瘤的彻底杀伤或根治，其出发点是"以病为本"，而非"以人为本"。这种"以暴制暴""以毒攻毒"的模式，导致疗程过长、剂量过大或手术范围扩大。

对于肿瘤患者来说，积极治疗有可能导致过度治疗，使原本虚弱的体能状态继续下降，加重心理负担，破坏自身免疫和抗瘤能力，从某种角度来讲是一种医源性缩短生存时间。特别是某些病情严重的晚期癌症患者，积极的创伤性及毒性抗癌治疗，以机体正常功能状态的丧失为代价，治疗强度超越了肿瘤侵犯范围和患者耐受限度，使本已失衡的机体调控作用更加恶化，常引起严重并发症，很多病人并非死于癌症本身，而是死于过度治疗。

检查过度。复杂的、昂贵的检查手段代替简便、便宜的检查手段，全套检查代替具有确诊意义的单项检查，高档设备代替普通设备，重复检查代替医院间检查结果互认，成为肿瘤领域过度检查的通病。

手术过度。单纯追求扩大手术切除范围，追求切除肉眼可见的肿瘤原发和转移病灶，甚至包括肿瘤周围有潜在恶变可能的正常组织。"扩大切除术""超根治术""半体切除术"并未提高疗效，却增大了手术风险及致残率。对体弱、伴有慢性疾病或肾功能衰竭等全身主要脏器疾病的肿瘤患者，手术治疗具有较大的风险性和创伤性，往往导致并发症增多，甚至危及生命。单纯外科治疗观点，忽视了肿瘤的个体化诊治原则。

放疗过度。放射治疗杀灭肿瘤同时，对肿瘤周围正常组织也有损伤，特别是不为人们所重视的远期慢性损伤对人体危害更大，且很难恢复。事实上，多数手术不能治愈的患者，大剂量放疗并没有明显改善预后，而临床医师为求治愈，不考虑患者以往放疗情况和放疗反应，一味给予大剂量放疗，导致严重的放射性损伤，其并发症引发的身心痛苦远超肿瘤本身。

化疗过度。越来越多的晚期癌症患者，临终前还在接受化疗或其他对身体损害极大的治疗。例如，对于一期肺癌患者来说，手术治疗后的 5 年生存率可达到 90%，患者术后化疗多数不受益。但目前国内大都是"流水线式"治疗，多数病人手术后都要"被化疗"。外科医生手术后，习惯性转给化疗科，往往几个疗程下来后，病人免疫力急剧下降，随即肺癌复发。研究表明，除乳腺癌、结肠癌等少部分肿瘤经辅助化疗后可降低其 5 年复发率和死亡外，绝大多数肿瘤的辅助化疗非但不能改善其预后，还极可能产生副反应和并发症。如果把所有的患者都考虑在内，受益于辅助化疗的人数微乎其微，绝大多数患者徒受化疗之苦。

用药过度。临床医师盲目追求进口药及新特药，忽视国产药及普通药。目前肿瘤患者药物疗法中，实际有效率仅 30%，意味着70% 的用药都是无效的。在肿瘤治疗上，存在"试错"医疗模式，即在对肿瘤基因分型不清的情况下，在使用一种药物无效后只能再试另一种药物，直到挑选到一种能对癌细胞产生抑制作用的药物，这不仅造成医疗资源的浪费，还导致患者对药物产生耐受性。

正是在这种情况下，很多患者选择中医治疗。中医治疗不但避免了过度治疗，还从"扶正"的角度为西医过度治疗造成的伤害进行纠偏，成为治疗手段中的"游击战术"，而这一战术却是目前最正确的治疗战术。

重新定义"癌症"

美国国家癌症研究所专家小组建议，作为全面改革美国癌症诊断和治疗的举措之一，应改变癌症的定义，并在某些诊断中取消这个用词。他们认为，一些癌变前的症状，比如乳腺导管内原位癌在许多医生看来并不算癌症，因此应该去掉癌症的字样。这样，病人就不会那么紧张，也不会去寻求可能不必要甚至有害的治疗，比如手术切除乳房等。在乳房、前列腺、甲状腺、肺等部位的癌症筛查中发现的一些病变根本不应该叫作癌症，而应被重新归类为"上皮起源的惰性病变"。

越来越多的医生、科学家和病患权益活动人士认为，有很多患者因癌前病变接受了没有必要甚至有害的治疗，可这些病变其实发展很慢，不大可能造成什么不良后果。比如说：虽然乳腺导管内原位癌听起来是癌症，但并不一定会造成癌症的后果——就好比说"一个穿得像罪犯"的人并不一定是罪犯，除非这个人真的触犯了法律。

无论是在国外还是国内，社会上基本认同的一个事实是：过度诊断以及与之连带的过度医疗，已经成为重大的公共卫生问题。西方早有学者指出，"身体的医疗化已经达到了流行病的程度"。还有人挖苦说，诊断是最常见的疾病。医学已经"进步"到再也没有人是健康的了。

过度医疗，通常是指由多种原因引起、超过疾病实际需要的诊断和治疗的医疗行为或医疗过程，就是让患者做不该做的检查，服用不必要或更为昂贵的药物，进行不必要的手术或介入操作。"过度"问题的要害，不仅仅是"破费"，更重要的是对患者健康肌体的损伤。这在癌症患者身上极为常见，很多患者本来身体就很虚弱，但经过一次次化疗或放疗，家里的钱花光了，人也没了。

由于很多患者医疗知识匮乏，患者要想以自身见识和力量规避过度医疗不太容易，但应该努力做一个明智的医疗消费者。大家首先要认识到，有的时候患者只需改变一下饮食结构和生活方式，就可以在不用药物和手术治疗的情况下恢复健康。其次要注意避免某些无谓的重复检查或治疗，可做可不做的检查就不要做；对明显感觉与疾病毫不相干的检查或治疗应大胆向医生提出质疑，或干脆换一家医院去看。再次，警惕一些医疗手段的潜在危险，施治前不妨向病友"取经"，或咨询医生是否有更安全、更有效的替代措施。作为癌症患者，更应该考虑用中西医结合治疗，在中医扶正、保证身体能够承受的情况下，再考虑需不需要进一步进行化疗或放疗。

走出偏方治癌症的误区

随着人们对传统中医认识的逐渐深入，古代医家对癌症的见解也越来越受人尊崇，一些误区也随之产生，如不少病人自作主张，相互介绍，使用偏方，滥用中药，从而导致病情加重、复发、转移。

活血化瘀药不能乱用。治疗癌症，活血化瘀药不能乱用。活血化瘀药都有耗气伤血的副作用，特别是三棱、莪术、水蛭等破血药对人体的损耗更大，搞得不好，癌症没治好，病人仅存的那一点点免疫力会全部消耗，反而死得更快。像肝癌，本来门静脉压力就高，乱用活血化瘀药，弄不好还会引起血管破裂大出血。癌症的生长有一个较长的过程，所以治疗也不是一下子就可以治好的。有肿块的癌症，在选择活血化瘀药时，得选择一些性能和纯的中药，再配合补气健脾的中药，这样才行。

重病不能下猛药。癌症从中医角度来说，是全身很虚弱、免疫力很差，但局部的癌症又是很严重的痰、瘀、毒互结。要去除局部严重的痰、瘀、毒，有些人就下猛药来攻病，结果病人因为身体吃不消，到头来癌没治好，病情反而更重了。用西药治疗也一样，主要还是身体虚弱，猛药攻癌会先伤身体。

清热解毒类药多苦寒。很多偏方中的抗癌药物，主要集中在清热解毒类药和毒药，比如白花蛇舌草、半支莲、天龙等。清热解毒类药大多药性苦寒，最败人的脾胃。病人本来身体就很虚弱了，苦寒药一吃，脾胃更差，对食物的营养物质不能消化吸收，身体免疫力下降，反而使癌症加重，加速了病人的死亡。毒药，讲的是以毒攻毒，这类药对身体的损害更大，乱用只会加速死亡。

辨证施治是关键。中医是一种个体化的治疗医学，只有辨证施治，才能达到理想的效果。癌症的病因复杂、种类繁多，不同的癌症具有不同的症状和体征，并且往往同一癌症也会表现出不同的症状和体征。就拿我接诊过的两个大肠癌病人来说，一个表现为大便干结的内热，另一个则表现为大便出血、舌淡多津、怕冷易感冒的寒症。这时在治疗上就要区别对待，一个病人得采用补气、解毒、活血来治疗，另一个病人得采用补气、温阳、活血来治疗。而偏方则是千人一方，从根本上就违背了中医辨证施治的医理。

健脾养胃是根本。脾胃为后天之本，气血化生之源。调理脾胃功能，是治疗任何一种癌症的共同治疗原则。脾胃不好，胃口差，吃进去的食物不能有效地消化吸收，身体的免疫力肯定上不来。所以治疗癌症，脾胃的调理是最关键的。曾经有一个晚期肝癌的病人没法手术，化疗身体又吃不消，后来就是以"参苓白术散"为基础方进行调理脾胃，再加上枸杞子、白芍、当归、香附、柴胡等药调理治疗。结果，这个原来被判最多活不了三个月的病人，到现在还是好好的，但是肿块没有消除，癌症的各项指标没有怎么下降，癌在，但命也保下来了，这就是中医的"保命留病"法。

中药防治感冒疗效好

感冒一年四季均可发生，但冬、春季节是感冒特别是流行性感冒发病的高峰期，如何防治显得至关重要。那么冬、春季节感冒应该怎样预防和治疗呢？我认为要尽可能选用中药制剂或汤药进行治疗。因为同是感冒，中医讲究辨证施治，针对性较强，具有见效快、效果好、花费少及副作用小等优点。笔者在临床中将感冒大体分为"冷感冒""热感冒"和"虚感冒"三种，辨证施治应用中药取得较好的疗效。现简述如下：

"冷感冒"即风寒感冒：主要表现为怕冷重，发热轻，头痛，鼻塞或鼻流清涕，口不渴，舌苔薄白，脉浮或浮紧等症状。此种类型的感冒可用通宣理肺丸，按说明的用量加倍服用，并多喝开水，然后盖上被子微微出汗。如此可使机体感受到的风寒之邪从肌表腠理散出。

"热感冒"即风热感冒：此类感冒冬季较少见，但春季较多，亦应注意辨证用药。此类感冒主要表现为发热重，怕冷，鼻塞或鼻流浊涕，口渴，舌苔薄黄，脉浮数等，口中咽喉疼痛是诊断的要点。此种类型的感冒可用银翘解毒丸或西羚解毒丸，可辛凉解表，宣肺清热，疗效可靠。

"虚感冒"即体虚感冒：此种类型的感冒应值得深入研究，因为人体的个体差异很大，有的为阴虚，有的为阳虚，有的则为阴阳两虚，其治疗方法则相应地分为滋阴、助阳、阴阳双补。临证时要"杂病重脉，温病重舌"，就是说，内科病重视脉胗的研究，暑温发热之类的病要重视舌象的观察。一般来讲，舌红无苔为阴虚，舌淡白润为阳虚，如舌红无苔又有乏力，怕冷的症状则为阴阳两虚。

对于"虚感冒"，目前市场上还没有非常对证的中成药，治疗上大多是开具汤剂。因此要求我们中医临床工作者尽可能地因人、因地、因时的辨证、辨病用药，以求药到病除。凡气虚而易于感冒者，可常服玉屏风散冲剂（颗粒），增强固表卫外功能；另外还应加强体育锻炼，增强体质，以防感冒。

乳腺癌患者的不同遭遇

淄川区城里的张瑞红和张丽娜是亲姑和亲侄女的关系。1998 年，姑姑张瑞红 45 岁时不幸患上乳腺癌，在一所医院做了手术，在两次化疗之后因为身体反应过大没能继续进行化疗，来到我们医院求助中医药治疗，经过我们医院两年多的精心治疗，身体逐渐康复，至今已经 20 余年，和没有患过癌症的人一样。

2011 年，38 岁的侄女张丽娜在姑姑就诊的同一所医院被确诊为乳腺癌，同样做了手术。姑姑张瑞红叮嘱她手术后一定要服用中药，提高身体免疫力以预防复发。张丽娜的父亲询问做手术的医生可不可以服用中药，得到的回复是手术已经采用根治性的方法，不需要服用中药。然而，在手术还不到一年的时间，张丽娜的乳腺癌复发并转移到肺，又进行了近半年的大剂量化疗，经历了巨大的痛苦，付出了高昂的医疗费，可张丽娜却带着无限的遗恨离开了人世。

佛法中讲，"菩萨修因不修果，凡人修果不修因"。修去病因，自然不会得病果。西医主修果，中医主修因。所以从终极意义上讲，佛法包括道法是医万病的终极法门，因为万物由心生，这也是佛、道、医、儒认同的核心观点。

如果就病论病，乳腺癌手术切除就万事大吉似乎无可非议，但人体是一个有机的整体，相对于整体来讲，乳腺癌只是身体上的一个点。中医认为，癌症发病是整体功能失调的局部表现，手术只是解决了表面现象，如果内在的原因不解决，迟早会出现复发和转移。一旦到了这种地步，就只能采取亡羊补牢的方法。

从发病原因上讲，有外因和内因的区别。外因主要与空气、水、食品污染等众多理化因素有关；内因则与情绪有关，很多人长期闷闷不乐，经常生气恼怒，就容易气滞血瘀，女性因此最容易在乳腺和子宫这两个部位发病。人体血液中的红细胞是携带氧的，现在人们普遍吃得好，活动量少，如果没有足够的活动量，人体处于一种缺氧的状态，久之血瘀造成的肿瘤恶性化就形成了癌症。有了这些认识，在手术之后及时采用中药补气活血、通经活络，并调节心志，使得心情舒畅；改善饮食，有规律地进行健身锻炼，主动在内、外因上进行预防和治疗，达到彻底的康复是非常有希望的。